黄色い部屋の謎

ガストン・ルルー

高名な科学者スタンガルソン教授と、令嬢マティルドの住むグランディエ城の離れの一室で事件は起こった。内側から鍵をかけられた完全な密室、《黄色い部屋》から聞こえた助けを求める女性の悲鳴。ドアを壊して入った者たちの見たものは、血の海のなかに倒れたマティルドの姿だった。襲撃者はどこに消えたのか？　そしてさらに続く怪事件。その謎に挑んだのは、18歳の新聞記者ルルタビーユだった。パリ警視庁の名警部ラルサンと謎解きを競い合いつつたどり着く奇怪な事件の真相は？　密室ミステリの名品として、ミステリファン必読の古典となった傑作。

登場人物

ジョゼフ・ルルタビーユ……………………《エポック》紙の新聞記者
サンクレール……………………………………ルルタビーユの友人、弁護士
スタンガルソン教授……………………………高名な科学者
マティルド・スタンガルソン…………………教授の娘
ロベール・ダルザック…………………………ソルボンヌ大学物理学教授。マティルドの婚約者
ド・マルケ………………………………………予審判事
フレデリック（フレッド）・ラルサン………パリ警視庁の高名な警部
ジャック＝ルイ・ムスティエ…………………スタンガルソン家の老僕（ジャック爺さん）
ベルニエ夫婦……………………………………スタンガルソン家の門番夫婦
マチュー…………………………………………旅籠《望楼亭》の主人
アーサー・ウィリアム・ランス………………アメリカ人骨相学者
ダクス氏…………………………………………パリ警視庁刑事部長
緑野郎……………………………………………スタンガルソン家の森番
アジュヌー婆さん………………………………猫と住む隠遁者のような老人

黄色い部屋の謎

ガストン・ルルー
平岡　敦 訳

創元推理文庫

LE MYSTÈRE DE LA CHAMBRE JAUNE

by

Gaston Leroux

1907

目次

黄色い部屋の謎

ロベール・シャルヴェーに

若きルルタビーユ初登場の
感謝に満ちた思い出として
友情をこめて
ガストン・ルルー

序

ジャン・コクトー

ピエール・ルヴェルディはわたしたちに言っていた。《愛は存在しない。あるのはただ愛の証(あかし)だけだ》と。けだし至言である。そしてほかの事柄にもあてはまる。例えば《天才は存在しない。あるのはただ天才の証だけだ》というように。

マイナー・アートは存在しない。あるのはただ意識と無意識の奇妙な結合、良識と分裂症的な気質との出会いが生み出す精妙な衝撃だけである。えてして人は分裂症的な気質を恥じるが、それは誰のなかにもあるものなのだ。

詩とはそうした謎に満ちた結合、驚異と慣れ親しんだ日常との荒々しい合体から生まれる怪物だ。怪物がどれほどの大きさか、どれほど力強いかは、さして重要ではない。

大事なのは、怪物が生まれること自体である。わたしにはそれだけで充分だ。

かくしてわれわれは、シェイクスピアやヴィクトル・ユゴー、ゲーテ、ベートーヴェン、ワグナーだけに認められた特権から遙か離れたところへと向かう。スタンダールがある女性について、《彼女が四輪馬車から降りるときのしぐさたるや天才的だった》と書いたことを思い起こさせるところへと。

かくしてわれわれは、モーツァルトと同じくオッフェンバックのなかにも天才の発露を見出し、大手をふってそれを尊(とうと)び賞賛するようになる。重苦しい音楽よりもシャルル・トレネのシャンソンに価値を認めるようになる。しかつめらしいコンサートは疲れるだけだし、ちょっとふざけてみせたところで、見苦しいばかりかそれ以上に聞き苦しい。

この序文の目的は、なにゆえ『黄色い部屋の謎』はこれまで以上の賛辞に値するのかを示すことに尽きる。ファントマのマントに包まれて小さな世界で活躍する作家たちを、心ゆくまで愛そうではないか。わたしが《愛する》という動詞を使ったのは、それが知識人たちに見すごされがちだからである。しかし真の賞賛とは愛の一形態、つまりは身を焦がす性的な欲望にほかならない。心の肌とでも言おうか、ある種の美には敏感に反応するが、別の美には無反応な欲望。魂が奮い立つこともあれば、まるで興奮しないこともある。そうした欲望のありかたこそ、精神が作品にもたらす賞賛を皮相な芸術趣味(ディレッタンティスム)から画するための徴(しるし)なのだ。

詩的な、あるいは写実的な文学に飽きたとき、わたしが昔からよりどころにしていたのは、詩と真実を意識せずに書かれた本だった。作者は詩と真実によって自らの限界を超えることができるのだと気づいていない。彼らはときとして誤った高望みをし、今書いているような作品は自分のペンに値しないと思っている。だが、ジャンルに対するそうした軽蔑から脱することができるのは、彼らが抱く詩と真実によってなのだ。

わたしとアポリネールはその確証を得た。《ファントマ》の作者たちはわたしたちの熱狂ぶりに驚き、本当はもっと凝(こ)った作品も書けるのだと主張した。しかしもっと凝った作品なるものは、呆気(あっけ)にとられるほど素朴だった。無邪気な子供の天才と言うべきものの優越性が、ここでもまた証明されたのである。美神(ミューズ)の教えに疎(うと)い者たちが、ただの不器用や偶然の成功と取り違えている天才の優位性が。その点、ガストン・ルルーは潔(いさぎよ)い。彼は言葉の真の意味において慎み深く、わざと左手で不器用な仕事をしているのは、いずれ右手で傑作をものして世間をあっと言わせるためだなどと見栄を張ったりしない。

こうした類(たぐい)の作家において重要なのは、筋立てでも《サスペンス》に満ちたエピソードでもなく、ほの暗い夢や不安感である。彼らの主人公たちが暮らす世界がそこから浮かびあがり、彼らが謙虚に語る物語に夜のオーケストラが調べを添える。この謙虚さこそ驚くべき真実性をもたらす源であり、彼らがわれわれに投げかける謎と巧みな謎解きとの堅固なバランスはそこから生じるのだ。

ラルサンの長いステッキ……わたしにはそれが、黒衣婦人の香りやルルタビーユの嘆きと同じライトモチーフの典型的な例であるように思える。

ご賛同いただける読者諸氏には、ルルーが君主として治める国をじっくり検分してほしい。さらには王者たるエドガー・アラン・ポオまでさかのぼり、「モルグ街の殺人」を読み返してほしい。さすれば、これまで怪しげな享楽(ドゥミ・モンド)の世界だと思っていたものに魅せられ、巨匠たちの発見へと至るだろう。その先頭に立つガストン・ルルーは、多くの真面目な作家たちが被(こうむ)った無関心に打ち勝っているのである。

追記　ニーチェはいみじくも、朦朧(もうろう)たる古代ギリシャの四部劇にビゼーの地中海的オペラ・コミックを対比させている。

I　怪事件の始まり

　ここにジョゼフ・ルルタビーユの類まれなる大活躍を語るにあたり、わたしはいささかの感慨を覚えずにはおれない。彼は今日（こんにち）まで決して首を縦にふらなかったので、この十五年間で最も興味深い犯罪事件の一部始終を公（おおやけ）にすることはかなわないだろうと、わたしもとうにあきらめかけていた。そう、黄色い部屋の怪事件と呼ばれた驚くべき出来事の全貌は、明かされずじまいになるものと思っていたのだ。謎めいて残虐で、センセーショナルな悲劇をいくつも引き起こしたあの事件には、わが友自身も深く関わっていた。ところが近ごろ、かのスタンガルソン教授にレジオン・ドヌール勲章の最高十字章が授与されるにあたり、とある夕刊紙が無知と悪意に満ちた下劣な記事のなかで、できれば永遠に忘れ去ってほしい（とルルタビーユ自らが言っていた）忌まわしい事件について蒸し返したものだから、見すごしてはおけなくなったのである。

　黄色い部屋！　十五年前、新聞紙上をかくも賑（にぎ）わしたあの事件について、誰が覚えているだろう？　パリでは人の噂も七十五日。ネーヴ裁判やメナルド坊や殺しでさえ、もはや記憶に留めている者はいないだろう。当時は皆、興味津々だったのに。議論が百出し、おりから勃発した内閣のスキャンダルさえすっかりかすんでしまったくらいだ。ネーヴ事件の数年前にあった《黄色い部屋》裁判の反響は、それに勝るとも劣らなかった。数か月間にわたって、全世界があの不可解な謎に熱中した。いやはや、わたしの知る限り、かくも奇怪な事件によって警察の眼力と裁判官の良識が試されたことはない。人々はおのがじし、度外れた謎解きに乗り出した。古きヨーロッパと若きアメリカが、こぞって推理ゲームに興じたのである。自画自賛するわけではないが――というのも、わたしは特別な資料によって新たな光をあてることができた事実をただ書き写しているだけなのだから――現実の出来事だろうが想像上の事件だろうが、「モルグ街の殺人」を書いたポオやその亜流たちの作品、それにコナン・ドイルが描く並外れた物語においてさえも、不可思議という点では《黄色い部屋》事件がはからずも生み出した謎に匹敵するものはないと断言できる。

　誰ひとり見つけられなかったものを、さる大新聞に勤める当時弱冠十八歳の若き新聞記者ジョゼフ・ルルタビーユが探り当てたのだ。しかし重罪裁判所で事件の鍵となる事実を証言したとき、彼はすべての真相を明かしたわけではなかった。不可解な出来事を説明し、無実の人間に罪を着せないために必要な最低限の事実を述べたにすぎない。しかし口を閉ざさねばならない理由は、今日すでになくなっている。それどころかわが友は、今進んで話さねばならない。というわけでみなさんには、すべてを知ってもらおうと思う。長々しい前置きはこれくらいにして、まずはグランディエ城で《黄色い部屋》の悲劇が起きた翌日、人々が目にした事件の概要をここにお伝えしよう。

一八九二年十月二十五日、《ル・タン》紙の最終版に次のような記事が載った。

> パリの南、エピネー＝シュール＝オルジュの町にほど近いサント＝ジュヌヴィエーヴの森のはずれにあるグランディエ城で、昨晩、恐るべき事件が起きた。主（あるじ）のスタンガルソン教授が離れの実験室で仕事中、隣室で休んでいたスタンガルソン嬢が何者かに襲われ、瀕死（ひんし）の重傷を負ったのである。治療にあたっている医師によれば、スタンガルソン嬢の容態は予断を許さないという。

このニュースにパリ中がどれほど衝撃を受けたかは、想像に難（かた）くないだろう。当時すでに学会は、スタンガルソン父娘（おやこ）の研究に大いに注目していた。レントゲン写真術の先駆けでもある彼らの研究は、のちにキュリー夫妻をラジウム発見へと導くことになる。しかもスタンガルソン教授はセンセーショナルな新理論を近々科学アカデミーで発表するとあって、期待が高まっているところだった。物質の解離現象に着目した理論は、物質の質量は化学変化によって増減しないとする質量不変の法則に長年もとづいてきた科学の原理を、根底から揺るがすものだという。

翌日の朝刊各紙は、このニュース一色だった。わけても《ル・マタン》紙は、「超自然的犯罪」と題した詳細な記事を載せた。

グランディエ城の事件についてわれわれが知り得た事実は――と《ル・マタン》紙の匿名記者は書いている――以下のようなものである。スタンガルソン教授はショックのあまり自失状態にあり、被害者の口から事情を聞くこともかなわないとあって、司法当局の捜査や本紙の取材は困難をきたした。黄色い部屋の床に寝間着姿のスタンガルソン嬢が倒れていたというが、いったいそこで何が起きたのか、今のところ最低限のことしかわかっていない。ともあれ、われわれは、スタンガルソン家に古くから仕えるジャック爺さん――とあたりでは呼ばれているそうだ――から話を聞くことができた。ジャック爺さんは事件の際、スタンガルソン教授といっしょに、実験室に隣接する黄色い部屋に踏みこんだ人物である。実験室と黄色い部屋は、城から三百メートルほど離れた庭園の奥にたつ離れのなかにある。

「夜中の零時半ごろでしたかね」とこの律儀(りちぎ)そうな(?)男はわれわれに語った。「旦那様といっしょにまだ実験室で仕事をしていたとき、事件が起きたんです。わたしは一晩中、実験器具を洗ったり片づけたりしていましたが、そろそろ旦那様もお城に戻られるころだから、そうしたら自分も休もうと思っていたところでした。マティルドお嬢様も零時まで、旦那様といっしょに仕事をしていました。実験室の鳩時計が午前零時を告げると、お嬢様は立ちあがって旦那様にキスをし、お休みの挨拶をなさいました。それからわたしにも

『お休み、ジャック爺さん』とおっしゃって、黄色い部屋のドアをあけました。お嬢様が部屋に入ってドアが閉まると、がちゃがちゃと鍵をまわし、それから差し錠をかける音がしました。ですからわたしは思わず笑って、旦那様にこう言ったものです。『おやまあ、お嬢様は二重に錠をかけていらっしゃる。よほど神獣様が怖いんですな』ってね。旦那様は仕事に熱中していたのか、何も答えませんでしたが。そのとき外から、不気味な鳴き声が聞こえました。神獣様だって、すぐにわかりましたよ……ぞっとするような声ですから。〈ああ、今夜もまたあいつのせいで眠れないんだな〉と思いました。というのもわたしは十月末まで、離れの屋根裏部屋に泊まることになっていましたから。ええ、黄色い部屋の真上です。お嬢様が庭の奥でひとりっきりになるのは不用心だっていうんでね。気候がいい時分は離れですごしたいというのが、お嬢様の希望だったんです。お城よりも快適だろうといって。ですから四年前、離れを建てたときからずっと、お嬢様は春になると欠かさず黄色い部屋で寝起きするようになりました。黄色い部屋には暖炉がないので、冬にはお城に戻られます。

というわけで旦那様とわたしは、まだ離れの実験室にいました。けれども物音は、まったく立てませんでした。わたしは椅子に腰かけて仕事を終えると、机の前に立っている旦那様を眺めながら、〈なんて知性と学識にあふれた、すばらしい方なんだろう〉と思っていました。二人とも、物音はまったく立てていません。どうしてそんなに強調するかと言えば、そのせいで犯人はわたしたちが離れから立ち去ったものと思いこんだに違いないからです。鳩時計が零時半を告げたとき、突然黄色い部屋から悲鳴が聞こえました。『助けて！　人殺し、人殺し』と叫ぶお嬢様の声です。続けて銃声が何発か響き、テーブルや家具をひっくり返すような大きな物音もしました。そしてまた、『人殺し……助けて……パパ、パパ』というお嬢様の叫び声がします。

　もちろん旦那様とわたしは、隣室の入り口に飛んで行きました。ところが先ほども申しあげたとおり、ドアにはお嬢様が内側から厳重に錠前と差し錠をかけていました。わたしたちは力いっぱいドアを揺さぶりましたが、びくともしません。旦那様はもう気も狂わんばかりです。そりゃまあ、無理もありません。そうこうするあいだにも、お嬢様が喘ぎながら『助けて、助けて』と叫ぶ声が聞こえるのですから。旦那様はどんどんとドアをたたきながら、こみあげる怒りと絶望、無力感に苛まれ、すすり泣いていました。

　そのとき、はたと思いつきました。『犯人は窓から入ったんでしょう。そっちにまわってみます』と叫ぶや、わたしは離れを飛び出し無我夢中で走りました。

　あいにく黄色い部屋の窓は敷地の外の平野に面していました。庭の塀は離れの外壁とつながっているので、そのまま裏にまわって窓の前まで行くことはできません。いったん庭園から出て、塀の外側を迂回するしかないのです。わたしは鉄柵の正門めざして走りました。するとむこうから、門番のベルニエ夫妻がやって来ました。銃声やわれわれの叫び声に気づき、駆けつけたのでしょう。わたしは手短に事情を説明し、急いで旦那様のところへ行くようにとベルニエに言いました。そして細君には、いっしょに来て正門をあけるよう指示しました。五分後、わたしとベルニエの細君は黄色い部屋の窓の前に着きました。月が煌々と輝く晩で、窓をこじあけた形跡がないことはすぐにわかりました。鉄格子はしっかりとはまっていたし、その後ろの鎧戸も閉まっています。その晩、いつものようにわたしがこの手で閉めたんです。お嬢様はわたしが多忙で疲れきっているのをご存じなので、自分でやるからいいとおっしゃいましたけれど。わたしは念のため、鎧戸の掛け金も内側からかけておきました。だから犯人は、ここから入ることも逃げることもできません。しかし、入れないのはわたしも同じです。

いやはや、なんてことだ！　今にも気が変になりそうです。部屋のドアには内側から錠がかけられ、ひとつだけある窓の鎧戸も内側から掛け金がおろされ、鎧戸の前には腕も通らないほどの鉄格子がはまっている。そのあいだにも、助けを求めるお嬢様の声が……いや、もう声は聞こえない。死んでしまったのだろうか……けれども離れの奥からは、旦那様がドアを揺さぶる音が響き続けていました。

そこでわたしと門番の細君は離れに戻りました。旦那様と門番のベルニエが思いきり体あたりするものの、ドアはまだ持ちこたえています。それでも全員が必死に力を合わせたおかげで、ようやくドアをやぶることができました。そこで何を目にしたかって？　念のために言っておきますが、われわれの後ろでは門番の細君が、実験室で使っていたランプをかざしていました。明るいランプの光は、部屋を隅々まで照らしています。

それに黄色い部屋はとても狭いんです。お嬢様はそこに幅広のスチールベッドと小さなテーブル、ナイトテーブル、洗面台、それに椅子を二客置いていました。ですから門番の細君が掲げた大きなランプの光で、部屋中をひと目で見渡すことができました。めちゃめちゃに荒らされた部屋の真ん中には、寝間着姿のお嬢様が床に倒れています。テーブルや椅子もひっくり返っているところを見ると、激しく争ったようです。お嬢様は寝ているところをベッドから引きずり降ろされたのでしょう。体は血塗れで、首のまわりには恐ろしい爪痕が残っています。首の皮が掻きむしられ、右のこめかみにあいた傷口から流れ落ちる血は、床に小さな血だまりができるほどでした。旦那様はそんな状態のお嬢様を見て、聞くだに痛ましい絶望の叫びをあげながら駆け寄りました。そしてまだ息があるのに気づき、一心に介抱を始めました。わたしとベルニエは、お嬢様を殺そうとした犯人を捜しました。誓って申しあげますが、もし見つけていたらただではすまさなかったでしょう。でも、一体全体どうして犯人は部屋にいないんだ？　どうやって部屋から逃げ出したんだろう？　いくら考えてもわかりません。ベッドの下にも、家具の後ろにも、誰もいなかったんです。見つかったのは犯人の痕跡だけでした。壁やドアには男の大きな手の跡が血塗られていましたし、血で赤く染まったハンカチ（イニシャルは入っていませんでした）や古いベレー帽も落ちていました。床には男ものの靴の跡もたくさんついていました。大きな足をした男が部屋を歩きまわり、靴裏の黒い煤がそこらじゅうに跡を残したのです。でも、男はどこへ行ったんだろう？　どこから逃げ出したんだ？　いいですか、黄色い部屋に暖炉はありません。こっそりドアから出ていくのも不可能です。入り口はとても狭いうえ、門番の細君がランプを持って陣取っているんですから。ともかくわたしと門番は、どこにも隠れ場所などない部屋のなかを捜しまわりました。しかし犯人は見つかりません。突き破った勢いでドアは壁にぴったりくっついていたので、裏に隠れているはずはありません。それでもわたしたちは、いちおう確かめてみました。窓から逃げることもできません。鎧戸が閉められ、鉄格子ががっちりとはまっているんですから。それじゃあ、どうやって……これは悪魔のしわざかもしれないと、本気で思い始めましたよ。

ところがふと見ると、床にわたしの拳銃が落ちているではないですか。ええ、わたしの拳銃が……それではっとわれに返りました。悪魔だったら、お嬢様を殺すのに拳銃を使う必要なんかない。ここに忍びこんだ人間は、まずわたしの屋根裏部屋にあがって、引き出しにしまってあった拳銃を盗んで悪事におよんだのです。銃弾を確かめてみると、二発撃っていることがわかりました。いやはや、危ないところでしたよ。事件が起きたとき、旦那様がまだ実験室にいらしたおかげで、わたしは九死に一生を得たんです。わたしもいっしょにいたと、旦那様にはっきり認めていただけましたから。さもなきゃ拳銃の一件で、何を疑われたかわかりません。わたしはとっくに捕まっていたでしょうね。お上にとっちゃ、それっぽっちの証拠でも、人ひとり死刑台に送るのに充分ですから」

《ル・マタン》紙の記者はこのインタビュー記事のあとにこう続けている。

ジャック爺さんには黄色い部屋事件について知っていることを、いっきに語ってもらった。彼が話したとおりを、われわれはここにお伝えした。読者のみなさんを煩わせないよう、途中、何度も繰り返される嘆きの言葉だけは省略したけれど。よくわかった、ジャック爺さん。よくわかった、あなたがご主人のスタンガルソン父娘を慕っていることは。あなたはそれをみんなに知ってもらいたいと、言い続けないではいられなかった。犯行現場から自分の銃が見つかったのだからなおさらだ。わが身の潔白を主張することはあなたの権利だし、それに何の不都合もないとわれわれは思っている。ジャック爺さん――正確にはジャック＝ルイ・ムスティエさんである――にはほかにもたずねたいことがたくさんあったのだが、ちょうどそこに予審判事から迎えがやって来て、城の大広間で続いている事情聴取のために爺さんを連れていってしまった。われわれはグランディエ城に入れてもらえないし、周囲のナラ林も警官たちがぐるりと取り囲んで見張っている。離れに続く足跡は、犯人の発見につながる大事な証拠というわけだ。

われわれは門番夫婦にも話を聞きたいと思ったが、彼らの姿はなかった。そこで城の正門付近に陣取り、コルベイユ市のマルケ予審判事が出てくるのを待つことにした。五時半、予審判事が書記官といっしょに出てきた。彼らが馬車に乗りこむ前に、われわれは次のような質問をぶつけることができた。

「マルケ判事、この事件について話してくれませんか。捜査の支障にならない範囲でけっこうですから」

「何も言えんな」とマルケ判事は答えた。「いずれにせよ、わたしの知る限り最も奇怪な事件だ。ひとつわかったかと思うや、すぐにまたひとつわからないことが出てくるのだから」

最後の言葉について詳しい説明を求めたところ、マルケ判事は以下のように語ってくれた。その重要性は、誰の目にも明らかだろう。

「今日、検察当局が確認した物的証拠のほかに、新たな事実が何も判明しなければ、スタンガルソン嬢殺人未遂事件をとり巻く謎は、残念ながら解明されないままに終わるかもしれん。だがわたしは、四年前にあの離れを建てた業者といっしょに、明日から黄色い部屋の壁や天井、床の調査を始めることにした。《人間の理性を信じて》、非合理な出来事を許さない証拠が見つかることを期待しようではないか。問題はその点にあるのだから。犯人がどこから入ってきたかはわかっている。部屋のドアから入ってベッドの下に隠れ、スタンガルソン嬢を待ち伏せていたんだ。それじゃあ、犯人はどこから出ていったのだろう？　どうやって逃げ出すことができたのか？　もし抜け穴や隠し扉、秘密の隠れ場所が見つからなければ？　壁を壊して調べても——わたしもスタンガルソン教授も、離れを解体する覚悟でいる——人間はもちろん何らかの生き物が通り抜けできるような通路がなかったら？　天井に穴があいていたり、床下に溝が掘られていなかったら？　そうなればもう、ジャック爺さんが言ったように《悪魔のしわざ》としか思えんだろうな」

匿名記者はこの記事のなかで――同事件について新聞各紙がいっせいに報じたなかでも、いちばん興味深いものとしてここに選んだのだが――「ジャック爺さんが言ったように《悪魔のしわざ》としか思えんだろうな」という最後の言葉には何か予審判事の意図が込められているようだと指摘している。

そして記事は次のような一節で締めくくられている。


ジャック爺さんが言った《神獣様の鳴き声》とは何のことか、われわれは知りたいと思った。近くの旅籠《望楼亭》の主人にたずねたところ、アジュヌー婆さんの猫がときおり夜中にあげる不気味な鳴き声のことを、地元ではそう呼んでいるのだという。アジュヌー婆さんは聖女ジュヌヴィエーヴの洞窟にほど近い森の小屋で、隠者のような暮らしをしている老女である。

黄色い部屋、神獣様、アジュヌー婆さん、悪魔、聖女ジュヌヴィエーヴ、ジャック爺さん。そして謎だらけの事件。明日になれば壁に加えたつるはしの一撃によって、もつれた糸がほどけるかもしれない。予審判事が言うように、せめて《人間の理性を信じ》たいではないか。ともあれスタンガルソン嬢はいまだ錯乱状態が続き、《人殺し、人殺し、人殺し》とうわ言のように言い続ける以外、まともな会話は何もできない。彼女が明朝まで持ちこたえるかどうかすら、危ぶまれている……

同紙が最後に飛びこんできたニュースとして報じたところによると、刑事部長は証券盗難事件でロンドンに派遣されていた有名なフレデリック・ラルサン警部に電報を打ち、すぐさまパリに戻るよう命じたという。

2　ここにジョゼフ・ルルタビーユが初めて登場する

その朝、若きルルタビーユがわたしの部屋に入ってきたときのことは、まるで昨日の出来事のようによく覚えている。八時くらいだったろうか、わたしはまだベッドに寝そべり、グランディエ城の事件に関する《ル・マタン》紙の記事を読んでいた。

けれども、まずはここでわが友をご紹介せねばならないだろう。

わたしがジョゼフ・ルルタビーユと知り合ったのは、彼がまだ新米(しんまい)の新聞記者だったころだ。当時、わたしも弁護士を始めたばかりだった。マザスやサンラザールといったパリの刑務所で収監者と面会する許可を取るため、予審判事のところへ行く途中、廊下でよく顔を合わせた。彼はいわゆる《ふくよかな顔》をしていた。ボールみたいに真ん丸なのだ。たぶんそのせいで、記者仲間が玉転(ルルタビーユ)がしなんていうあだ名をつけたのだろう。やがてその名前で有名になり、「ルルタビーユを見かけたかい？」とか、「おや、ルルタビーユの旦那がお出ましだ」なんてみんなに言われるようになったのだ。彼はたいていトマトよろしく真っ赤な顔をして、小鳥みたいに陽気なこともあれば教皇様みたいに厳かなこともあった。わたしが初めて会ったときは、まだ十六歳半の若さだったはずだが、よくまあ新聞業界で生計を立てていたものだ。彼の華々しいデビューの経緯を知らずに親しくなった者は、誰しもそう疑問に思ったことだろう。パリのオーベルカンフ通りで女のバラバラ死体が見つかった事件で――これもまた、今では忘れ去られた出来事だ――当時《ル・マタン》紙と特ダネ合戦を繰り広げていた《エポック》紙の編集長のもとに、彼は欠けていた左足を持っていった。死体の破片が詰まったくずかごに、なぜかその左足だけは入っていなかったのだ。警察は一週間前からずっと捜していたが、見つからないままだった。それを若きルルタビーユが、誰も調べようと思いつかなかったどぶ川から発見したのである。おりからセーヌ川の増水で、大きな被害が出ているところだった。ルルタビーユはパリ市当局が動員したにわか下水清掃人の一団に加わり、大手柄をあげたのだった。

　編集長は貴重な左足を手に入れて大喜びだった。それを見つけるのに、ルルタビーユがどんなに鋭い推理力を発揮したかもよくわかった。十六歳の少年ながら、頭の働きは警察顔負けじゃないか。新聞の死体公示欄にオーベルカンフ通りの左足を掲げられるかと思うと、嬉しくてたまらない。

「この足をネタにして、トップ記事が書けるぞ」と編集長は叫んだ。

　そして《エポック》紙編集部おかかえの検死医にその不気味な包みを預けると、のちにルルタビーユの名で知られることになる少年に、三面記事担当の記者として働くのにいくら欲しいかたずねた。

「月に二百フランほどいただければ」若者はそんな申し出にびっくりして息を詰まらせ、控えめに答えた。

「だったら二百五十出そう」と編集長は続けた。「その代わりみんなには、一か月前からこの編集部の一員だったと言うんだ。そしてもちろん《オーベルカンフ通りの左足》を見つけたのは、きみじゃなくて《エポック》紙ということにする。いいかね、ここでは個人なんて何の意味もない。新聞がすべてなんだ」

そう言うと編集長は新入りの記者に、もう帰るよううながした。しかしドアのところまで行った少年を呼びとめ、名前をたずねた。

「ジョゼフ・ジョセファンです」と相手は答えた。

「おかしな名前だな」と編集長は言った。「でもまあ、署名記事を書くわけじゃないから、どうでもいいか」

若い記者にはたちまちたくさんの友人ができた。彼は人あたりがよく、いつもにこやかで、どんな不平家や妬み深い人間をも魅了し、胸襟をひらかせる才能の持ち主だったから。三面記事の記者連中が、検事局や警視庁へ犯罪がらみのネタを探しに行く前に集まる弁護士会のカフェで、彼はたちまち切れ者という評判をとり、いつしか刑事部長のオフィスへも出入りするようになった。一筋縄ではいかない事件が起きて、編集長がルルタビーユを――彼はすでにこのあだ名で呼ばれていた――調査に送りこんだならば、名だたる警察官たちをも出し抜いてしまうのが常だった。

わたしがルルタビーユと親しくなったのも、弁護士会のカフェでだった。刑事専門の弁護士と新聞記者は、案外仲がいいものだ。かたや名前を売りたがり、かたや情報を求めている。言葉を交わすや、二人はたちまち意気投合した。彼は頭がよくて独創性に富んでいて、ほかの人間が思いつかないような発想をする。それでいて、なんとも気のいい男だった。

それからしばらくして、わたしは《大通りの声（クリ・ド・ブールヴァール）》紙で裁判関連の記事を書き始めた。わたしがジャーナリズムの世界に乗り出したことで、ルルタビーユとのあいだに結ばれた友情の絆はいっそう強まった。新たな友が〈ビジネス〉という名で《エポック》紙の裁判情報欄をまかされると、わたしは彼に請（こ）われて法律的なアドバイスをするようになった。

こうして二年近くが過ぎたが、ルルタビーユのことを知れば知るほどますます好感を抱くようになった。見かけは陽気で気ままそうだが、歳のわりには生真面目（きまじめ）なところがあるとわかったからだ。いつもはやたら明るくふるまう彼が、深い悲しみに沈んでいるのに気づいたことも一度や二度ではない。どういう心境の変化なのか、わたしがわけをたずねると、彼はそのたび笑って何も答えなかった。ルルタビーユは両親の話もついぞしようとしなかった。あるときたずねてみたけれど、彼は聞こえなかったふりをしてすっとむこうへ行ってしまった。

そうこうするうちにあの黄色い部屋事件が起き、ルルタビーユは敏腕（びんわん）記者としてのみならず、世界一の名探偵としても勇名を馳（は）せることとなったのである。日刊新聞が犯罪報道に力を入れ、今あるような形に変わり始めた時期だからして、そうした二つの能力を兼ね備えた人物があらわれたとしても驚くにはあたらなかった。嘆かわしいことだと、眉（まゆ）をひそめるむきもあるだろう。しかしわたしは、大いに歓迎すべき事態だと思っている。公的なものだろうと私的なものだろうと、犯罪者に対抗する手段は数あるにこしたことはない。新聞が犯罪を大々的に取りあげると、つられて悪事を働く連中が出てくると、気難し屋たちは言うかもしれない。こちらが何を言っても、決して納得しない人がいるものだ。

というわけで一八九二年十月二十六日の朝、ルルタビーユはわたしの部屋にいた。いつにも増して顔を紅潮させている。ひどく興奮しているらしく、大きく見ひらいた目は今にも飛び出さんばかりだ。彼は震える手で《ル・マタン》紙を振りかざし、こう叫んだ。

「おい、サンクレール……もう読んだだろ？」

「グランディエ城の一件か？」

「ああ、《黄色い部屋》事件だ。きみはどう思う？」

「ありゃもちろん、悪魔のしわざだな。さもなきゃ、神獣様か」

「ふざけないでくれ」

「そうだな、犯人が壁を通り抜けて逃げたはずはないからね。思うにジャック爺さんもドジを踏んだものさ。凶器の銃を現場に残していくなんて。それにやつの住まいは、スタンガルソン嬢の部屋の真上だった。予審判事は今日、建物の調査を始めるそうだから、謎解きの鍵が見つかるんじゃないかな。秘密の抜け穴だか隠し扉だか知らないが、スタンガルソン教授が気づかないうちにどうやって実験室に戻ったのか、すぐにわかるだろうよ。いやまあ、これはひとつの仮説だがね……」

ルルタビーユは肘掛け椅子に腰を下ろすと、いつも手にしているパイプに火をつけ、気持ちを落ち着かせようというのか、しばらく黙って紫煙をくゆらせた。なるほど、かなり頭に血をのぼらせているようだ。やがて彼は嘲るようにわたしを見た。

「なんとまあ」ルルタビーユはいわく言いがたい、皮肉たっぷりの口調で応じた。「なんとまあ、きみは弁護士だから、被告人を無罪に導く才能はたしかにある。しかしひとたび予審判事になったら、無実の人間に罪を着せるのもたやすいだろうな……本当に、たいした男だよ、きみは」

彼はそう言ってぷかぷかとパイプをふかすと、さらに続けた。

「抜け穴なんて見つかりゃしないさ。黄色い部屋の謎は深まるばかりだろう。だからこそ、ぼくは興味を持ったんだ。予審判事の言うとおり、こいつはいまだかつてない奇怪な事件だぞ」

「犯人が逃げた道筋について、何か考えがあるのか?」とわたしはたずねた。

「いや、何も」とルルタビーユは答えた。「今のところはね。しかし拳銃のことなら、すでにひとつわかっている。拳銃を撃ったのは犯人じゃない……」

「だったら誰が撃ったんだ?」

「そりゃ、もちろん……スタンガルソン嬢だ」

「わけがわからなくなったな」とわたしは言った。「いや、最初からさっぱりだったんだが」

ルルタビーユは肩をすくめた。

「《ル・マタン》紙の記事で、おやっと思ったことはなかったかい?」

「特に何も……書かれていることすべて奇妙だし」

「だったら、ドアに錠前がかかっていた点は？」

「鍵をかけるのは当然だろう」

「なるほど。だったら差し錠はどうだ？」

「差し錠だって？」

「差し錠は内側からかけられていた……スタンガルソン嬢が用心のためにそうしたんだろう。だとすると、スタンガルソン嬢は自分が誰かに狙われているとわかっていたことになる。だから用心していたんだ。ジャック爺さんの拳銃をこっそり借りたのもそのためさ。たぶん彼女は、ほかの人たちに心配をかけたくなかったんだな。とりわけ、父親には。はたして、スタンガルソン嬢が恐れていたことが起こった。彼女は身を守ろうとして争いになり、拳銃で相手の手に傷を負わせた。壁やドアに男の大きな赤い手跡がついていたのは、こうした経緯からさ。男は手探りで逃げ道を探した。しかしスタンガルソン嬢も銃を撃つのが一瞬遅れ、右のこめかみに恐ろしい一撃を喰らってしまった」

「つまりスタンガルソン嬢のこめかみの傷は、銃で撃たれたものじゃないのか？」

「新聞にははっきり書かれていなかったが、ぼくはそう思っている。銃はスタンガルソン嬢が犯人に向けて撃ったものだと考えるほうが、論理的だからね。それじゃあ、犯人が使った凶器は何だったんだろう？　こめかみを狙ったところからみて、スタンガルソン嬢を亡き者にしようとしたのは明らかだ……しかも最初は、絞め殺そうとしているし。犯人は屋根裏部屋にジャック爺さんが寝起きしていることも知っていたに違いない。だから大きな音のしない凶器を使ったのさ。棍棒か金づちか、そんなところだ」

「だからって、犯人がどうやって黄色い部屋から抜け出したのかは説明がつかないぞ」

「たしかにね」とルルタビーユは言っておもむろに立ちあがった。「それを解き明かすため、ぼくはグランディエ城に向かうつもりだ。きみにもいっしょに行ってもらおうと、こうして迎えに来たってわけさ」

「ぼくもいっしょに？」

「ああ、ぜひともきみの手を借りなくては。《エポック》紙からこの事件の取材をまかされたので、一日も早く解明しなくてはならないんだ」

「しかし、何か役に立てるだろうか？」

「ロベール・ダルザックがグランディエ城に滞在しているだろ」

「たしかに、さぞ落ちこんでいるだろうな」

「彼と話をしなければ……」

そう言うルルタビーユの口調に、わたしは思わずはっとした。

「もしかして……そちらの側から何かつかめるかもしれないと？」とわたしはたずねた。

「そういうことだ」

ルルタビーユはそれ以上説明しようとせず、急いで支度(したく)をしてくれと言って、居間に引っこんでしまった。

ロベール・ダルザックとは、わたしがバルベ＝デラトゥール弁護士の秘書をしていたころに知り合った。ある民事訴訟で、彼のために司法上の手助けをしたのがきっかけだった。黄色い部屋事件が起きた当時、ロベール・ダルザック氏は四十代で、ソルボンヌ大学の物理学教授をしていた。スタンガルソン父娘とも親しく、七年間にわたる求愛の末、ようやく令嬢との婚約にこぎつけたところだった。スタンガルソン嬢はもう若いとは言えない歳だったが（三十五歳にはなっていたはずだ）、人目を惹く美しさはいまだ失われていなかった。

わたしは着替えをしながら、居間で待ちかねているルルタビーユに大声でたずねた。

「少しは犯人像も固まっているのかい？」

「ああ」と彼は答えた。「社交界の人間とまでは言わないまでも、まずまず社会的な地位の高い人物だろうな。ただの印象にすぎないが」

「どうしてそんな印象を？」

「だってほら、汚らしいベレー帽や安物のハンカチ、床についていたドタ靴の跡から見て……」

「なるほど、もし本当に犯人につながるものなら、そんなにたくさん手がかりを残していくわけないからな」

「お見事、サンクレール。きみもなかなかやるじゃないか」とルルタビーユは言った。

3 《男は幽霊のように鎧戸を通り抜けた》

三十分後、わたしとルルタビーユはオルレアン駅のホームでエピネー＝シュール＝オルジュへ向かう列車が出るのを待っていた。するとそこに、コルベイユ市の検事局からマルケ予審判事と書記官がやって来るのが見えた。マルケ予審判事は昨晩、書記官といっしょにパリに泊まり、スカラ座で上演される寸劇の通し稽古に立ち会ったのだった。実はその芝居、彼がカスティガト・リデントの名で書いたものだった。この名前はもちろん、「笑い(カスティガト・リデント・モーレス)で世相を切る」というラテン語の表現から取ったものである。

マルケ予審判事は品のいい初老の男だった。いつでも礼儀正しく、服装の趣味も悪くない。けれども彼は芝居を書くことだけに、生きる情熱のすべてを注(そそ)いでいた。司法官という仕事を続けているのは、実のところ芝居の一幕に使えそうな事件に興味があるからにすぎない。家柄も悪くないのだから、司法界でもっと出世を望めたものを、ロマン派演劇の牙城(がじょう)ポルト＝サン＝マルタン座や、哲学的な芝居を得意とするオデオン座をめざす以外、何も努力はしなかった。そんな理想を追い続けた末に得たものと言えば、老年にさしかかって就(つ)いたコルベイユ検事局予審判事の職と、カスティガト・リデントの名でスカラ座にささやかな一幕物の艶笑劇を提供することくらいだった。

黄色い部屋事件は不可解なことだらけなゆえにマルケ予審判事の好奇心を掻き立て、文学にかける彼の心を魅了したのである。だから判事がこの事件に乗り出したのは、真実を追い求める司法官というより、入り組んだ筋立てを好む演劇愛好家としてだった。謎解きには全力で取り組もう。そうして最後にすべてが明らかになれば、あとはめでたく幕を下ろすだけだ。

そんなこんなでわたしたちがマルケ予審判事と出会ったとき、彼は書記官に向かってため息まじりにこう言っていたのだった。

「マレーヌ君、かくもすばらしい謎を建築業者が台無しにしてほしくないものだな」

「ご心配いりませんよ」とマレーヌ書記官は答えた。「離れの建物はつるはしで壊せても、それで事件の解決にはなりません。わたしは壁を手探りし、天井や床を調べてみました。こう見えても建物のことは詳しいんです。そう簡単にごまかされません。安心して大丈夫。どうせ何も出やしませんから」

マレーヌ書記官はそう断言すると、わたしたちがいることを目顔(めがお)でさりげなくマルケ判事に示した。予審判事は眉をひそめた。ルルタビーユは帽子を脱いで、すたすたと近づいていく。マルケ判事はそれを見て列車に飛び乗り、書記官に小声で言った。

「記者連中は近づけるな」

マレーヌ書記官は「わかりました」と答えてルルタビーユの前に立ちはだかり、予審判事のコンパートメントに乗りこませまいと邪魔だてにおよんだ。

「すみませんが、このコンパートメントは予約ずみなので」

「ぼくは《エポック》紙の記者なんです」とわが友は馬鹿丁寧にお辞儀をしながら言った。「マルケ予審判事にひと言、お伝えしたいことがありまして」

「判事は捜査でとてもお忙しいので……」

「いえ、捜査の話ではありません。ぼくは事件記者じゃありませんから」ルルタビーユはくだらない三面記事を追いかける連中はうんざりだと言わんばかりに、下唇を突き出した。「ぼくは演劇欄を担当してまして、今夜スカラ座にかかる芝居について、記事を書かねばならないので……」

「そういうことなら、どうぞお乗りください」と書記官は言って道をあけた。

ルルタビーユはさっさとコンパートメントに乗りこんだ。わたしもあとに続き、彼の隣に腰をおろす。最後に書記官が乗ってドアを閉めた。

マルケ予審判事は書記官をにらみつけた。

「ああ、判事さん」とルルタビーユは切り出した。「彼を責めないでください。決して命令に背いたわけではありません。ぼくが無理を言ったのですから。今日はマルケ予審判事さんではなく、劇作家カスティガト・リデント氏にお話をうかがうべくやって来たんです。まずは《エポック》紙の演劇欄担当者として、ひと言お祝い申しあげます」

ルルタビーユはまずわたしを紹介し、それから自己紹介をした。

マルケ予審判事はぴんと張ったあごひげを不安そうにしごき、ルルタビーユに答えた。いやなに、わたしはでしゃばるのが嫌いなほうで、できればペンネームの陰に隠れていたいんです。

わたしの芝居が新聞で大々的に取りあげられ、カスティガト・リデントの正体はコルベイユの予審判事にほかならないなんて公になったらたまりません、などと。

「劇作家としての活動は」彼は少しためらったあとにつけ加えた。「劇作家としての活動は、司法官の仕事にさしつかえるかもしれん。とりわけ、いまだ旧弊（きゅうへい）な田舎町（いなかまち）ではね」

「ご安心ください。余計なことは書きませんから」とルルタビーユは言い、片手をあげて天に誓った。

　そのとき、列車ががたんと揺れた。

「おや、もう出発か」と予審判事は言った。結局、わたしたちもいっしょに行くのかとあきれているようだ。

「ええ、判事さん、真実が動き始めました……」新聞記者はにこやかに微笑みながら言った。「動き始めたんです、グランディエ城に向かって。すごい事件ですよね、判事さん。実にすごい事件だ」

「わけのわからん事件さ！　説明のつかない謎に満ちた、信じがたい事件だとも。だがルルタビーユ君、わたしがひとつだけ心配なのは、記者連中が謎解きをしようと首を突っこんでくることなんだ」

　わが友もここは一本取られたようだ。

「たしかに、それはご心配でしょう」と彼はさりげなく応じた。「あいつら、何にでも首を突っこんできますからね。でも、ぼくがこうしてお話ししているのは、偶然のなりゆきからでして。ええ、まったくの偶然からあなたと行き会わせ、コンパートメントにお邪魔することとなったんです」

「それじゃあきみたちは、どこへ行く予定なんだね？」とマルケ予審判事はたずねた。

「グランディエ城ですよ」ルルタビーユはしれっと答える。

判事は呆気にとられた。

「城には入れんぞ、ルルタビーユ君」

「あなたが許可しないと？」わが友はさっそく身がまえた。

「とんでもない。新聞記者やマスコミの諸君とは仲良くやりたいと思っているからね、ことが何であれ無下にはしないつもりだ。だがスタンガルソン教授が、誰もなかに入れようとしない。それに城は警備が厳しいから、昨日だってグランディエ城の門を抜けることができた記者はひとりもいなかった」

「それはけっこう」とルルタビーユは応じた。「でも、ぼくは大丈夫です」

マルケ判事は口を結んだまま、むっつりと黙りこくった。ルルタビーユはあまり意地を張らず、グランディエ城へ行くのは《親しい旧友》を励ますためだと言った。すると判事もようやく少し態度をやわらげた。旧友というのはロベール・ダルザック氏のことだが、ルルタビーユが彼に会ったのはこれまで一度きりだろう。

「ロベールも気の毒に」と若き新聞記者は続けた。「生きていられないかもしれません。あんなにスタンガルソン嬢を愛していたのだから」

「ロベール・ダルザック氏の嘆きぶりたるや、たしかに見るも痛ましい限りで……」マルケ予審判事は言いにくそうに漏らした。

「でもスタンガルソン嬢には、ぜひとも助かってもらわないと」

「そう願いたいな……父上のスタンガルソン教授も昨日、言ってたよ。もし娘が死んだら、自分も遠からず彼女のあとを追って葬られることになるだろうってね。科学にとっては計り知れないほどの損失だ」

「こめかみの傷は重いんですか？」

「もちろんさ。なんとかもちこたえているのが奇跡的なくらいだ。力いっぱい殴りつけられたのだから……」

「それじゃあスタンガルソン嬢は、銃で撃たれたんじゃないのですね」ルルタビーユはそう言うと、勝ち誇ったような目でちらりとわたしを見た。

　マルケ判事は大慌てだった。

「わたしは何も言っとらんぞ。言うつもりもないし、言いたくもない」

　そしてわたしたちなんかもう知らないとばかりに、書記官のほうへ向きなおった。

　しかし、そんなことでルルタビーユを厄介払いできると思ったら大間違いだ。彼は予審判事ににじり寄り、ポケットから取り出した《ル・マタン》紙を突きつけてこう言った。

「予審判事さん、よろしければひとつおたずねしたいんですが、《ル・マタン》紙の記事はお読みになりましたよね？　理屈に合わないと思いませんか？」

「いや、思わんね」

「そいつはおかしい。黄色い部屋には窓がひとつあっただけ。《窓には鉄格子がしっかりはまったままで、突き破ったドアにも内側から錠がかかっていたのに》……部屋のなかに犯人はいなかったんですよ」

「そこなんだよ、きみ。そこのところが問題なんだ」

ルルタビーユはじっと黙りこみ、何やら考えているようだった。そんなふうにして十五分ほどが過ぎた。

やがてルルタビーユはわたしたちの存在を思い出したみたいに、再び予審判事に話しかけた。

「事件の晩、スタンガルソン嬢はどんな髪形をしていましたか？」

「何の話だか」とマルケ判事は言った。

「とても大事なことなんです」ルルタビーユはなおもねばった。「真ん中から二つに分けていたのでは？ 事件の晩、彼女は髪を真ん中から二つに分けて、左右に垂らしていたはずだ。ぼくはそう確信しています」

「だったらルルタビーユ君、きみは間違ってる。あの晩、スタンガルソン嬢は編んだ髪を頭のうえでひとつに束ねていたよ。彼女はいつもそうやって、額を丸出しにしているらしい。これははっきり断言できる。われわれは傷を丹念に調べたが、髪に血はついていなかったからね。傷を負ったあとに髪形を変えたとは思えないし」

「それじゃあ事件の晩、スタンガルソン嬢はたしかに真ん中分けの髪をしていなかったんですね？」

「ああ、絶対だ」と予審判事は笑いながら続けた。「わたしが傷の様子を見ているとき、医者がこう言ったのをまだはっきり覚えているよ。『スタンガルソン嬢は髪をいつも額のうえにあげていたが、それが災いしたようだ。真ん中から分けて垂らしていれば、こめかみに受けた一撃も少しはやわらいだろうに』ってね。それにしても、よくわからんな。どうしてそんなにこだわるのか」

「彼女が髪を真ん中分けにしていなかったなら」とルルタビーユはうめくように言った。「いったいどう、どう考えればいいんだ？　ともかく調べてみなければ」

彼は残念そうな身ぶりをして、もう一度たずねた。

「こめかみの傷はひどいんですよね？」

「重傷だ」

「凶器は何だったんです？」

「そこはきみ、捜査上の秘密だよ」

「凶器は見つかりましたか？」

予審判事は無言だった。

「首のまわりの傷は？」

予審判事が明かしてくれたところによると、《もし犯人があと数秒、スタンガルソン嬢の首を絞め続けていたら、窒息死していただろう》というのが医者たちの見立てだそうである。

「《ル・マタン》紙が報じている事件は、混迷の一途をたどっているようだ」とルルタビーユは熱に浮かされたように続けた。「判事さん、離れのドアや窓はどうなっているんですか？」

「全部で五か所だ」とマルケ判事は、二、三度咳（せき）をしてから答えた。こうなったら担当事件の信じがたい謎を、ここにすべて並べあげてしまおう。「全部で五か所。そのうちドアは玄関のところだけで、閉まると自動的に錠がかかるようになっている。内側からでも外側からでも、あけるには特別な鍵が必要だが、二つある鍵はジャック爺さんとスタンガルソン教授が肌身離さず持っている。スタンガルソン嬢は鍵を持っていなくとも、ジャック爺さんが離れに暮らしているし、昼間は父親といっしょにいるから必要ない。スタンガルソン教授とジャック爺さん、それに門番夫婦の四人が黄色い部屋のドアを突き破ってなかに入ったとき、玄関のドアはいつものように閉まっていたし、二つの鍵はそれぞれ教授とジャック爺さんのポケットに入っていた。離れの窓は四つ。そのうちひとつは黄色い部屋、二つは実験室、あとのひとつは玄関ホールにあいている。黄色い部屋の窓と実験室の窓は、敷地の外の平野に面していて、玄関ホールの窓は庭に面している」

「犯人が離れから逃げ出したのは、その窓からだったんだ！」

「どうしてわかるんだね？」マルケ判事は奇妙な目でわが友を見つめながら言った。

「犯人がどうやって黄色い部屋から抜け出したのかはあとで考えるとして、離れから外に出るには玄関の窓を使うしかありません」

「もう一度訊くが、どうしてわかるんだ？」

「なに、簡単な話です。錠がかかっている玄関のドアからは、出ていけませんからね。それなら残るは窓だけです。だったら鉄格子のはまっていない窓が、少なくともひとつはあるはずだ。黄色い部屋の窓は外の平野に面しているので、用心のために鉄格子がはまっていました。同じ理由から、実験室にある二つの窓にも鉄格子がはまっているでしょう。犯人が離れから逃げ出したとすれば、鉄格子のない窓を見つけたことになる。だったらそれは庭、つまり敷地の内側に面した玄関の窓に違いない。簡単な推理ですよ」

「なるほど」とマルケ判事は言った。「しかし、きみにもこの謎は解けんだろうな。たしかに玄関ホールの窓だけは、鉄格子がはまっていなかった。ところが、そこには頑丈な鉄の鎧戸がついていたんだ。**しかも鎧戸は閉じたまま、内側から掛け金がかかっていた。犯人がその窓から逃げたことを示す、れっきとした証拠があるにもかかわらず。**内側の壁や鎧戸には血痕がついていたし、窓の下の地面には足跡が残っていた。黄色い部屋で採取したのと同じ大きさの足跡がね。犯人が玄関の窓から逃げたことを示す、何よりの証拠じゃないか。だとしたら、いったいどうやって？　**だって鎧戸には内側から掛け金がかかっていたんだから。**犯人は幽霊のように鎧戸を通り抜けた。つまり何より驚くべきは、犯人がどうやって黄色い部屋から出たのかも、どうやって実験室を抜けて玄関まで行ったのかもさっぱりわからないというのに、玄関から逃げたときの痕跡が残っているという点なんだ。そうとも、ルルタビーユ君、まったく現実離れした事件……すごい事件じゃないか。そう簡単に謎解きの鍵は見つからんだろう。わたしはそう期待しているね」

「期待しているですって?」

するとマルケ判事は慌てて言い直した。

「いやまあ、期待はしてないが……たぶんそうなるだろうと……」

「つまり犯人が外に出たあと、何者かが窓の鎧戸を閉めて、内側から掛け金をかけたということでしょうか?」とルルタビーユはたずねた。

「もちろん、そう考えるのが今のところいちばん自然だろう。にわかには信じられないことだがね。だってそれには共犯者が必要じゃないか……それはいったい誰なんだ」

しばらく沈黙が続いたあと、予審判事はこう言い添えた。

「ああ、スタンガルソン嬢が今日のうちにも持ち直し、訊問できるようになれば……」

ルルタビーユがじっと考えこみながらたずねる。

「ところで屋根裏部屋は? 屋根裏部屋にも窓があるはずでは?」

「たしかにひとつあるが、それは数に入れていなかった。つまり離れのドアや窓は、全部で六つというわけだ。屋根裏部屋にあるのは小さな天窓だが、やはり敷地の外に面しているので、スタンガルソン教授の指示で鉄格子がはまっている。一階の窓と同じく天窓の鉄格子にも異常はなかったし、内びらきの鎧戸も内側からぴったり閉まっていた。ともかく、犯人が屋根裏部屋を抜けたことを窺(うかが)わせる痕跡は何もなかったよ」

「それじゃあ判事さん、方法はいざ知らず犯人が玄関の窓から逃げたのは間違いないと?」

「あらゆる観点から見てね」

「ぼくもそう思います」と言って、ルルタビーユは重々しくうなずいた。

しばらく沈黙が続いたあと、わが友はこう続けた。

「犯人が屋根裏部屋にあがった痕跡は、何も見つからなかったんですよね。例えば、黄色い部屋の床に残っていた黒い足跡のような。だとしたら、ジャック爺さんの拳銃を盗んだのも犯人ではないということになるのでは？」

「たしかに屋根裏部屋には、ジャック爺さんの足跡しかついていなかった」予審判事は意味ありげに顔をあげた。

それから彼は、意を決したようにつけ加えた。

「事件があったとき、ジャック爺さんはスタンガルソン教授といっしょにいたからな。彼にとっては幸いなことに……」

「だったらジャック爺さんの拳銃は、この事件でどんな役割を演じたんでしょう？　銃はスタンガルソン嬢を撃つためでなく、彼女が犯人を撃つために使われた。そういうことではないでしょうか……」

そう訊かれてマルケ判事は当惑したらしく、質問には直接答えなかったが、黄色い部屋から二発の銃弾が見つかったことを教えてくれた。一発は男の赤い手跡がついていた壁から、もう一発は天井から。

「天井からだって！」とルルタビーユは小声で繰り返した。「いやまったく……天井からとはね。そいつは奇妙だ……天井からとは」

彼は紫煙をくゆらせながら、黙ってパイプをふかし始めた。汽車がエピネー＝シュール＝オルジュに着くと、わたしは彼の肩をたたいてもの思いから覚まし、下車をうながさねばならなかった。

予審判事と書記官はやっと厄介払いができるとばかりに、わたしたちに一礼した。そして迎えに来ていた二輪馬車にそそくさと乗りこんだ。

「ここからグランディエ城まで、歩いてどれくらいかかりますか」とルルタビーユは駅員にたずねた。

「一時間半か、ゆっくり行って一時間四十五分くらいでしょう」と駅員は答えた。

ルルタビーユは空を見あげ、いい日和だと思ったらしい。自分にとっても、どうやらわたしにとっても。それが証拠に彼はわたしの腕を取って、こう言った。

「さあ、行こう……ぼくは少し歩きたいんだ」

「ところで」とわたしはたずねた。「謎は解けたのか？」

「おいおい、何ひとつ解けちゃいないさ。前より深まっているくらいだ。たしかにひとつ、考えていることはあるけれど」

「どんなことを？」

「いや、今はまだ何も言えないんだ。少なくとも二人の人間の生死が、ぼくの考えにかかっているからね」

「共犯者がいると思っているのかい？」

「それはないだろう」

わたしたちはしばらく沈黙を続けた。やがてルルタビーユが口をひらいた。

「予審判事と書記官に出会ったのは、運がよかったよ。拳銃の一件については、ぼくが言ったとおりだったろ?」

ルルタビーユは両手をポケットにつっこみ、少しうつ向き気味になって口笛を吹いた。そうやってしばらく歩いていたが、やがて彼のつぶやき声が聞こえた。

「彼女もかわいそうに……」

「スタンガルソン嬢に同情してるんだね」

「そうとも、とても気高い女性さ。憐れまずにいられるものか。実に毅然とした人だよ、彼女は……ぼくが思うに……」

「それじゃあ、きみはスタンガルソン嬢と知り合いなのか?」

「いいや、まったく。一度だけ、顔を合わせたことはあるが……」

「だったらどうして、毅然とした人だって言えるんだ?」

「犯人に抵抗したからさ。敢然とわが身を守ったじゃないか。それに銃弾が、天井に撃ちこまれていたっていうし」

わたしはまじまじとルルタビーユのほうを見た。わたしをからかっているのだろうか。いや、もしかしたら彼は頭がおかしくなってしまったのかもしれないと、心の奥で訝しみながら。しかしわが友はいつにも増して大真面目だったし、小さな目に宿る知性の輝きは彼の正気を裏づけていた。それにルルタビーユの支離滅裂なもの言いには、いささか慣れっこになっている。最後に彼が考えの道筋を明瞭簡潔に説明してくれるまで、どうせわたしの目にはわけのわからない出鱈目（でたらめ）としか映らないのだ。そして突然、すべてが明らかになる。それまで無意味な戯言（たわごと）だと思っていた彼の言葉が、ひとつひとつきれいに結びつく。こんなに簡単で理にかなったことが、《どうして自分で、もっと早くわからなかったのかと不思議な》ほどに。

4　《荒涼たる大自然のただなかで》

グランディエ城は、封建時代の名高い石造建築がいまだにいくつも残るイル＝ド＝フランス地方でも、最も古い城のひとつである。端麗王（たんれいおう）フィリップ治下に森の奥に建てられ、サント＝ジュヌヴィエーヴ＝デ＝ボワ村からモンレリーの町へ向かう街道から数百キロのところに、その姿を望むことができた。雑多な様式を寄せ集めた建物のうえに、望楼がそびえている。ぐらぐらの階段をつたって望楼にのぼり、小さなテラスに出ると、十七世紀、グランディエやメゾン＝ヌーヴ一帯の領主だったジョルジュ＝フィリベール・ド・セキニーが作らせたロココ調のけばけばしい採光塔（ランテルヌ）が今も残っている。テラスから十数キロ先を眺めれば、谷や平野のむこうに堂々たるモンレリーの塔が見えるだろう。いく世紀を経た今も対峙（たいじ）する望楼と塔は、緑の森や枯れ木ごしに、フランス史の最も古い伝説を語り合っているかのようだった。グランディエ城の望楼は、恐るべきフン族の王アッティラの来襲を祈りの力で撃退したパリの守護聖人サント＝ジュヌヴィエーヴの勇姿を見守っているのだという。聖女ジュヌヴィエーヴは城の古い堀のなかで永久の眠りについている。夏になると恋人たちが、草のうえに広げる昼食のバスケットを手にやって来て、勿忘草の花を飾った聖女の墓の前でもの思いにふけったり、愛の誓いを交わしたりした。この墓からほど近い井戸には、子供の病を癒す奇跡の水が湧いている。母親たちは感謝のしるしに聖女ジュヌヴィエーヴの像をたて、その足もとに聖なる水によって救われた子供の小さな靴下や帽子を下げた。

　過去に取り残されたかのようなこの土地にスタンガルソン父娘は居を定め、未来を拓く科学の研究に勤しむことにした。森の奥の静けさが、すぐに二人は気に入った。希望に満ちた仕事を、古い石とナラの巨木だけが見守っている。グランディエという地名は《グランディルム》という古称に由来し、昔からこの地で多くのどんぐりが採れたことから、こう呼ばれるようになった。今日、悲劇の舞台として名高いが、代々の領主が手入れを怠ったせいで、かつての荒涼とした大自然の景観がよみがえっている。そのなかに埋もれた石造りの建物だけが、奇妙な変貌の跡を留めていた。いく世紀もの痕跡がそこかしこに残され、何か恐ろしい出来事、血なまぐさい事件の思い出と結びついている。だとすれば、研究に打ちこむために選ばれたこの城は、謎めいた恐怖と死の舞台になるべく運命づけられていたのかもしれない。

　それはさておき、ぜひともここで、ひとつ申しあげておきたいことがある。

　グランディエ城の陰鬱な姿を長々と描写したのは、これから読者の眼前に繰り広げられるドラマに必要な《雰囲気づくり》に好都合だと思ったからではない。この事件についてできるだけ直截に語ろうというのが、嘘偽らざる心境だ。わたしは自分が作家だなどと自惚れてはいない。作家という言葉には小説家という意味合いもあるが、さいわい黄色い部屋の謎は現実に起きた恐るべき悲劇に満ちているので、文学的な色づけなど無用だろう。わたしは事実を忠実に伝えるレポーターだし、そうありたいと願っている。この事件をありのままに描くこと、それがすべてだ。だとすれば、まずは事件の舞台を説明するのがしかるべき手順というものだ。

　ここで話をスタンガルソン教授に戻そう。彼がグランディエ城を買ったのは、あの事件が起きる十五年ほど前のことだった。城は長年にわたり、無人状態が続いていた。近くにある別の古城は十四世紀にジャン・ド・ベルモンが建てたものだが、やはり誰も住んでおらず、あの一帯には人家らしい人家はほとんどなかった。コルベイユの町に通じる街道沿いに小さな家がいくつかと、《望楼亭》という名の旅籠が一軒あるだけ。街道を通る車引きたちは、ひとときそこで足を休めた。首都から少し離れただけのところに、よもやこんな鄙びた場所があろうとは誰も思わないだろうが、ここで文化を感じさせるのはほとんどこの旅籠だけだった。しかしスタンガルソン父娘は、外界から完全に見捨てられていたからこそこの地を選んだのである。スタンガルソン教授は、当時すでに有名人だった。アメリカであげた業績が大評判になったのち、彼はフランスに帰国した。フィラデルフィアで出版した《電気作用による物質の解離現象》に関する本には学者たちから異論が噴出した。スタンガルソン教授はフランス人だがアメリカ系で、重要な相続問題で何年も合衆国に留まらざるを得なかった。彼はフランスで始めた研究をむこうでも続けていた。裁判ではおおむね教授の主張が認められた。残りの点でも和解が成立し、訴訟はすべて無事に解決して、莫大な財産を得ることができた。こうして教授はフランスに帰国し、研究の仕上げにかかったのだった。彼は新たな染色技術に関する化学的な発見をいくつもなしとげたが、そのうち二、三件だけでもうまく生かせば、何百万ドルもの利潤をあげられただろうに、持って生まれたすばらしい発明の才を私利私欲のために使うまいとした。わが才能は自分ひとりのものではない。みんなのおかげで得たものだ。この才能が生み出したものはすべて公共のために還元し、社会貢献に生かさねば。スタンガルソン教授はそう思っていたのだ。望外の財産が手に入ったおかげで、死ぬまでずっと科学の研究に打ちこめる。けれども教授が喜色を隠そうとしなかったのは、財産相続を歓迎すべき理由がもうひとつあったからだろう。教授がアメリカから戻ってグランディエ城を買ったとき、娘のスタンガルソン嬢は二十歳だった。想像を絶するほどの美人で、産褥の床で亡くなった母親から受け継いだパリジェンヌらしい優美さと、父方の祖父ウィリアム・スタンガーソンの若きアメリカの血がもたらしたあふれんばかりの輝きを二つながらに兼ね備えていた。フィラデルフィア市民の祖父はフランス人女性と結婚したとき、家族の希望に従ってフランスに帰化した。そして生まれた息子は、のちに高名な科学者となった。スタンガルソン教授がフランス国籍だった理由は、これでおわかりいただけたはずだ。

　マティルド・スタンガルソンは芳紀まさに二十歳。まばゆいブロンドの髪に青い目、輝く白い肌をし、神々しいまでの健康美にあふれている。新旧大陸すべて合わせても、これほどの美人は結婚相手として容易に望めはしないだろう。娘と離れ離れになるのはつらいけれど、無事に結婚できるように考えるのが父親の務めだからして、持参金として持たせるお金ができたのは喜ぶべきことだった。スタンガルソン嬢もそろそろ社交界にデビューするころだと友人知人たちが期待していた矢先、教授は娘とともにグランディエ城に引っこんでしまった。なかにはスタンガルソン教授のもとを訪ね、驚きを伝える者もいた。教授は彼らの質問にこう答えた。「これは本人の意志なんです。娘には何も逆らえませんからね。グランディエ城を選んだのも彼女です」と。そこで今度はスタンガルソン嬢にたずねてみると、彼女は穏やかな表情で「こんなに落ち着いて仕事ができる場所が、ほかにありますか」と答えるのだった。たしかにマティルド・スタンガルソン嬢は、そのころすでに父親の研究を手伝っていた。しかし科学にかける彼女の情熱が、次々にあらわれる好条件の求婚者を十五年以上の長きにわたって撥ねのけ続けるほどとは誰も想像していなかった。父娘は田舎に引きこもって暮らしていたが、ときには公式のレセプションやら、二、三の親しい友人がおりにふれてひらくサロンやらに顔を出さざるを得なかった。そんなときは教授の栄光とマティルドの美貌が注目の的となった。並み居る求婚者たちはいくらスタンガルソン嬢に冷たくあしらわれようと、初めはめげることなかったが、何年かするとみんなあきらめた。そのなかでひとりだけ、粘り強く待ち続け、《永遠のフィアンセ》というあだ名にも寂しく甘んじている男がいた。ロベール・ダルザック氏である。スタンガルソン嬢は、もう若くない。三十五歳になるまで結婚すべき理由が見つからなかったのなら、この先もずっと同じことだろう。どうやらロベール・ダルザック氏は、そんな言葉にも耳を傾けなかったようだ。彼は終始変わることなく、スタンガルソン嬢に求愛し続けたのだから。いやまあ、結婚する気はないと宣言している三十五歳の独身女になにくれとなく、やさしい気づかいをすることを、《求愛》と呼べればの話だが。

ところが事件の数週間前、ある噂がパリを駆けめぐった。にわかには信じがたい噂だったので、初めはみんな半信半疑で聞いていた。スタンガルソン嬢がとうとうロベール・ダルザック氏の変わらぬ愛に報（むく）いる決意をしたというのだ。ロベール・ダルザック氏自身も、結婚に関するこの噂を否定しなかった。まさかと思う話だが、まんざらまったくのデマではないかもしれないと人々は思い始めた。そしてとうとうスタンガルソン教授が、科学アカデミーから出てきたところで、令嬢とロベール・ダルザック氏の結婚を認めたのだった。式はグランディエ城で、近親者を集めて挙げることにする。時期はまだ未定だが、父娘で取り組んでいる《物質の解離》つまり物質のエーテル化に関する研究成果が論文にまとまりしだい行ないたい。グランディエ城の一画を新居として、物理学者であるダルザック氏は父娘が一生をかけた研究に協力することになるだろうと教授は述べた。

このニュースが科学の世界にもたらした興奮もまだ冷めやらぬうちに、スタンガルソン嬢が襲われるというショッキングな事件が持ちあがった。すでに列挙したその奇怪な状況について、城での実地調査が進むにつれさらに詳しくわかってくるだろう。

ロベール・ダルザック氏とは仕事上のつき合いがあったおかげで、あとから知り得た細かな事実も少なくない。わたしはそれをためらうことなく読者にお伝えした。だから読者のみなさんも、わたしに劣らぬ予備知識を携えて、黄色い部屋にお入りいただけるはずである。

5　ジョゼフ・ルルタビーユがロベール・ダルザック氏にかけたひと言が、ちょっとした効果を発揮する

グランディエ城の広大な敷地を囲む塀に沿って何分か歩き、正門の鉄柵の扉が見え始めたとき、ルルタビーユとわたしはひとりの人物にはっと注意を引きつけられた。腰をまげて地面に身を乗り出し、わたしたちが近づくのも気づかず一心不乱に何かしている。ほとんど地面に寝そべらんばかりに身をかがめたり、体を起こしてしげしげと塀を眺めたり、手のひらを見つめているかと思ったら、今度はすたすたと歩き始め、やがて全力で走り出してはまた右手のひらを見つめている。ルルタビーユは立ち止まるよう、身ぶりでわたしに知らせた。

「静かに！　フレデリック・ラルサンがさっそく捜査にかかっているぞ。邪魔しないようにしよう」

ジョゼフ・ルルタビーユはこの高名な警察官をとても崇拝していた。わたしはそれまで会ったことはないけれど、フレデリック・ラルサンの評判はよく知っていた。

造幣局（ぞうへいきょく）の金塊事件では、みんなが匙（さじ）を投げた謎を解き明かした。さらにはユニヴェルセル銀行の金庫破りも見事逮捕したものだから、彼の名は一躍知られるようになった。ルルタビーユ

がそのユニークな才能をまだ充分世に発揮していなかったころのことだから、謎めいて不可思議な犯罪のもつれた糸を解きほぐせるのは彼しかいないと目されていたのだった。彼の評判は世界中に広まり、ときにはロンドンやベルリン、アメリカの警察までもが、自国の刑事や探偵が犯人の見当もつかないと音をあげた事件で助力を求めてくるほどだった。それゆえ黄色い部屋事件でも、刑事部長が早々に《イマスグ、カエレ》と電報を打ち、証券盗難事件でロンドンに派遣されていた部下のフレデリック・ラルサンを呼び戻したのも驚くにはあたらなかった。刑事部では《名探偵フレッド》の名で通っているフレデリック・ラルサンは、急遽パリに引き返した。こんなふうに仕事半ばで帰還を命じられるのは、よほど彼の助けが必要なのだろうと経験的にわかっていたからだ。かくしてその朝、ルルタビーユとわたしは、すでに仕事を始めているフレデリック・ラルサンを目にすることになったのである。彼が何をしているのかはすぐにわかった。

ラルサンが右手のひらに持って絶えず眺めているのは、懐中時計にほかならなかった。どうやら彼は一心に時間を計っているようだ。彼は道を引き返し、また走りだした。庭園の鉄柵で立ち止まり、懐中時計を確かめポケットに戻す。それからがっかりしたように肩をすくめ、鉄柵の扉を押しあけて庭園に入ると、扉を閉めて錠をかけた。そこで顔をあげたラルサンは、鉄柵越しにわたしたちのほうを見た。わたしは駆け寄っていくルルタビーユのあとを追った。フレデリック・ラルサンはわたしたちを待っていた。

「フレッドさん」とルルタビーユは帽子を脱いで話しかけた。若き新聞記者の態度には、高名な警察官に対する尊敬と崇拝の念がありありと感じられた。「今、城にロベール・ダルザックさんはおいでしょうか？　パリで弁護士をしている友人が、会いに来たんです」

「それはわからないな、ルルタビーユ君」フレデリック・ラルサンはわが友に手をふりながら答えた。彼はこれまでも難事件の捜査で何度もルルタビーユと会う機会があったので、すでに顔見知りになっていたのだ。「わたしは見かけていないが」

「門番にたずねれば、教えてくれるでしょうかね」とルルタビーユは、ドアも窓も閉まった煉瓦造りの小屋を指さしてたずねた。ここを管理する忠実な門番夫婦の小屋に違いない。

「門番に話を訊くのは無理だ」

「いったいどうして」

「三十分前に、夫婦そろって逮捕されてしまったからね」

「逮捕されたですって！」とルルタビーユは叫んだ。「彼らが犯人だったと？」

フレデリック・ラルサンは肩をすくめた。

「犯人が捕まらないときは」と彼は皮肉っぽい表情で言った。「共犯者を見つけてお茶を濁すのさ」

「フレッドさん、あなたが二人を逮捕させたのですか？」

「まさか、わたしがそんなことをするものか。彼らは事件に無関係だと確信しているから。それに……」

「それに？」とルルタビーユは不安げにたずねた。

「いや、何でもない」ラルサンは首を横にふりながら言った。

「共犯者なんていないからですね」ルルタビーユは小声で言った。

フレデリック・ラルサンははっと動きを止め、興味深そうにわが友を見つめた。

「おやまあ、きみは事件について、すでに見当をつけているようだな……だが、まだ何も見ていないじゃないか。この敷地に足を踏み入れてもいない」

「すぐに入りますよ」

「そうかな、立ち入りは厳重に禁じられているが」

「ロベール・ダルザックさんに会えるよう取り計らっていただければ、入ることができるでしょう。ぜひお願いしますよ、フレッドさん……知らない仲ではないんだから。ほら、《金塊事件》のときだって、いい記事を書いてさしあげたじゃないですか。たのみますからダルザックさんに、ひと言伝えてください」

そう言うルルタビーユの顔つきたるや、見るも滑稽だった。鉄柵の扉を一枚へだてたむこうで、摩訶不思議な事件が起きたのだ。なかに入りたくてうずうずしている気持ちが、如実にあらわれている。口と言わず目と言わず、顔中を駆使して必死に頼みこんでいるものだから、わたしは思わずぷっと吹き出してしまった。フレデリック・ラルサン警部も真面目くさった表情を続けるのはひと苦労のようだ。

門のむこうに立つラルサンは、門の鍵を黙ってポケットに収めた。わたしは彼を観察した。歳は五十くらいだろうか、整った顔をしている。白髪まじりの髪、くすんだ顔色、いかつい表情。額は高く秀で、あごや頬には念入りに剃刀をあててあった。ひげのない口もとを真一文字に結び、小さな丸い目は不安や動揺を掻き立てる鋭い視線で相手をねめつける。体格は中肉中背できりりと引きしまり、上品で感じのいい身のこなしは、粗野な警察官とはほど遠い。むしろ芸術家肌の人間だと自任しているのだろう、自尊心の強さがはた目にも感じられるが、口調は醒めて冷ややかだ。仕事柄、犯罪者や悪事と日々接しているから、気持ちまですさんでくるのさ、というのが一風変わったルルタビーユの弁だった。

ラルサンは背後に着いた馬車の音にふり返った。見るとそれは、エピネーの駅で予審判事と書記官を乗せたのと同じ二輪馬車だった。

「ほら」とフレデリック・ラルサンは言った。「ロベール・ダルザック氏と話したいなら、あの馬車に乗ってるぞ」

馬車はすでに正門のところまで来ていた。ロベール・ダルザックはフレデリック・ラルサンに庭園の入り口をあけるようたのんだ。急いでエピネー駅に行かないと、次のパリ行きの列車に間に合わないのでと。そこでダルザックはわたしたちに気づいた。ラルサンが鉄柵の扉をあけ始める。こんな大変なときに、どうしてわざわざグランディエ城まで？　とダルザックはわたしにたずねた。青白い顔には、心労の跡がまざまざとあらわれている。

「スタンガルソン嬢のお加減は？」とわたしはすぐにたずねた。

「快方に向かっています。このぶんなら助かるでしょう。助かるはずです」

《さもなければ、わたしも生きていられません》と声に出しこそしなかったが、まるでそう言っているかのように、血の気の引いた唇の端が震えていた。

するとルルタビーユが口をひらいた。

「ダルザックさん、お急ぎのところを申し訳ありませんが、ぜひともあなたにお話ししなければならないことがありまして。とても大事な話なんです」

そこでフレデリック・ラルサンが、脇からダルザックにこうたずねた。

「わたしはもう、失礼してもよろしいですか？　門の鍵はお持ちですよね。それともこの鍵をお渡ししておきましょうか？」

「これはどうも。鍵はありますから、門は自分で閉めておきます」

ラルサンは数百メートル先に威容をかまえる城へと、足早に遠ざかった。

ロベール・ダルザックは眉をひそめ、苛立ちを露わにした。わたしはルルタビーユを紹介した。親しい友人で、とても優秀な男だと。ダルザックはわが友が新聞記者だと知ると、咎めるような目でわたしをにらみつけ、あと二十分でエピネーの駅に着かねばならないからと言いわけして、馬に鞭を入れた。ところが驚いたことに、ルルタビーユは馬の手綱をむんずとつかんで二輪馬車を止め、わたしにはさっぱり意味のわからない言葉を発した。

「**司祭館の魅力も庭の輝きも、何ひとつ失われてはいない**」

ルルタビーユがこの言葉を口にするや、ロベール・ダルザックはぐらりとよろめいた。初めから青白かった顔色が、さらに真っ青になっている。彼は不安そうにルルタビーユを見つめると、名状しがたい動揺に駆られてすぐさま馬車を降りた。

「さあ、行きましょう」

ダルザックは口ごもりながらそう言うと、それから突然、激高したように繰り返した。

「行きましょう。ほら、行くんです」

ダルザックはそれ以上ひと言もしゃべらず、城へ続く道を進み始めた。ルルタビーユも手綱を握ったままついていく。わたしはダルザックに二言、三言話しかけたが……返事はなかった。そこでルルタビーユに目でたずねたが、彼もわたしのほうなど見ていなかった。

6 ナラ林の奥で

こうしてわたしたちは城に着いた。古い望楼は、ルイ十四世の時代に全面改修された建物につながっている。あいだを結ぶ近代の建物部分はヴィオレ＝ル＝デュック（十九世紀の建築家）風で、そこに正面玄関があった。こんなに奇妙で雑然とした、摩訶不思議な建物は初めて見た。まさにちぐはぐな建築様式の寄せ集めだ。そのうえ巨大で、迫力に満ちている。城に近づくと、望楼の一階にある小さな扉の前を二人の憲兵が行き来するのが見えた。あとになって知ったことだが、この一階部分はかつて牢獄だったが今は物置部屋として使われており、門番のベルニエ夫婦はそこに閉じこめられていた。

ロベール・ダルザックはわたしたちを案内して、ひさしのついた大きなドアから城の新築部分に入った。手綱を放し、馬車を召使いに預けたルルタビーユは、ダルザックをじっと見つめている。その視線を追うと、彼の目がソルボンヌ大学教授の手袋をはめた手に釘づけになっているのに気づいた。古ぼけた家具が並ぶ小さな居間に入ると、ダルザックはルルタビーユをふり返って、だしぬけにこうたずねた。

「さあ、おっしゃってください。何がお望みなんですか？」

するとと若き新聞記者は、負けじとぶっきらぼうに答えた。

「握手をさせてください」

ダルザックはあとずさりした。

「どういうことです？」

そのときわたしが気づいたことは、もちろんダルザックにもわかったはずだ。わが友は彼が忌まわしい暴行犯ではないかと疑っているのだ。黄色い部屋の壁についていた血まみれの手跡は、もしかすると……わたしはダルザックを観察した。気位の高そうな顔つきと、いつもまっすぐ相手を見つめる視線。そんな男がなぜか今は、やけにどぎまぎしている。彼は右手を差し出し、わたしを目で示しながら言った。

「あなたは、サンクレールさんのご友人だそうですね。サンクレールさんには大義をかけた裁判で、ひとかたならぬお世話をいただきました。ですから、もちろん喜んで握手をいたしますが……」

ルルタビーユは差し出された手を取ろうとしなかった。そして大胆不敵にもこんな出まかせを口にした。

「ぼくは何年かロシアで暮らしていたので、手袋を脱がない相手とは決して握手をしない習慣が身についているんです」

ソルボンヌ大学教授はかっと頭に血をのぼらせ、怒りだすんじゃないか。わたしはてっきりそう思ったけれど、ダルザックは超人的な努力で怒りをこらえ、手袋を脱いで手を見せた。両手とも傷ひとつなかった。

「これでよろしいですか？」

「実はまだありまして」とルルタビーユは答え、わたしのほうをふり返った。「申し訳ないが、しばらくダルザックさんと二人きりにしてくれないか」

わたしは会釈をして、部屋から出ていった。たった今見たこと聞いたこと、すべてが驚きだった。ロベール・ダルザックは小生意気で無作法で大馬鹿者のわが友を、よくもまあたたき出さなかったものだ。ともかくわたしはその瞬間、ルルタビーユを恨んでいた。あいつめ、とんでもない疑いを抱いて、手袋を脱げだの何だのとくだらないひと幕を演じやがってと……

わたしは二十分ほど城の前を歩きまわりながら、その朝起きたさまざまな出来事を思い返し、ひとつにまとめてみようとしたけれど、結局うまくいかなかった。ルルタビーユはいったい何を考えているのだろう？　彼はロベール・ダルザックが犯人かもしれないと、本当に思ったのか？　数日後にはスタンガルソン嬢と結婚する予定だった男が、黄色い部屋に忍びこんで婚約者を殺そうとするなんてあり得ない話じゃないか。それに犯人がどうやって黄色い部屋から抜け出したのかも、相変わらずわからないままだ。不可解きわまるこの謎が解かれないうちは、誰ひとり疑ってかかるわけにいかない。司祭館の魅力も庭の輝きも、何ひとつ失われてはいないという奇妙な文句は、まだ耳に残っている。あれはいったいどういう意味なのか？　わたしは早くルルタビーユと二人になって、それをたずねたかった。

とそのとき、ルルタビーユがロベール・ダルザックといっしょに城から出てきた。一見して、わたしはわが目を疑った。なんと二人は、まるで親友同士のようではないか。

「これから黄色い部屋に行くから、いっしょに来てくれるね」とルルタビーユはわたしに言った。「そうそう、今日は一日、つき合ってもらうからな。昼食もいっしょにここらで食べることにして……」

「昼食なら、わたしといっしょにいかがですか」

「いえ、けっこうです」とルルタビーユは答えた。「《望楼亭》で食べますから」

「あそこはやめたほうがいい。ろくなものがありませんよ」

「そうですかね？　ぼくは何か収穫があると思ってますが。昼食がすんだらもう少し調査を続け、記事を書くことにします」そこでルルタビーユはわたしをふり返った。「サンクレール、悪いがあとで、パリの編集部に記事を届けてくれないか」

「きみはいっしょに戻らないのか？」

「ああ、ここに泊まるつもりだ」

わたしはルルタビーユの顔を確かめたが、彼は大真面目だった。ロベール・ダルザックはまったく驚いている様子はない。

望楼の前を通ったとき、唸り声が聞こえた。

「どうしてあの夫婦を逮捕したんです?」

「それについてはわたしも、少し責任を感じていて」とダルザックは言った。「実は昨日、予審判事に、不可解なことがあると話してしまったんです。門番夫婦は銃声が聞こえたあと、たった二分で服を着がえ、門番小屋から離れまで駆けつけてきたことになる。銃声がしてからジャック爺さんが二人に出会うまで、二分以上たっていないはずですから」

「たしかに、それは怪しい」ルルタビーユはうなずいた。「二人はちゃんと服を着ていたんですね?」

「そこが不可解な点なんですよ。二人とも寒さに耐えられるよう、しっかり着こんでいました。服装は完璧です。細君は木靴を履いていましたが、夫のほうは紐靴でした。ところが二人はいつもと同じように、九時に寝たと証言しています。予審判事は今朝、凶器と同じ口径の拳銃を携えてここにやって来ました(証拠品の拳銃に手をつけるわけにはいきませんから)。そして窓もドアも締め切った黄色い部屋で、書記官に二発撃たせました。わたしたちは予審判事といっしょに門番小屋にいましたが、何も聞こえませんでした。聞こえるわけがないんです。つまり門番夫婦は、嘘をついていたことになる。それは疑いの余地がありません。彼らはすでに身支度を整え、外に出て、離れの近くまで来ていたんです。何かを待っていたのでしょう。たしかに彼らがスタンガルソン嬢を襲ったわけではありませんが、共犯者だった可能性は充分にあります。そんなわけで予審判事は、すぐさま二人を逮捕したんです」

「もし門番夫婦が共犯者なら」とルルタビーユは言った。「**慌てて服を着たふりをしたでしょうね。**あるいは、わざわざ顔を出したりしないか。共犯者だと言わんばかりの証拠を山ほど抱え、自ら司法当局の手に飛びこんでくるなんて、本当は違うからでしょうよ。ぼくはこの事件に共犯者はいないと思っています」

「だとしたら門番夫婦は、どうして真夜中に外に出ていたんだろう？　わけを説明すればいいのに」

「黙っているほうがいい理由が、きっとあるんでしょう。それが何なのかを突き止めることです。門番夫婦は共犯者でないにせよ、事件に重要な関わりがあるのかもしれません。**あの晩起きたことは、すべて重要なんです**」

　わたしたちはドゥーヴ川にかかる古い橋を渡り、庭の奥の《ナラ林》と呼ばれる一角に入った。その名のとおり、樹齢百年になるナラが一面に生えている。秋の季節とあって葉はすでに黄色く色づき、くねくねとした黒い枝は不気味な髪の毛か、大蛇が絡み合ってとぐろをまいているようだった。そういえば古代の彫刻家が、メドゥーサの頭部をちょうどあんなふうに描いていたではないか。夏には明るくて気持ちのいいところだからと、スタンガルソン嬢はここで寝起きしていたけれど、わたしたちにはこの季節、陰鬱に感じられた。黒い地面は、ここ数日の雨で泥だらけだった。そのなかに落ち葉が混じっている。木々の幹も黒々として、頭上に広がる悲しげな空にどんよりとした雲が流れていく。そんな薄暗い、荒涼とした光景のなかに、離れの白い外壁があらわれた。奇妙な建物だった。わたしたちが見ている側には、窓がまったくない。小さなドアがひとつだけついていて、それが入り口なのだろう。まるで見捨てられた森の奥にたつ墓碑か、大きな霊廟のようだ。近づくにつれ、建物の構造がわかってきた。必要な明かりはすべて南側、つまり敷地の反対側に広がる平野から採っている。庭の側に面した小さなドアを閉めてしまえば、スタンガルソン父娘は思う存分なかにこもって、研究と夢に没頭できるというわけだ。

ここに取り急ぎ、離れの見取り図を掲げておこう。離れには一階と屋根裏部屋しかない。玄関前の石段を数段のぼった先が一階で、奥の階段が屋根裏に通じている。屋根裏部屋はわたしたちの調査に無関係なので、読者の便を考慮して一階の図だけをお示しする。

この見取り図はルルタビーユが手ずから引いたものだが、司法当局の頭を悩ませた謎解きのヒントになるものは、線一本、標示ひとつ欠けていないことはわたしが確認ずみである。ルルタビーユは今ここで、初めて離れに足を踏み入れようとしている。《犯人はいったいどうやって黄色い部屋から抜け出したのか？》と、まだ誰もが首をひねっているところだ。この見取り図と説明文を参照すれば、読者のみなさんにもルルタビーユと同じ条件で、真実に到達するための予備知識を備えていただけるはずだ。

ルルタビーユは三段ある玄関前の石段をのぼったところでわたしたちを止め、いきなりダルザックにたずねた。

「ところで、犯行の目的ですが」

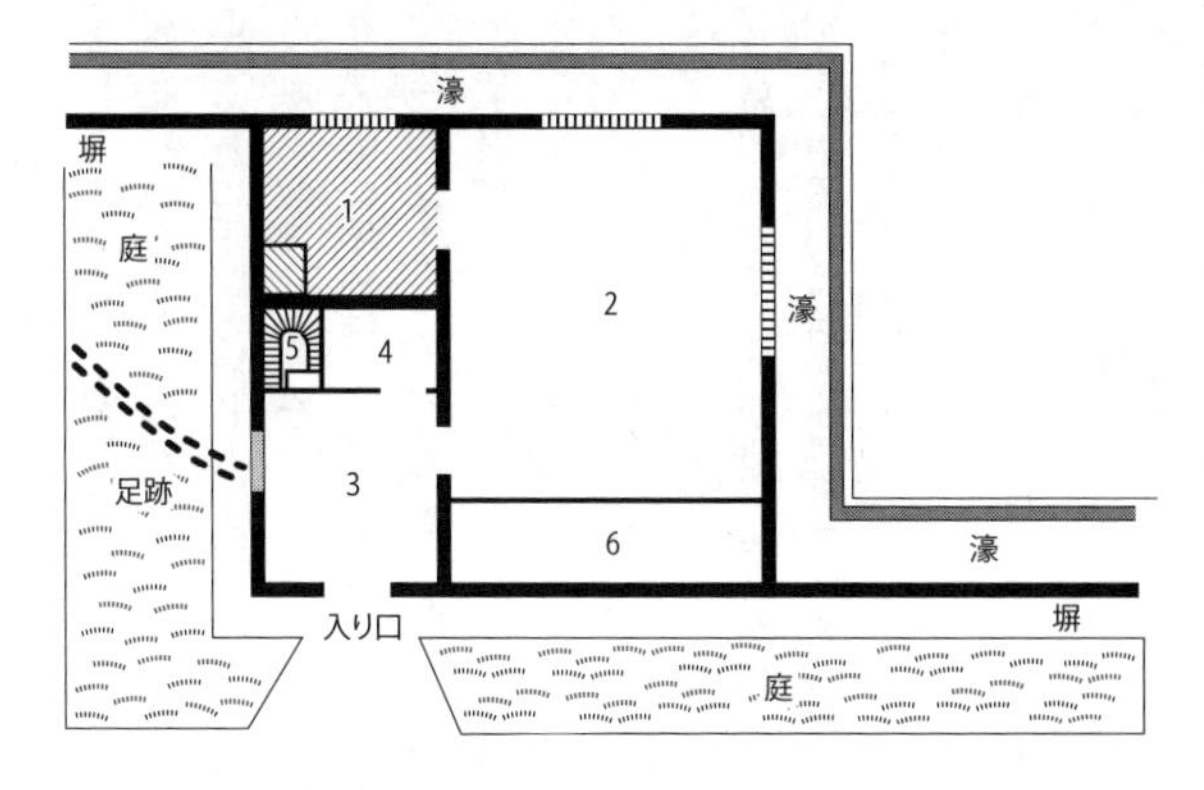

1　黄色い部屋。鉄格子のはまった窓がひとつ、実験室に通じるドアがひとつある。

2　実験室。鉄格子のはまった大きな窓が二つ、ドアが二つある。ひとつのドアは玄関ホールに、もうひとつのドアは黄色い部屋に通じている。

3　玄関ホール。鉄格子のはまっていない窓がひとつある。入り口のドアは庭園に面している。

4　洗面所

5　屋根裏部屋に通じる階段。

6　離れにひとつだけある大型の暖炉で、実験に使われている。

「わたしが思うに、それについては疑問の余地がありません」スタンガルソン嬢の婚約者は悲しそうに言った。「胸や首のまわりに残っていた指の跡、傷跡から見て、卑劣な犯人は初めから彼女を襲うつもりだったのでしょう。昨日、指の跡を調べた専門の医師たちは、壁に残っていた血まみれの手跡と同じ人物のものだと断言しています。とても大きな手で、わたしの手袋にはとうてい収まりきらないでしょうね」彼は何とも言えない苦笑いを浮かべてつけ加えた。

「それなら壁の手跡は、スタンガルソン嬢のものではなかったんですね？」とわたしは口をはさんだ。「犯人と争っているときに血のついた指が壁にこすれて、実際よりも大きく見える跡がついたわけでは」

「スタンガルソン嬢を助け起こしたとき、手には一滴の血もついていなかったそうです」とダルザックは答えた。

「だとすると」とわたしは続けた。「ジャック爺さんの拳銃を持ち出したのは、やはりスタンガルソン嬢だったことになる。彼女が犯人の手を撃ったのですから。**つまりスタンガルソン嬢は何かを、あるいは誰かを恐れていたんだ**」

「そうかもしれませんが……」

「犯人に心当たりは？」

「いや、まったく……」とダルザックは、ルルタビーユのほうを見ながら答えた。

するとルルタビーユはわたしに言った。

「いいかい、きみ、警察の捜査は思ったより進んでいるんだ。マルケ判事はつまらない隠し立てをして、あんまり明かしてくれなかったけどね。拳銃はスタンガルソン嬢が自衛のために使ったものだということも、犯人が彼女を襲うのに使った凶器が何なのかも、捜査でとっくにわかっている。ダルザックさんから聞いた話では、羊の骨で作った棍棒だそうだ。マルケ判事はどうしてそんなことを秘密にするのかって？　捜査の便を図っているんだろう、きっと。パリで名の知れた悪党連中のなかから、棍棒の持ち主が見つかると思っているのかもしれない。世にも恐ろしい凶器の使い手がそこにいるって……予審判事の頭のなかがどうなっているのかなんて、わかったものじゃないからな」ルルタビーユは馬鹿にしたような口調で、皮肉たっぷりにつけ加えた。

そこでわたしはたずねた。

「じゃあ、黄色い部屋から、羊の骨の棍棒が見つかったんですね？」

「そうなんです」とロベール・ダルザックは言った。「ベッドの足もとから。でもこの話は、誰にもしないでくださいよ。マルケ判事に口止めされているもので（大丈夫とわたしは身ぶりで誓った）。それは太くて長い羊の骨でした。先端がちょうど、丸く膨らんだ関節部分になっています。そこにはスタンガルソン嬢の傷口から噴き出たと思われる恐ろしい血が、真っ赤にこびりついていました。とても年季の入った棍棒で、どうやらこれまで何度も凶器として使われてきたようだと、マルケ判事は考えています。判事は詳しい分析のため、棍棒をパリの鑑識課に送りました。新たな被害者の鮮血だけでなく、過去の犯行を示す乾いた血痕も検出できると思っているんでしょう」

「手慣れた殺人者なら、羊の骨一本でも恐ろしい武器になりますね」とルルタビーユは言った。

「重い金づちなんかより、ずっと威力がありそうだ」

「卑劣な犯人は、それを実証したんです」ロベール・ダルザックは吐き捨てるようにそう言った。「そいつは羊の骨で、スタンガルソン嬢のこめかみを力いっぱい殴りました。先端の関節部分が、傷跡と合致していたようです。それでもスタンガルソン嬢が銃で応戦したおかげで、攻撃の手が少し鈍ったのでしょう。さもなければ、きっと致命傷になっていたでしょうね。手を怪我(けが)した犯人は、棍棒を捨てて逃げました。けれども棍棒は不幸にもすでに振りおろされ、こめかみに命中していました……スタンガルソン嬢はまず首を絞められ、そのあと殴り殺されかけたのです。彼女が一発で犯人を傷を負わせていれば、おそらく棍棒で殴られることはなかったでしょう……しかし彼女は、銃を取るのが遅すぎた。もがきながら撃った一発目は的をそれ、銃弾は天井にめりこんだ。ようやく二発目が犯人の手にあたって……」

　そこまで話したところで、ダルザックは離れの玄関ドアをノックした。犯行現場に入るのが、どれほど待ち遠しかったことか。わたしは焦燥感で体が震えるほどだった。羊の骨の話も興味深かったけれど、話が長引きドアがなかなかあかないのに苛立っていた。

　ようやく玄関ドアがひらいて、ジャック爺さんと思(おぼ)しき男が顔を出した。

　六十はとうに過ぎているだろうか、長い白ひげ、白髪頭にバスクベレー帽、古ぼけた茶色いコーデュロイの上下に木靴という格好だった。ジャック爺さんはとっつきにくそうな表情でじろりとこちらをにらみつけたが、ロベール・ダルザック氏に気づいたとたんその顔がぱっと明るくなった。

「この二人は友人なんだが」案内役のダルザックはひと言そう言った。「ジャック爺さん、離れには誰もいないね？」

「立ち入り禁止だと、言い渡されていますから。もちろん、あなたは別ですが……でも、なんででしょうね？　見るべきものは、すべて見終えたはずなのに、警察の旦那方は。あちこち絵に描いたり、調書を取ったりして」

「すみません、ジャック爺さん。どうしてもひとつ、おうかがいしたいことがあるんですが」とルルタビーユが言った。

「何かな、お若いの。わたしに答えられることなら……」

「ご主人のスタンガルソン嬢はあの晩、髪を真ん中で分けていませんでしたか？　額のうえで真ん中から二つに分け、左右に垂らしていたのでは？」

「いいや、お嬢様はあんたが言うように、髪を真ん中分けにしたことはない。あの晩だろうが、ほかの日だろうが。髪はいつものように、頭のうえでひとつにまとめていたよ。形のいいおでこが見えるようにね。生まれたての赤ん坊のようにきれいなおでこが……」

ルルタビーユは何やらぶつぶつとつぶやき、すぐにドアを調べ始めた。彼は玄関ドアの錠前を確かめた。ドアが閉まると自動的に錠がかかり、内側からも外側からも、あけるには鍵が必要になる。わたしたちは玄関ホールに入った。小さな部屋くらいの広さがある、赤いタイル敷きの明るい空間だった。

「ああ、この窓か」とルルタビーユは言った。「犯人はここから逃げたんだな」

「たしかに、みんなはそう言ってるがね。しかし犯人がこの窓から逃げたのなら、気づかなかったはずはない。目ん玉はしっかりついているんだから。旦那様もわたしも、逮捕されちまった門番夫婦も。そういやこのわたしだって、捕まってもおかしくないのに。拳銃の一件があるからな」

ルルタビーユはすでに窓をあけ、鎧戸を調べ始めていた。

「事件があったとき、これは閉まっていたんですね」

「内側から掛け金がかかっていたよ」とジャック爺さんが答える。「まさか犯人が、閉まったままの鎧戸を通りぬけたはずもあるまいに」

「血痕はありましたか?」

「ああ、ほら、あそこ。外の石のうえに……でも、何の血だかわかったもんじゃない」

「おや、足跡が見える……小道のところに。地面がぬかるんでいたからだな。あとで調べてみよう」

「馬鹿馬鹿しい」とジャック爺さんがさえぎった。「犯人はあそこを通っちゃいないさ……」

「それじゃあ、どこを通って?」

「知るものか」

ルルタビーユはそこらじゅう嗅ぎまわった。玄関ホールの床に膝をついて、汚れたタイルも大急ぎで調べている。ジャック爺さんは話を続けた。

「無駄無駄、何も見つからんよ、お若いの。警察の旦那方も収穫なしだったからな。それにすっかり汚れちまったし。次から次へと色んな連中が入ってきたんでね。でもタイルは拭くなって言うんだ……事件の日は、このジャック爺さんがきれいに水拭きしておいた。だから、もし犯人があの靴でここを通ったなら、足跡がついていたはずだ。お嬢様の部屋には、ドタ靴の跡があんなに残っていたんだから」

ルルタビーユは体を起こしてたずねた。

「それじゃあ、最後にタイル掃除をしたのはいつなんです？」

彼は何ひとつ見逃さないぞと言わんばかりの目で、ジャック爺さんをにらみつけた。

「そりゃ、事件のあった日さ。五時半ごろだったかな……お嬢様と旦那様が夕食の前に、散歩に出かけているあいだにね。そのあとお二人は、ここの実験室で夕食をおとりになった。翌日、予審判事さんがやって来て、地面に足跡があるのを確かめた。白い紙にインクを垂らしたみたいに、くっきりと残っていたよ。ところが実験室や玄関ホールはぴかぴかで、足跡なんかありゃしない……男の足跡なんか！　いっぽう外の窓の下には、しっかり足跡がついている。だったら犯人は黄色い部屋の天井に穴をあけ、屋根裏部屋にあがったんだろうか。それから屋根にも穴をあけ、玄関ホールの窓の下に飛び降りたとでも？　いや、黄色い部屋の天井にも屋根裏部屋の天井にも、もちろん穴はあいていなかった。まったくわけがわからない。きっとわからずじまいだろうな……奇怪至極な事件さ」

ルルタビーユは実験室のドアの前に、やおらひざまずいた。ドアは玄関ホールの奥に面している。彼はたっぷり一分間、そのままの格好でいた。

「それで?」ルルタビーユが立ちあがると、わたしはたずねた。

「たいした発見はなかったよ。血痕がひとつ、見つかったが」

わが友はジャック爺さんをふり返った。

「実験室と玄関ホールの掃除をしたとき、玄関の窓はあいていましたか?」

「少し前にあけたんだ。旦那様のため、実験室の炉に木炭で火をおこしたあとに。新聞紙を燃やしたんで煙が出てね、空気を入れ替えるために実験室と玄関ホールの窓をあけ放したのさ。実験室の窓はすぐに閉めたが、玄関ホールの窓はあけたまま、城に雑巾を取りに行った。さっきも言ったように五時半ごろだったか、離れに戻って床のタイルを拭き始めた。掃除が終わると玄関ホールの窓をあけたまま、またしばらく外に出た。最後に離れに戻ってきたとき、窓は閉まっていて、旦那様とお嬢様はすでに実験室で仕事にかかっていた」

「それじゃあ、スタンガルソン父娘が離れに戻ってきたときに閉めたんでしょうか?」

「たぶんね」

「たずねてみなかったんですか?」

「ああ……」

ルルタビーユは実験室と屋根裏部屋に通じる階段に鋭い視線を投げかけた。彼はわたしたちの存在など忘れてしまったかのように、実験室に入っていった。わたしも正直、大いに興奮してあとについていった。ロベール・ダルザックもわが友の一挙手一投足を追っている。わたしはといえば、すぐに目を黄色い部屋のドアにやった。ドアは閉めなおされていた。いやむしろ、実験室の側に押し戻してあったと言うべきだろう。すぐに気づいたことだが、ドアはがたがたで、使いものにならなかったから……事件のときにみんなが体当たりしたせいで、壊れていたのだ。

若きわが友は秩序立ててことを進めるタイプで、まずはわたしたちがいる実験室を黙ってじっと眺め渡した……それは広くて明るい部屋だった。鉄格子がはまったふたつの大きな窓ごしに、茫々たる平野から陽が射しこんでくる。森を抜ける小道のむこうには、谷や平野を一望するすばらしい景色が広がっていた。晴れた日なら、はるか彼方にうっすらとパリの町も見えるだろう。けれども今日は、地面も泥だらけで、空は煤けたように曇り……隣の黄色い部屋には血痕が残っている。

実験室の一面は大きな暖炉で占められてた。そこに化学実験に使う坩堝（るつぼ）やら炉やらが並んでいる。蒸留器や物理実験の機器も、ところ狭しと置いてあった。テーブルはガラス瓶や書類、ファイル、電子機械、電池であふれ返り……ロベール・ダルザックはなかのひとつを指さして言った。「あれは太陽光線の作用による物質の解離現象を証明するため、スタンガルソン教授が使った装置なんです」と。

壁面を覆う戸棚や大きなガラスケースには、顕微鏡や特殊なカメラ、多種多様のガラス容器が収められている。

ルルタビーユは暖炉に顔を突っこんだり、指先で坩堝のなかを調べたりしていた。やがて彼は小さな紙の燃えかすを持って急に立ちあがり、窓際でおしゃべりしていたわたしたちに近寄りこう言った。

「これを取っておいてください、ダルザックさん」

ダルザックはルルタビーユの手から紙切れを受け取った。わたしは体を乗り出し、覗きこんだ。そこには次のような言葉が、はっきりと読み取れた。

司祭館　魅力　庭の輝き　何　失われて　ない

その下には、十月二十三日とある。

朝からもう二度目だ、わけのわからないこの言葉にはっと驚かされるのは。もう二度目なのに、この言葉はソルボンヌ大学教授に同じ恐るべき効果をもたらした。ダルザックが真っ先にしたのは、ジャック爺さんの様子をそっと窺うことだった。けれどもジャック爺さんはもうひとつの窓が気になってしかたないのか、わたしたちのほうなど見ていなかった。スタンガルソン嬢の婚約者は震えながら財布をあけ、紙切れをしまってため息をついた。

「ああ、なんてことだ」

そうこうするあいだにルルタビーユは煉瓦造りの暖炉に潜りこみ、立ちあがって煙突のなかを注意深く観察した。煙突はうえに行くにしたがい狭くなり、頭上五十センチのところで鉄板によって完全にふさがれていた。鉄板は煉瓦に固定され、直径十五センチほどの煙管が三本通っている。

「暖炉を通りぬけるのは不可能だな」とルルタビーユは言って、ぴょんと実験室に戻った。

「もし犯人がここを通ろうとしたなら、鉄板が外れているはずだ。だめだめ、ほかを調べなくては」

ルルタビーユはさっそく家具を調べたり、戸棚の扉をあけたりした。お次は窓の番だったが、やはりそこも通り抜けられないと彼はきっぱり断言した。二番目の窓からジャック爺さんが外を眺めている。

「何か見えますか、ジャック爺さん」

「さっきから警察の旦那がひとり、池のまわりをぐるぐるまわっているんでね……どうせみんなと同じく、何も見つかりゃしないだろうが」

「ジャック爺さん、知らないんですか、あれはフレデリック・ラルサンですよ」ルルタビーユは悲しげに首をふりふりそう言った。「知ってたら、そんな口の利きかたはできません。犯人を見つけられる人間がここにひとりいるとすれば、それは彼でしょうね」

ルルタビーユはため息をついた。

「犯人を見つけるのはけっこうだが、まずはどうして見失っちまったかがわからないと」ジャック爺さんは頑として言い張った。

「このドアのむこうで、何かが起こったんだ」とルルタビーユがもったいぶった口調で言った。こんな状況でなければ、それは滑稽に聞こえたことだろう。

7　ルルタビーユ、ベッドの下を探索する

ルルタビーユは黄色い部屋のドアを押しあけると、立ち止まって驚いたように「ああ、黒衣婦人の香りだ」と言った。彼がどうしてそんなに感動したのかがわかるのは、ずっとあとになってからのことだが。

部屋は薄暗かった。ジャック爺さんは鎧戸をあけようとしたが、ルルタビーユはそれを制止した。

「事件は真っ暗闇のなかで起きたんだろうか？」

「いいや、お若いの。そうは思わないね。お嬢様はテーブルのうえに、いつも小さなランプを置いていたから。毎晩、お嬢様がお休みになる前に、そのランプを灯すのがわたしの役目だったんだ。夜には、お嬢様の小間使いも兼ねていたのさ。本物の小間使いは朝しか来ないんでね。でもお嬢様は、夜遅くまでお仕事をなさるから」

「ランプを載せていたテーブルは、どこに置いてあったんですか？　ベッドから離れたところに？」

「ああ、離れていたな」

「そのランプを、今灯してもらえますか？」

「ランプは壊れてしまったよ。テーブルがひっくり返ったときに、灯油も飛び散ってしまったし。ともかく部屋はそのままの状態にしてあるので、鎧戸をあければ見ることが……」

「ちょっと待って」

ルルタビーユは実験室に戻って、二つある窓の鎧戸と玄関ホールに通じるドアを閉めた。あたりが真っ暗になると、彼は蠟マッチを擦ってジャック爺さんに渡し、それを持って部屋の中央へ行くように指示した。事件の晩にランプがあったあたりへお願いしますと。

ジャック爺さんは火のついたマッチを持ち、スリッパを履いた足で（木靴はいつも、玄関で脱いでくる）黄色い部屋に入った。消えかけた小さな炎の明かりで、部屋の様子がぼんやりと照らし出された。タイル張りの床にはものが散乱し、部屋の隅にはベッドがひとつ。正面の左側、ベッドのすぐわきには鏡がかかっていて、そこにマッチの光が反射している。すべては一瞬のことだった。

マッチの火が消えると、ルルタビーユは言った。

「もういいですよ。鎧戸をあけてください」

「あっ、入らないで！」とジャック爺さんは叫んだ。「靴の跡がつきそうだから。部屋はそのままにしとくよう、判事さんに言われているんでね。調べはもう終わっているというのにね……」

ジャック爺さんは鎧戸を押しあけた。外から明るい光が射しこみ、サフラン色の壁に囲まれた部屋の恐ろしい惨状を照らし出した。フローリングの床一面を――玄関ホールと実験室の床はタイル張りだったが、黄色い部屋は板張りだった——黄色い編み藁の敷物が覆っている。敷物はベッドと化粧台の下まで続いていた。まだ倒れずにいる家具は、その二つだけ。あとは中央の丸テーブルもナイトテーブルも二脚の椅子も、すべてひっくり返っている。その隙間から、敷物にこびりついた血の跡が見えた。スタンガルソン嬢のこめかみの傷から噴き出た血だ、とジャック爺さんは言った。こちらは犯人の黒々とした足跡に沿って、小さな血痕も点々としていた。状況から考えるに、犯人の傷口から血が滴り落ちた跡だろう。犯人は一瞬、壁に手をついたらしく、赤い手跡がくっきりとついていた。壁にはほかにも不明瞭ながら、いくつも手跡が残っていた。血まみれになった男の、無骨な手の跡だ。

わたしは思わずこう叫んだ。

「ほら、見て……壁の血を。思いきり手をついている。きっと暗闇のなかで目が見えず、ドアを押したつもりだったんだ。だから黄色い壁紙に、力いっぱい手跡をつけてしまった。犯人の正体が、あれでわかるかもしれないぞ。あんな手をした男は、そうそういないからな。大きくて力強くて、どの指もものすごく長い。それに親指が欠けている。残っているのは手の平の跡だけだ。さあ、それを追っていってみよう」わたしはそう続けた。「まずは壁に手をつき、そのまま手探りしながらドアを探し、ドアが見つかったら今度は鍵を探して……」

「まあ、そんなところだろう」とルルタビーユはにやにや笑いながらさえぎった。「**だが錠前にも差し錠にも、血はついていなかったぜ**」

「それがどうした」わたしは当然だと言わんばかりに、胸を張って答えた。「犯人は錠前と差し錠を左手であけたのさ。当たり前じゃないか、右手は怪我をしていたんだから……」

「犯人はドアをあけちゃいない」ジャック爺さんがまたしても声を張りあげた。「これでも頭はしっかりしているぞ。それにドアを突き破ったとき、こっちは四人だったんだ」

「なんて奇妙な手なんだろう」とわたしは続けた。「まったくおかしな形をしてる」

「いや、いたって普通の手さ」とルルタビーユは言い返した。「壁についた手が滑って、手跡の形が歪んだだけさ。犯人は怪我で血まみれになった手を、壁で拭おうとしたんだな。たぶん背は高くても百八十センチくらいだろう」

「どうしてわかるんだ?」

「壁についている手跡の位置から見てね……」

次にわが友は、壁にめりこんだ銃弾の跡を調べ始めた。それは丸い穴だった。

「弾は真正面からあたっている」とルルタビーユは言った。「上方からでも、下方からでもなく」

穴は手跡の数センチ下にある、と彼はさらに指摘した。

それからドアをふり返り、錠前と差し錠に顔を近づける。たしかにドアは外から突き破られていたが、錠前も差し錠もかかったままの状態になっていた。壁に取りつけられた受け座は二つとも外れかけていたが、かろうじてネジでとまっていた。

《エポック》紙の若き記者はそれらを注意深く観察し、ドアに手をかけて両側からためつすがめつした。なるほど差し錠は、外からあけ閉めできない。錠前も内側の鍵穴に鍵が挿してあるので、外から別の鍵であけ閉めすることは不可能だ。玄関のドアのように自動的に錠がかかるわけでもない。やはりこれはごく普通のドアだ。なのに事件当時、錠前も差し錠もしっかりかかったままになっていた。そうとわかってルルタビーユは、思わず「面白くなってきたぞ」とつぶやいた。そして床にすわりこみ、急いで靴を脱いだ。

ルルタビーユは靴下を履いた足で、黄色い部屋のなかに入っていった。真っ先にしたのはひっくり返った家具のうえに身を乗り出し、注意深く調べることだった。そんな彼の様子を、わたしたちは黙って眺めていた。ジャック爺さんがますます皮肉っぽい口調で声をかける。

「やれやれ、ご苦労なこった……」

ルルタビーユは顔をあげた。

「ジャック爺さん、あなたの言ったとおりだ。あの晩、スタンガルソン嬢は髪を真ん中分けにしていなかった。ぼくときたら、とんだ思い違いをしたもんだ」

それからルルタビーユは、蛇のようにするするとベッドの下に潜りこんだ。

ジャック爺さんがまた口をひらいた。

「何と犯人は、そこに隠れていたんだ。鎧戸を閉めてランプに火を灯すため、わたしが午後十時に部屋に入ったとき、ベッドの下にいたのさ。旦那様もお嬢様もわたしも、そのあと事件が起きるまでずっと実験室にいたんだから」

ベッドの下からルルタビーユの声がした。

「ジャック爺さん、スタンガルソン父娘は何時から実験室にこもっていたんですか」

「六時だが」

ルルタビーユの声が続ける。

「なるほど、それじゃあ犯人はここにいたんだな……間違いない。そもそも隠れ場所は、ほかにないし。あなたがた四人が部屋に踏みこんだとき、ベッドの下を確かめましたか？」

「すぐに確かめたさ……一度ベッドをひっくり返して、また戻したくらいだ」

「マットレスのあいだは？」

「マットレスは一枚きりさ。そこにマティルドお嬢様を寝かせたんだ。旦那様と門番とで、すぐにマットレスごと実験室に運んだが、下には金属製のスプリング台しかなかった。隠れる余地なんか、どこにもありゃしないね。それにあんた、こっちは四人だったんだ。何も見逃すはずはない。部屋はこんなにちっぽけで、家具だってろくにないんだから。実験室や玄関ホールの窓にも、玄関のドアにも錠がかかっていたのだし」

わたしはひとつ思いついたことを、あえて口にしてみた。

「もしかして犯人は、マットレスといっしょに部屋を出たのでは？　マットレスのなかに隠れて……謎だらけの事件だからね、何があっても不思議じゃない。スタンガルソン教授も門番も慌てふためいていただろうから、持ちあげたマットレスがずっしりと重いのに気づかなかったのかもしれない。それにもし、門番が共犯者だったら！　単なる仮説だが、いろんなことがこれでうまく説明がつく……とりわけ、黄色い部屋に残っていた足跡が実験室と玄関ホールにはなかった点について。スタンガルソン嬢をマットレスに寝かせて実験室から城に運ぶとき、犯人は窓のそばでひと休みしているあいだに逃げ出すことができただろうから……」

「話はそれだけか？　ほかにもっと言いたいことは？」とルルタビーユはベッドの下で、わざとらしい笑い声をあげた。

わたしは少しむっとした。

「いやまあ、よくわからないが……何があってもおかしくないだろうと……」

するとジャック爺さんが言った。

「予審判事さんも同じことを考えなすって、マットレスを念入りに調べさせたんだが、結局その思いつきを笑って引っこめる羽目になったよ。あんたのお友達が、今一笑に付したみたいにね。もちろんマットレスは、二重底なんかになっていなかったから。そもそもマットレスのなかに誰か隠れていれば、気がつかないはずはない……」

わたしも笑うしかなかった。馬鹿なことを言ったものだと、嫌というほど思い知らされた。しかしこんな事件だからして、馬鹿げているとかいないとかをどう見分ければいいのやら。

それがわかっているのは、わが友ひとりだけだろう。

「ところで」とルルタビーユは相変わらずベッドの下から叫んだ。「この敷物ははがしてみたんですか？」

「ああ、われわれの手でね」とジャック爺さんは答えた。「犯人が見つからなかったものだから、床に抜け穴がないかと思ったんだが……」

「しかしそんなものはなかったと……」とルルタビーユは言った。「地下室はあるんですか」

「いや、地下室はないが、それでも捜索は続いた。そんなことであきらめる予審判事さんじゃないから。とりわけ書記官のほうがしつこくて、床板を一枚一枚調べたものさ。その下に地下室があるとでもいうように……」

そのときルルタビーユがベッドの下から顔を出した。目を輝かせ、鼻をひくひくさせている。嬉々として待ち伏せから戻ってきた若い猟犬のように。彼はまだ四つん這いだった。予想外の獲物のあとを追っているすばらしい猟犬。これほどぴったりの喩えは、正直思いつかない。彼は今、犯人の足の臭いを嗅いでいる。上司である《エポック》紙編集長に、その正体を突き止めて帰ると約束したのだ。忘れてはいけないが、われらがジョゼフ・ルルタビーユは新聞記者なのである。

かくして彼は四つん這いのまま、部屋のあちこちを嗅ぎまわった。わたしたちの目に見えるものも（それはほんのわずかだった）、わたしたちの目に入らないものも（それは数限りないように思えた）すべて調べつくそうとしている。

化粧台は四本脚の簡素なテーブルだった。とっさの隠れ場所になるわけがない。それは戸棚も同じだ。スタンガルソン嬢の衣装ダンスは城にあった。

ルルタビーユは顔と手を壁に近づけ、下から上に丹念に調べていった。壁は一面、分厚い煉瓦造りだった。黄色い壁紙の表面を、軽やかな指づかいで撫でまわす。ひととおり壁を見終えると、今度は天井の番だった。化粧台のうえに椅子を積み、そのうえに乗って手で確かめ、即席の踏み台を部屋のあちこちに動かし、もう一発の銃弾が撃ちこまれた跡をとりわけ細かく観察した。天井が終わると窓に近寄り、鉄格子と鎧戸の調べに取りかかったが、壊したりこじあけたりした形跡はまったくなかった。ルルタビーユはようやく満足のため息を漏らすと、ひと安心だと言った。

「さあ、これでわかっただろう。おかわいそうに、お嬢様は賊に襲われたとき、この部屋に閉じこめられていたんだ。そして必死に助けを求め……」とジャック爺さんはうめくように言った。

「ええ」とわが友は額を拭いながら言った。「たしかに黄色い部屋は、金庫のように閉ざされていた……」

「だからこそさ」とわたしも口をはさんだ。「これほど驚くべき謎はほかに例がないっていうのは。虚構の世界にもね。ポオの『モルグ街の殺人』なんて、まるで比べものにならないな。たしかに犯行現場は密室状態で、人間が通り抜けられる隙間はなかったけれど、犯人はオランウータンだったっていうんだ。だから窓から逃げ出せたってね。*しかし今回の事件では、ほんのわずかな開口部もありはしない。ドアも窓も鎧戸も初めからぴったり閉じていて、蠅一匹出入りはできなかっただろう」

「いや、まったく」ルルタビーユはうなずきながら、さかんに額を拭った。さっきまでせっせと体を動かしていたのに、それより頭を使うほうがずっと汗をかくらしい。「いや、まったく、これはとてつもない、奇怪きわまる謎だ」

「たとえ神獣様が」ジャック爺さんがぶつぶつと言った。「神獣様が犯人だったとしても、逃げられやしなかったろうな。ほら、聞こえるだろ……静かに！」

ジャック爺さんは黙るようわたしたちに合図をすると、近くに森がある側の壁に向かって腕をのばし、一生懸命耳を澄ました。わたしたちには何も聞こえなかったけれど。

「いっちまったようだ」ジャック爺さんはしばらくするとそう言った。「いずれ始末しなくちゃな、あんな縁起でもない生き物は。なにせ神獣様だから、毎晩聖女ジュヌヴィエーヴのお墓のうえへお祈りをしに来るんだが、誰も手を出そうとしやしない。アジュヌー婆さんに呪いをかけられちゃたまらんし」

「とても大きいんですか、神獣様は？」

「太ったバセット犬くらいあるな。まさに怪物さ。哀れなお嬢様の喉に爪を立てたのはあいつじゃないかって、何度も思ったほどだ。でも神獣様がドタ靴なんか履いてるわけがない。銃だって撃つわけないし、あんな手もしていない……」ジャック爺さんは壁の赤い手跡を指さしながら叫んだ。「やつがこの部屋にいたんなら、姿が見えただろう。黄色い部屋からも離れてからも逃げ出せなかったはずだ。その点は神獣様だろうと人間だろうと同じことだ」

「たしかに」とわたしは言った。「この目で黄色い部屋を見る前は、もしかしてアジュヌー婆さんの猫がって思っていたんだが……」

＊原注　コナン・ドイルが「まだらの紐」という短編で扱っているのも、同じ種類の謎だと言えるだろう。密室で恐ろしい殺人が行なわれる。だが犯人はどこに消えてしまったのか？　シャーロック・ホームズはほどなく犯人を見つけ出す。その部屋には百スー・コインほどの大きさの通気口があって、そこから《まだらの紐》、つまり毒蛇が出入りしたというのだ。

「きみまで！」ルルタビーユが叫ぶ。

「そっちはどうなんだ」とわたしはたずねた。

「ぼくはそんなこと思わなかったね。一瞬たりとも……《ル・マタン》紙の記事を読んだときから、これは獣のしわざじゃないとわかっていたさ。今ならはっきり断言できる。恐ろしい悲劇が起こったんだって。ところでジャック爺さん、ベレー帽やハンカチが現場から見つかった話はしませんでしたね」

「もちろん予審判事さんが回収したけれど」相手はためらいがちに答えた。

するとルルタビーユは重々しい口調で言った。

「ぼくはハンカチもベレー帽も目にしてはいませんが、どんな作りだったか言い当てられますよ」

「ああ、あんたは切れ者らしいからな」

ジャック爺さんはそう言って、困惑したように咳をした。

「ハンカチは青地に赤い縞模様の安物で、帽子は古いバスクベレー帽。そうそう、ちょうどそんなやつです」ルルタビーユはジャック爺さんの帽子を指さした。

「そのとおりだ。魔法でも使ったのかな？」

ジャック爺さんは冗談めかして言ったものの、笑顔が引きつっていた。

「ハンカチが青地に赤い縞模様だって、どうしてわかったんだ？」

「青地に赤い縞模様でしかあり得ない。さもなければ、その場にハンカチが落ちていたはずがないんだ」

わが友はそれ以上ジャック爺さんにかまわず、ポケットから白い紙切れとハサミを取り出して床にかがんだ。足跡に紙をあて、輪郭に沿ってじょきじょきと切り始める。こうして足跡をかたどった紙ができると、なくさないようにと言ってわたしに手渡した。

ルルタビーユは窓の外に目をやり、まだ池のまわりをうろついているフレデリック・ラルサンを指さした。ラルサンは黄色い部屋のなかを調べなかったのかと、彼はジャック爺さんにたずねた。

「いいえ」と答えたのはロベール・ダルザックだった。彼はルルタビーユから赤茶色に焼け焦げた紙の切れ端を手渡されたあと、今までずっと黙りこくっていた。「黄色い部屋を検分する必要はない、とラルサン警部は豪語していました。犯人はごく当たり前の方法で部屋から出ていったんだ、それについては今夜説明すると」

ロベール・ダルザックの話を聞いて、ルルタビーユは――めったにないことなのだが――青ざめた。

「フレデリック・ラルサンはすでに真実をつかんだのかもしれない。ぼくがまだ、おぼろげに感じているだけのことを」と彼はつぶやいた。「ラルサンは手ごわいぞ。とてつもなく手ごわい。まったくすごい男だ。だが今は、警察のやり方を越えなくては……経験が教えるものを越えて……論理で考えるんだ！　いいかい、論理で。神様が二プラス二は四だと言ったときみたいに、論理的になろう。大事なのは**理性を正しい側面からとらえる**ことなんだ」

ルルタビーユはそう言うと部屋を飛び出した。かの名探偵フレッドが自分を出し抜いて黄色い部屋の謎解きを皆に披露(ひろう)するかと思うと、矢も楯(たて)もたまらなかったのだろう。

わたしは離れの玄関口で、なんとか彼に追いついた。

「おいおい」とわたしは言った。「少し落ち着けよ。満足のいく結果が得られなかったのか？」

「いや」ルルタビーユは深いため息をついた。「満足はしてるさ。いろいろと手がかりがつかめたからね」

「心理的な手がかりかい？　それとも物的な？」

「心理的な手がかりがいくつかと、物証がひとつさ。ほら、例えばこれだ」

ルルタビーユはそう言うと、チョッキのポケットから折りたたんだ紙をさっと取り出した。ベッドの下を調べているあいだに、ポケットにしまったのだろう。彼は紙をひろげ、中身をわたしに見せた。それは女のものらしい金色の髪だった。

8　予審判事、スタンガルソン嬢に事情聴取をする

五分後、ジョゼフ・ルルタビーユは庭園の地面に残っていた足跡のうえに、身を乗り出していた。玄関ホールの窓の、ちょうど真下あたりだ。そのとき、城の使用人と思しき男が急ぎ足でやって来て、離れから出てきたロベール・ダルザックにこう知らせた。

「お嬢様への事情聴取が、先ほど始まりまして」

ロベール・ダルザックはわたしたちに軽く暇ごいをすると、城に向かって走りだした。使用人の男もあとを追う。

「スタンガルソン嬢は一命をとりとめたらしい。殺されかけた被害者の話だからな、何が飛び出すことやら」とわたしは言った。

「これは聞いてみないと。さあ、城へ行こう」わが友は答えた。

ルルタビーユはわたしをうながした。しかし城の入り口で警備の憲兵に呼び止められ、二階へのぼる階段には近づけなかった。しかたない、しばらく待つことにしよう。

そのあいだに城の二階にある被害者の寝室では、次のようなやりとりがなされていた。スタンガルソン嬢はだいぶよくなったが、まだ予断を許さない。突然容態が悪化して、亡くなるようなことになったら、もう話を聞く機会はなくなる。一家の主治医はそう判断し、医者の義務として予審判事に告げた。そこで予審判事は、さっそく手短に事情聴取をすることにした。この事情聴取にはマルケ予審判事、書記官、スタンガルソン教授、主治医が立ち会った。わたしはのちに裁判のとき、その速記録を入手した。いかにも司法記録らしい、そっけない会話ながら、以下にそのまま掲げることにしよう。

質問　あまり無理をなさらないでいただきたいのですが、あなたが襲われたときのことについていくつか確認したい点があるので、お答え願えますか？

答え　だいぶよくなってきましたので、わたしにわかることなら何でもお話しします。あの晩、部屋に入ったとき、いつもと違うおかしなことはまったくありませんでした。

質問　すみませんが、よろしければこっちからおたずねしますから、それにお答えになってください。そのほうが、いちから話していただくよりお疲れにならないでしょう。

答え　どうぞ、訊いてください。

質問　事件の日は一日、何時にどこで何をしていたか、できるだけ細かく正確にお教えください。あなたの一挙手一投足を知りたいんです。ご負担でなければお願いします。

答え　あの日は朝寝坊してしまい、起きたのは十時でした。父とわたしは前の晩、帰りが遅かったものですから。フィラデルフィアの科学アカデミー代表団を歓迎する大統領主催の夕食会とレセプションに出席したんです。わたしが十時半に部屋を出たとき、父はもう実験室で仕事をしていました。わたしたちはいっしょに十二時まで仕事をし、三十分ほど庭園を散歩してから城で昼食をとりました。そのあとまた三十分ほど、いつものように散歩をし、一時半に実験室に戻りました。小間使いがちょうどわたしの部屋の片づけを終えたところでした。わたしは黄色い部屋に入り、小間使いにいくつか簡単な指示をしました。彼女はすぐに離れをあとにし、わたしは父と仕事を続けました。五時にわたしたちは離れを出てもう一度散歩し、お茶を飲みました。

質問　五時に散歩に出かけるとき、黄色い部屋にはお入りになりましたか？

答え　いいえ、わたしは父にたのんで、部屋から帽子を持ってきてもらったので。

質問　そのときお父様は、何も怪しげなものをご覧にならなかったんですね？
スタンガルソン教授　もちろん、何も気づきませんでした。
質問　ともかく犯人はそのときまだ、ベッドの下に隠れていなかった。それはほとんど間違いないでしょう。お出かけになるとき、黄色い部屋のドアに鍵をかけていかなかったんですね？
スタンガルソン嬢　ええ、そんなことをする理由はありませんから。
質問　今度はどれくらいの時間、離れを留守にしていたんですか、スタンガルソン教授とあなたは？
答え　一時間くらいです。
質問　ではその一時間のあいだに、犯人は離れに忍びこんだのでしょう。でも、どうやって？　それはわかりません。庭園には、玄関ホールの窓から離れていく足跡が残っていますが、向かってくる足跡はひとつもないんです。あなたがお父様と散歩に出かけたとき、玄関の窓があいているのに気づかれましたか？
答え　覚えていません。
スタンガルソン教授　閉まっていました。
質問　戻ってきたときは？
スタンガルソン嬢　注意して見ませんでした。
スタンガルソン教授　まだ閉まっていました。わたしはよく覚えています。玄関ホールに入ったとき、大声でこう言いましたから。「わたしたちが留守のあいだに、ジャック爺さんがあけておいてくれればよかったのに」とね。

質問　おかしいですね。だってほら、スタンガルソン教授、ジャック爺さんはあなたがたが留守にしているあいだに玄関ホールの窓をあけて、離れを出たと言っているんですよ。ともあれ、あなたがたは六時に戻って、すぐに実験室でお仕事を始めたんですね？

スタンガルソン嬢　そのとおりです。

質問　それから寝室に戻られる時間までずっと、実験室にこもっておられたと？

スタンガルソン教授　わたしも娘もね。わたしたちは仕事に追われていたので、一刻も無駄にできなかったんです。ほかのことには、もう目もくれませんでした。

質問　夕食は実験室でとったんですね？

答え　ええ、それも同じ理由からです。

質問　いつも実験室で夕食をとる習慣なんですか？

答え　いいえ、めったにありません。

質問　あの晩、あなたがたが実験室で夕食をとることを、犯人は知っていたんでしょうか？

スタンガルソン教授　いや、そうは思いません……わたしと娘が実験室で夕食をとろうと決めたのは、六時ごろ離れに戻ってきたときなんですから。ちょうどそのとき森番があらわれ、ちょっといっしょに来てほしいとわたしに言いました。伐採(ばっさい)するつもりだった森のあたりを、ざっと確かめてほしいと。わたしは余裕がなかったので、それは翌日に延ばすことにしました。森番は城に寄って帰るので、夕食を実験室でとると執事に伝えるよう頼みました。森番はわたしの伝言を携え、戻っていきました。わたしは娘に離れの鍵を預け、先にひとりでなかに入るよう言ってありました。玄関のドアは閉まると自動的に錠がかかってしまうので、娘は鍵を外側の鍵穴に挿したままにしてありました。その鍵でドアをあけ、実験室に向かうと、娘はすでに仕事にかかっていました。

質問　マドモワゼル、あなたはお父様がまだ仕事を続けているあいだに、部屋に戻られたんですよね。それは何時でしたか？

スタンガルソン嬢　午前零時です。

質問　ジャック爺さんはその前に、黄色い部屋に入りましたか？

答え　ええ、いつものように鎧戸を閉め、ランプを灯すために……

質問　ジャック爺さんは何も怪しげなことに気づかなかったんですか？

答え　気づいていたら、わたしたちにそう言ったはずです。ジャック爺さんは律義者で、わたしをとても大切に思っています。

質問　スタンガルソン教授、ジャック爺さんはそれからあなたといっしょに、ずっと実験室にいたんですね？

スタンガルソン教授　ええ、たしかに。その点は間違いありません。

質問　マドモワゼル、あなたは黄色い部屋に入ったあと、すぐにドアの錠前と差し錠をかけたのですね。実験室にはまだお父様とジャック爺さんがいるとわかっていたのに、ずいぶん用心深いことです。あなたは何か恐れていたのでは?

答え　父はほどなく城に戻ってしまうし、ジャック爺さんも床に就いてしまいますから。でも、たしかに不安なことがありました。

質問　ジャック爺さんの拳銃を黙って借りてくるくらい不安だったんですか?

答え　ええ、誰にも心配をかけたくなかったんです。とても子供じみた不安だったので。

質問　何が不安だったんですか?

答え　うまく説明できないんですが、何日も前から、夜中に庭のなかや外、離れのまわりでおかしな物音が聞こえるような気がして。足音だとか、枝がかさかさこすれるような音が。事件があった前の晩もそうです。わたしは大統領官邸から戻ったあと、夜中の三時まで起きていました。窓際でぼんやりしていたら、人影が見えたような気がしたんです。

質問　何人?

答え　二人です。池のまわりを歩いていました。けれどもすぐに月が隠れてしまい、何も見えなくなってしまいました。例年なら、夜は城の部屋に戻っている季節なんですが。冬場はいつも、城で寝起きしているんです。でも今年は、父が科学アカデミーで発表する《物質の解離》に関する研究のレジュメが完成するまで離れに留まろうと思っていました。あと数日で、仕上がるところだったんです。これまで続けてきた習慣を少しでも変えたら、大事な仕事に支障が生じるかもしれません。そんなことにはなってほしくありませんでした。だからわたしの子供じみた不安のことも、父に話すまいと思ったのです。ジャック爺さんにも、黙っているほうがいいでしょうと。きっと父に伝わってしまいますから。ジャック爺さんがナイトテーブルの引き出しに銃をしまっているのは知っていました。そこでわたしは昼間、ジャック爺さんが留守の隙に屋根裏部屋にあがって銃を持ち出し、自分のナイトテーブルの引き出しに隠したんです。

質問　あなたに恨みを抱いている相手に心当たりは？

答え　まったくありません。

質問　それにしては、驚くほどの警戒ぶりですが。

スタンガルソン教授　たしかに、驚くほどだぞ、おまえ。

答え　でも二日前から、どうも心配で。何だか恐ろしくてたまらなかったんです。

スタンガルソン教授　だったら、そう言ってくれればよかったのに。だめじゃないか。そうすれば、こんなことにはならなかったんだ。

質問　黄色い部屋のドアにはきちんと鍵をかけてから、お休みになったんですね？

答え　ええ、とても疲れていたので、すぐに眠ってしまいました。

質問　ランプはつけたままで？

答え　ええ。でも、うっすらと明るい程度で……

質問　そのあと何があったのか話してください。

答え　どれくらい眠っていたのかわかりませんが、突然目が覚めて……わたしは大声で叫びました。

スタンガルソン教授　ああ、恐ろしい叫び声だった……「人殺し！」と。まだ耳に残っている。

質問　どうして叫び声を？

答え　部屋に男がいたんです。わたしに襲いかかり、喉に手をまわして絞め殺そうとしました。すぐに息が詰まりました。わたしはナイトテーブルのほうへ必死に手を伸ばし、あけておいた引き出しから銃をつかみ取りました。銃はいつでも撃てる状態にしてありました。男はわたしをベッドの下に引きずりおろし、大きな塊のようなもので頭を殴りつけようとしました。わたしは間一髪、引き金を引きましたが、すぐさま頭に恐ろしい衝撃がありました。すべては一瞬の出来事で、うまく説明できません。覚えているのは、そこまでです。

質問　そこまでですか……それじゃあ犯人がどうやって部屋から逃げたのかは、まったくわからないと？

答え　わかりません。そのあとのことは、何も。気を失ったらまわりのことなんか、もうわかりはしないでしょう。

質問　男の背は高かったですか？　それとも低かった？

答え　人影を見ただけですが、とても大きい感じがしました。

質問　何か具体的な特徴はありませんでしたか？

答え　判事さん、本当に何もわからないんです。男が飛びかかってきて、わたしは銃を撃った……それ以外のことは、何も……

　スタンガルソン嬢に対する事情聴取はここで終わっている。ジョゼフ・ルルタビーユは忍耐強くロベール・ダルザックを待った。するとほどなく姿をあらわした。

　ダルザックはスタンガルソン嬢の事情聴取を隣の部屋で聞き、その内容をわが友に詳しく報告した。すばらしい記憶力と、驚くべき献身ぶりだ。鉛筆ですばやく取ったメモをもとに、彼は質問と答えをほとんど一言一句再現した。

　ダルザックはまるでわが友の秘書のように、何を言われても口ごたえひとつせず、はいはいと従順に従っている。これまでずっと、彼のために働いてきたかと思うほどだ。

　窓が閉まっていたという点に、ルルタビーユは予審判事と同じくとても驚いていた。ルルタビーユはダルザックに、事件があった日の出来事をもう一度確認した。スタンガルソン父娘が朝からどこで何をしていたか、予審判事に証言したとおりをもう一度繰り返してほしいと。夕食の経緯はとりわけ彼の関心を引いたらしく、二度も念を押していた。森番だけはスタンガルソン父娘が実験室で夕食をとるのを知っていたこと、どのようにそれを知ったのかについて。

　ダルザックが話を終えると、わたしは言った。

「しかし事情聴取の中身を聞いても、さして問題解決になりませんね」

「むしろ謎が深まったくらいです」ダルザックはうなずいた。

「いや、謎解きにつながりそうさ」とルルタビーユはもの思わしげに言った。

9 新聞記者と警察官

わたしたち三人は離れのほうに引き返した。離れの百メートルほど手前でルルタビーユは立ち止まり、右側の小さな茂みを指さして言った。

「犯人はまずあそこに隠れ、それから離れに忍びこんだんだ」

ナラの巨木が立ち並ぶなかに、同じような茂みがいくつもあった。だからわたしは、どうして犯人が特にあの茂みを選んだのかをたずねた。するとルルタビーユは、茂みのすぐ近くを通って離れに続く小道を示してこう説明した。

「ほら、あの小道には砂利(じゃり)が敷いてあるだろ。犯人は離れに行くとき、あそこを通ったに違いない。離れに向かう足跡が、地面にはまったく残っていないからね。まさか犯人に、羽が生えていたわけもないし。もちろん犯人は歩いていったんだが、砂利のうえを通れば足跡は残らない。それに離れと城を結ぶ一番の近道で、ほかにもいろんな人が使うから、砂利はごちゃごちゃに荒らされているし。さらに言うなら、あれは月桂樹とマサキの茂みなので、冬が近くなっても葉が落ちない。犯人が時機を見計らって離れに向かうには、絶好の隠れ場所さ。犯人はあのなかに身を潜め、まずはスタンガルソン父娘が、そのあとジャック爺さんが出ていくのを見ていたんだ。砂利はほとんど玄関ホールの窓の下まで続いている。外壁と平行な足跡がひとつあるのに、さっき気づいただろ。つまり犯人は、砂利のうえからひとまたぎで窓の下へ行ったのさ。窓はジャック爺さんがあけっぱなしてあったので、あとは手をかけてよじのぼれば玄関ホールに入れるってわけだ」

「まあ、そうかもしれないな」とわたしは言った……。

「まあ、そうかもしれないだって？　何がまあなんだ！」とルルタビーユは突然、叫んだ。どうやらわたしがなんの気なしに発した言葉が、彼の怒りを買ってしまったらしい。「言うにことかいて、《まあ、そうかもしれないな》だなんて」

そんなに怒らないでくれと懇願したが、ルルタビーユは頭に血がのぼっているものだから、もう耳に入っていなかった。単純きわまる問題を扱うにも、《そうだ》や《そうじゃない》を決して口にせず、慎重に断言を避ける人間（わたしのような）がいるのは驚きだ、と彼は言うのだった。そんなことだからいくら頭がよくても、馬鹿な連中と同じ結果になってしまうのだと。わたしもさすがにむっとした。それを見てわが友はわたしの腕を取り、慌てて言い繕った。いや、きみの話じゃない。きみのことはとても評価しているからと。

「でもね」とルルタビーユは続けた。「正しい論理的な推論ができるのに、それをしようとしないのは、犯罪的だと言ってもいい。もしぼくが砂利について、さっきみたいな推論をしなければ、飛行船でも持ち出さねばならなくなる。でもきみ、飛行船の技術はまだそんなに進んでいないから、犯人が空から降りてきたなんていう可能性は考慮に入れられない。だからほかに可能性がないときに、《そうかもしれない》なんていう中途半端なことは言うもんじゃない。犯人がどうやって窓から入ったか、どの時点で入ったか、もうはっきりわかっている。入ったのは五時の散歩のあいだだ。スタンガルソン父娘が昼の一時半に散歩から戻ったときは、黄色い部屋の片づけを終えたばかりの小間使いが実験室にいた。だとすれば、その時点で犯人はまだ黄色い部屋のベッドの下にいなかったことになる。小間使いが共犯者だったら、話は別だが。そう思いますか、ダルザックさん？」

ロベール・ダルザックは首を横にふり、スタンガルソン嬢の小間使いが主人を裏切るようなことはないと断言した。彼女はとても正直で、献身的な小間使いだと。

「そのあと五時に、スタンガルソン教授がお嬢さんの帽子を取りに黄色い部屋に入りました」とダルザックは続けた。

「そうでしたね」とルルタビーユ。

「きみの推論どおり、犯人は五時過ぎに玄関の窓から離れに入ったのは認めるとして」とわたしは言った。「どうしてそのあと窓を閉めたんだろう」とわたしはたずねた。「そんなことをしたら、窓をあけた人たちの注意を引いてしまうのに」

「犯人は離れに入ったすぐあとに、窓を閉めたんじゃないかもしれない」とルルタビーユは答えた。「ともかく犯人が窓を閉めたのは、砂利の小道が離れから二十五メートルのところでカーブしているから、そこにナラの木が三本立っているからさ」

「どういうことですか？」とロベール・ダルザックがたずねる。彼は息を切らせながらわたしたちのあとを追いかけ、ルルタビーユの話を注意深く聞いていた。

「それについては、またあとでご説明しましょう。必要な時機が来たと判断したときに。しかし、今言ったことは、この事件でとても重要な意味を持つはずです。ぼくの仮説が正しいと証明されたあかつきにはね」

「どんな仮説ですか？」

「それが真実だと明らかになるまでは、お話しできません。まだ単なる仮説のうちは、軽々しく口にするわけにはいかないんです」

「犯人の正体について、少しは目星がついているんですか？」

「いいえ、犯人が何者かはわかりません。でもご心配なく、ダルザックさん。突きとめてみせますから」

　はっきり言ってロベール・ダルザックは、動揺しているようだった。ルルタビーユの断言を少しも喜んでいないようだ。犯人が見つかるのを本当に恐れているのだとしたら（わたしはここで自問したのだった）、どうして彼はルルタビーユの調査を手伝っているのだろう？　わが友もわたしと同じ印象を抱いたらしく、ずけずけとたずねた。

「ダルザックさん、ぼくが犯人を見つけ出すのはお気に召しませんか？」

「とんでもない。この手で殺してやりたいくらいです」とスタンガルソン嬢の婚約者は、びっくりするほどの勢いで叫んだ。

「あなたのことは信じていますよ」とルルタビーユは重々しく答えた。「でも、まだぼくの質問に答えていませんね」

わたしたちは、ルルタビーユがさっき話した茂みの近くまで来た。なかに入ってみると、誰かが隠れていたらしい足跡がたしかにくっきり残っていた。またしてもルルタビーユの言ったとおりだった。わたしが足跡を指さすと、わが友は満足そうに答えた。

「なに、当然のことさ。ぼくたちが相手にしているのは、生身の人間だからね。ぼくたち同様、超能力の持ち主なんかじゃない。最後にはすべて辻褄が合うはずなのさ」

それからルルタビーユは、例の紙をと言った。実験室に残っていた足跡に沿って切り取り、わたしに預けてあった紙だ。彼は茂みの後ろにあった足跡にそれを重ね、「やっぱりだ」と言って立ちあがった。

次は玄関ホールの窓から犯人が逃げたときの足跡を追うのだろうと思ったら、ルルタビーユはもっと左側にわたしたちを連れていった。泥水に鼻を突っこむにはおよばない、犯人の逃走経路はもうすっかりわかっているからと。

「犯人はここから五十メートル先の塀の端まで行き、生垣と濠を越えたんだ。ほら、池に通じるこの小道の真正面だ。敷地を出て池に行くには、これがいちばん手っ取り早いからね」

「池に行ったって、どうしてわかるんだ?」

「フレデリック・ラルサンが今朝からずっと、池のほとりを離れなかったじゃないか。きっとあそこに、何か気になる手がかりがあるに違いない」

数分後、わたしたちは池の近くに着いた。

それは葦が生い茂る、小さな沼地だった。水面には、睡蓮の枯れ葉がまだ浮いていた。名探偵はわたしたちに気づいたはずだが、あまり関心はないらしい。わたしたちのことなど無視し、ステッキの先で何かつついている。こちらからは、よく見えなかったけれど。

「ほら、あそこも」とルルタビーユは言った。「逃げていく犯人の足跡があるぞ。池をひとまわりして、エピネー街道に続く小道の前で消えている。そのままパリに向かって逃げ続けたんだ」

「どうしてわかるんだ？」とわたしは口をはさんだ。「小道には足跡が残っていないのに」

「どうしてわかるかって？　ほら、こっちの足跡。思っていたとおりだ」ルルタビーユはそう叫んで、今度は高級そうな靴のくっきりとした跡を指さした。「ほら、よく見て……」

それから彼は、フレデリック・ラルサンに声をかけた。

「フレッドさん、この高級靴の跡は、事件が明らかになったときから街道についていたんですよね」

「ああ、そうだが。足跡の型は注意深く取ってある」とフレッドは顔もあげずに答えた。「見たまえ、こっちへ来る足跡と、ここから立ち去る足跡があって……」

「なるほど、犯人は自転車を用意していたのか」とルルタビーユは叫んだ。

高級靴が往復する足跡に沿って、たしかに自転車の跡がある。わたしをそれを見て、話に加わった。

「そうか、自転車を使ったなら、ドタ靴の跡がここで途切れているわけもわかる。ドタ靴を履いた犯人は、ここで自転車に乗ったんだ。高級靴の男は共犯者だろう。彼は自転車を引いて、池のほとりで待っていたんだな。もしかして犯人は、高級靴の男の指示で犯行におよんだのでは？」

「いや、それはない」とルルタビーユは奇妙な笑いを浮かべて答えた。「ぼくは事件の話を最初に聞いたときから、別の足跡があるだろうと予測していたんだ。こうして確認できたからには、自説を曲げる気はない。これは犯人の足跡だ」

「それじゃあ、ドタ靴の足跡はどうなるんだ？」

「そっちも犯人の足跡さ」

「じゃあ、犯人は二人いるのか？」

「いや、ひとりだけだ。それに共犯者もいない」

「すごいぞ。たいしたもんだ」とフレデリック・ラルサンがむこうから大声で言った。

「いいかい」とルルタビーユは、ドタ靴の踵（かかと）でかきまわされた地面を指さして続けた。「犯人はここにすわって、警察の目を欺（あざむ）くために履いていたドタ靴を脱ぎ、もともと履いていた高級靴に履き替えて立ちあがった。そして自転車を手で引いて、悠然と街道に戻ったんだ。小道はとてもぬかるんでいたので、自転車に乗って走るのは危ないと思ったのだろう。それが証拠に小道に残っている自転車の跡は、柔らかい地面の割に浅いし、まっすぐ進んでもいない。もし自転車に人が乗っていたなら、車輪がもっと地面に深く食いこんでいたはずじゃないか……だからここにいたのは、歩いて街道に戻った犯人だけだ」

「お見事、お見事」名探偵フレッドがまたしても声をあげた。

刑事はやおらわたしたちのほうへやって来て、ロベール・ダルザックの前に立って言った。

「ここに自転車があれば……ルルタビーユ君の推理が正しいことを証明できるでしょうね、ダルザックさん。城に自転車がないか、ご存じありませんか？」

「いえ、ありません」とダルザックは答えた。「わたしの自転車は四日前、パリに持ち帰ってしまいましたから。事件の前、最後に城に来たときのことです」

「それは残念」とフレッドはやけに冷たい口調で言った。

それから彼はルルタビーユをふり返り、こう言った。

「この調子でいけば、二人ともいずれ同じ結論に達するんじゃないかな。犯人が黄色い部屋からどうやって出たのかについて、何か考えはあるのかね？」

「ええ」とわが友は答えた。「ひとつ、考えていることが……」

「わたしもだ」とフレッドは続けた。「きっと同じ考えだろう。この事件に、二つの推理はあり得ない。わたしは上司の到着を待って、予審判事の前でそれを披露するつもりだ」

「ああ、刑事部長が来られるんですか？」

「そうとも、今日の午後、この事件に関わる者をすべて実験室に集め、予審判事の前で証言を突き合わせるためにね。とても面白いことになるだろう。残念ながら、きみは立ち会えないがね」

「ぼくも出席させてもらいますよ」ルルタビーユはきっぱりと言った。

「本当に？　きみは若いわりに、たいした男だな」と警察官はいささか皮肉っぽい口調で応じた。「もう少しきちんとした手順を身につければ、すばらしい警官になれるぞ。直観やその頭脳に湧きあがる思いつきに、あまり頼らないようにすればな。そういう連中を、さんざん見てきたんでね、ルルタビーユ君。きみは論理に頼りすぎる。観察が導くところに、身をゆだねるんだ。血に染まったハンカチや、壁の赤い手跡について、きみはどう思うね？　きみは壁の赤い手跡を観察したが、わたしはもっぱらハンカチに目を向けた。さて、そこで……」

「そうですね」とルルタビーユは少し驚いたように答えた。「犯人はスタンガルソン嬢の拳銃で、手に怪我をしたんです」

「ああ、それは粗雑で直観的な観察だ……気をつけなくては。きみは論理一本で進みすぎるぞ、ルルタビーユ君。論理を妄信してはいかん。さもないと、かえって騙されることがあるからな。論理は用心深く、慎重に扱わねばならない場合がいくらでもあるんだ。ルルタビーユ君、スタンガルソン嬢の拳銃についてはきみの言うとおり。たしかに被害者は銃を撃った。しかし、それで犯人が手に怪我をしたというのは間違いだ」

「いえ、確かなことです」とルルタビーユは叫んだ。

「観察が足らんよ、観察が！　ハンカチを調べたところ、赤い小さな斑点が無数に散らばっていた。足跡のうえにも、血痕が点々としている。足を地面に着いた瞬間に、滴り落ちたんだ。そこでわたしはこう考えた。犯人は手に怪我をしたんじゃない。犯人は鼻血を出したんだってね、ルルタビーユ君」

名探偵フレッドは大真面目だったが、わたしは思わず驚きの声をあげてしまった。

ルルタビーユはフレデリック・ラルサンをまじまじと見つめた。ラルサンも真剣な表情で、新聞記者を見返している。そしてすぐさま、こう結論した。

「犯人は手とハンカチで鼻血を押さえたんだ。そして手についた血を壁で拭った。これはとても重要な点だ。**犯人は必ずしも手に怪我をしていると限らないわけだからね**」

ルルタビーユはしばらくじっと考えこんでいたが、やがてこう言った。

「ラルサン警部、論理を妄信するよりもっと危険なことがあります。えてして警察官には、そんな思考回路の持ち主がいるんですが、彼らは自分たちの思いつきに合わせて、いつのまにか論理を都合よく捻(ね)じ曲げてしまうんです。あなたは犯人について、初めからあたりをつけていた。いえ、否定してもだめですよ……しかしあなたが思う犯人は、手に怪我をしていない。だから犯人は手に怪我をしているはずだという前提を、変えねばならなかったんです。さもないと、あなたの予測が成り立たなくなってしまいますからね。そこであなたは別の可能性を模索し、見つけ出した。これはとても危険なやり方です。ええ、とても危険だ。犯人を予想しておいてから、必要な証拠にさかのぼるなんて……そんなやり方をしたら、とんでもないことになりますよ。冤罪(えんざい)に気をつけてください。それは絶えずあなたを狙っているんです……」

ルルタビーユはそう言うと両手をポケットに突っこみ、ちょっとからかうような笑みを浮かべ、はしっこそうな小さな目でフレッドを見つめた。

あんたには負けないとばかりに不遜な態度を取る若者を、フレデリック・ラルサンは黙ってにらみつけた。やがて彼は肩をすくめると、わたしたちに一礼し、長いステッキで道に転がっている石をたたきながらすたすたと歩き去った。

ルルタビーユはラルサンが遠ざかるのをしばらく眺めていたが、やがてわたしたちをふり返った。すでに勝ち誇ったかのような、嬉々とした顔つきだった。

「負けるもんか！」と彼はきっぱりと言った。「名探偵フレッドに打ち勝ってやる。むこうがどんなに強力だろうと。ぼくは誰にも負けないぞ。ルルタビーユは誰よりもしたたかなんだ。それにしてもあの名探偵が、ずいぶんと粗雑な推理をするもんだ！　世界に名だたる唯一無二の男が、あんなに粗雑で穴だらけの推理を……」

ルルタビーユはぴょんと飛びあがって足を打ち合わせたあと、突然動きを止めた……彼の視線が向かう先を追っていくと、そこにはロベール・ダルザックの姿があった。ダルザックは顔をゆがめ、小道に並んだ自分の足跡と高級靴の跡を見つめている。**その二つはそっくりだった！**

ダルザックは今にも卒倒するのではないか。恐怖で大きく見ひらいた目を、彼は一瞬わたしたちからそらした。右手はあごひげをせかせかと引っぱっている。実直で穏やかそうな顔に、絶望の表情を浮かべて。ようやく彼は落ち着きを取り戻すと、そろそろ城に戻らねばならないと打って変わった声で告げ、その場を立ち去った。

「なんてことだ！」とルルタビーユは言った。

彼も呆気にとられているらしい。そして前にもしたようにポケットから白い紙切れを取り出すと、目の前の地面についている犯人の《高級靴の跡》に合わせ、ハサミで輪郭を切り取った。こうしてできた新たな靴型を、ダルザックのハーフブーツの足跡に重ねると、二つはぴたりと合った。ルルタビーユは立ちあがり、もう一度「なんてことだ」と言った。

わたしはあえてじっと黙っていた。今、このとき、ルルタビーユの頭のなかでは、とても重要なことが起きているに違いないと思ったから。

やがて彼は言った。

「それでもぼくは信じているさ。ロベール・ダルザック氏は真正直な人物だって……」

次にわたしたちは《望楼亭》に向かうことにした。そこから一キロほど行った街道沿いの、小さな木立のわきにある旅籠である。

10 《こうなったら牛肉を食べるしかない》

旅籠《望楼亭》はお世辞にも見栄えがいいとは言えないが、わたしはこんなボロ屋が嫌いではなかった。梁は暖炉の煙で燻され、黒く古色を帯びている。乗合馬車時代の名残りをとどめる朽ちかけた建物は、いつしかただの思い出になってしまうだろう。そうした古屋は歴史につながり、過去を現在に伝えている。追剝ぎに脅され、命がけで街道を旅した時代の古い物語を想起させるのだ。

　わたしは《望楼亭》をひと目見て、二百年かそれ以上古い建物だとすぐにわかった。がっちりした木の骨組みから、ところどころ砂利や漆喰が剝がれ落ちている。X字型やV字型の骨組みは、ボロボロの屋根をまだ健気に支えているけれど。額にずり落ちた酔っ払いの帽子みたいに屋根は支柱のうえに傾き、入り口に掲げた鉄の看板は秋風に吹かれて唸り声をあげていた。とんがり屋根と採光塔を頂く望楼の絵は、地元の画家がグランディエ城を真似て描いたものだろう。看板の下に目をやると、気難しそうな顔つきの男がひとり、戸口にたたずんでいる。額に皺を寄せ、もじゃもじゃの眉を不機嫌そうにしかめているところを見ると、暗いもの思いに沈んでいるのだろう。

　わたしたちが近よると男はこっちを見て、何か用かと不愛想にたずねた。いささか感じの悪いこの男こそ、魅力的な建物の主人らしい。昼食をとりたいのだが、とわたしたちは言った。すると男はそっけなく、材料がないので希望には沿えないと答えた。そしてなぜだか疑り深そうに、わたしたちをねめつけた。

「そう言わずに、お願いしますよ」ルルタビーユはなおもねばった。「ぼくたちは警察の者じゃありません」

「警察なんか、恐れちゃいないさ」と男は答えた。「おれは誰も恐れちゃいない」

　わたしはわが友に目で合図し、ほどほどにしてあきらめたほうがよさそうだ伝えた。けれどもルルタビーユはどうしてもこの旅籠がいいらしく、男の肩の下をするりとすり抜けなかに入った。

「ほら、来いよ。こっちは気持ちいいぞ」

たしかに店の暖炉では、薪が赤々と燃えていた。わたしたちは暖炉に近寄り、暖かい炎に手をかざした。今朝は早くも、冬の到来を告げる寒さだったから。店内は広々としていた。どっしりとした木のテーブルが二つに、木の腰かけが数脚。大きなカウンターにはシロップやアルコール類の瓶が並んでいる。三つの窓は街道に面し、壁にはけばけばしい広告ポスターが張ってあった。わざとらしくグラスを掲げる若いパリジェンヌの顔の下に、新しいベルモット酒の食欲増進効果が麗々しく謳われている。旅籠の主人は背の高い暖炉のうえに、陶器の甕や壺をずらりと飾っていた。

「ローストチキンをするにはうってつけの暖炉じゃないですか」とルルタビーユは言った。

「ところが、そのチキンがないんだよ」と主人は答えた。「けちなウサギ一羽ありゃしない」

「わかってますとも」からかうようなわが友の声に、わたしはびっくりした。「**わかってますよ、こうなったら牛肉を食べるしかない**ってね」

　正直言って、わたしはルルタビーユが発した言葉の意味がまったくわからなかった。どうして彼はこの男に、《こうなったら牛肉を食べるしかない》なんて言ったのだろう？　どうして旅籠の主人は、それを聞くなり罵り声をあげたのだろう？　しかも慌てて口を押さえ、ロベール・ダルザックが《司祭館の魅力も庭の輝きも、何ひとつ失われてはいない》という運命的な言葉を聞いたときと同じように、おとなしくわたしたちの言いなりになってしまった。わが友には、わけのわからない言葉で意思を伝える特殊な才能があるようだ。わたしがそう指摘すると、彼はただにっこりしただけだった。できれば説明してほしかったが、今は何も話せないと言うようにわが友は口に指をあてた。もちろんそれは、黙っていろとわたしに釘(くぎ)を刺す意味もあった。そうこうするあいだにも、旅籠の主人は小さなドアを押しあけ、玉子を五、六個とサーロインのステーキ肉を持ってこいと叫んだ。ほどなく見事な金髪をした、愛想のいい若い女が、言われたものを持ってきた。大きなきれいな目で、わたしたちを不思議そうに見ている。主人は耳障(みみざわ)りな声で彼女に言った。

「さっさと奥に戻れ。緑野郎が来ても、出てくるんじゃないぞ」

女は姿を消した。ルルタビーユは玉子を入れたボールと肉の皿を注意深くかたわらの暖炉に置き、火床に吊るしてあったフライパンと焼き網を外した。まずは玉子を溶き、それからステーキを焼きにかかる。彼はさらにシードルを二本注文すると、あとは主人のことなどおかまいなしだった。主人のほうもルルタビーユを無視していたが、それでもときおり彼のほうを眺めたり、わたしのほうをじっと見たりした。不安そうな表情は隠そうとしても隠しきれない。そんなふうにわたしたちが料理をするのを放っておいて、主人は窓の近くにナイフとフォークを並べた。

そのとき突然、主人が小声でこう言うのが聞こえた。

「やっ、来やがった」

表情が一変し、激しい憎悪が顔中にあらわれている。主人は窓にぴたりと身を寄せ、街道を窺った。ルルタビーユに教えるまでもなかった。彼は玉子を放り出し、窓際に立つ主人のそばに歩み寄った。わたしもすぐさまあとに続いた。

　全身、緑づくめの男が見えた。服もズボンも緑色のビロード製なら、頭にかぶっている丸いハンチングも緑色だ。男はパイプをふかしながら、静かな足どりで街道を進んでくる。肩に銃をかけ、悠然と歩くその姿は、ほとんど貴族的と言ってもいいくらいだった。歳のころは四十五くらいだろうか。髪にも口ひげにも白いものがまじっている。顔は真っ青で、鼻眼鏡をかけていた。旅籠の近くを通るとき、男は入ろうかどうしようかためらっているようだった。そしてわたしたちのほうに目をやり、パイプの煙をぷかぷかふかすと、今までと同じのんびりした足どりで散歩を続けた。

　ルルタビーユとわたしは旅籠の主人をじっと見た。ぎらぎらと光る目、握りしめた拳、震える口もと。そのどれもが、彼の心に渦巻く激しい感情を如実にあらわしていた。

「あいつめ、今日はおとなしく引きあげたな」主人は腹立たしげに言った。

「何者ですか？」とルルタビーユは、玉子をかき混ぜながらたずねた。

「緑野郎さ」主人は唸り声をあげた。「やつを知らないのかい？　それならけっこう。知り合いになったからって、碌なことはないからな……スタンガルソン教授のところの森番だがね」

「どうやら彼のことがお嫌いなようですね？」ルルタビーユは溶いた玉子をフライパンに流しこみながらたずねた。

「ここいらじゃ、みんなの嫌われものさ。それにお高くとまっていやがる。昔は金持ちだったらしいがね。生活のためにいやいや召使いをしているんだが、そんな姿を見られるのが許せないんだな。森番といったって、召使いみたいなもんだからな。ほかの使用人と同じように。いやはや、なのにまるでグランディエ城のお殿様気取りだ。土地も森もみんな自分のものだって顔をしていやがる。貧乏人が草のうえでパンのかけらを食べるのも、我慢ならないのさ。《自分の草のうえで》ね」

「ここへはよく来るんですか?」

「よくなんてもんじゃない。だが、思い知らせてやるつもりさ。おまえの面は気にいらないって。ほんの一か月前までは、うるさくやって来ることもなかったんだが。《望楼亭》なんて眼中になかったんだろう。ほかで忙しかったんだ。サン=ミシェルにある《三本百合亭》の女将に言い寄るんでね。ところが最近、けんか別れしちまったもんだから、よそで暇をつぶそうとしてる。娘っこの尻を追いかけまわして。とんでもないやつさ。あんな男、堅気の人間なら我慢ならない。お城の門番夫婦も腹に据えかねていたよ、緑野郎にはな……」

「それじゃあ門番夫婦は堅気の人間ってことですね、ご主人?」

「マチュー親父と呼んでくれ。それが名前なんだ。でもって、おれの名前がマチューなのと同じくらい確かなことさ、門番夫婦が堅気なのはね」

「逮捕されてしまいましたが」

「だから何だっていうんだ。でもおれは、近所のごたごたには関わりたくないんだ」

「襲撃事件については、どう思いますか?」

「お城のお嬢さんが襲われた事件かい？　とてもいいお方で、ここいらの者には慕われていたよ。で、おれがどう思うかって？」

「ええ、どう思いますか？」

「何とも……いや、思うことはいろいろあるが、ひとには関係ない話さ」

「ぼくにも？」とルルタビーユはねばった。

主人は横目でルルタビーユをちらりと見て、うめくような声で答えた。

「ああ、あんたにもだ……」

オムレツができるとわたしたちはテーブルにつき、黙って食べ始めた。そのとき突然ドアがあき、ボロ着をまとって杖をついた老婆が戸口に姿をあらわした。頭を揺さぶるたび、白い蓬髪が垢だらけの額にかかった。

「やあ、いらっしゃい、アジュヌー婆さん。ひさしぶりだね」と主人が言った。

「病気で臥せっていたんでね。死ぬかと思ったよ」と老婆は言った。「ところで、神獣様にあげる残り物はないかな？」

老婆は旅籠のなかに入ってきた。そのあとから、馬鹿でかい猫がついてくる。まさか、こんなに大きな猫がいようとは！　獣はわたしたちのほうを見て、にゃあとひと鳴きした。あんまり悲痛な響きだったので、わたしは思わず震えあがった。いまだかつて聞いたことがない、不気味な鳴き声だ。

その鳴き声に導かれたかのように、老婆のあとから男が入ってきた。緑野郎だった。男は帽子に手をやって一礼すると、わたしたちの隣に腰かけた。

「シードルを一杯、もらえるかな、マチュー親父さん」

マチュー親父は闖入者に向かって、全身を激しく揺さぶった。しかしなんとか自制したらしく、こう答えた。

「シードルは切れている。こちらのお客さんに、最後の二瓶を出してしまったんで」

「それじゃあ、白ワインをもらおうか」男は少しも驚いた様子を見せなかった。

「白ワインも品切れだ。もう何もない」

それからマチュー親父は、こもった声でもう一度繰り返した。

「もう何もない」

「奥さんは元気かい?」

男がそうたずねると、主人は拳を握り、恐ろしい形相で彼のほうをふり返った。今にも殴りかかるのではないかと思うほどだった。

「家内は元気だ」と主人は言った。

するとさっき見かけた、やさしい大きな目をした若い女は、この小汚い無作法者の奥さんだったのか。しかし見てくれの卑しさは、嫉妬心という心根の卑しさから来ているらしい。

主人はドアをばたんとあけ、部屋を出ていった。アジュヌー婆さんは杖に寄りかかって立ったままだった。

緑野郎が彼女にたずねた。スカートの下に猫が隠れている。

「病気だったそうだな、アジュヌー婆さん。そういや一週間前から、姿を見なかったが」

「そうなんですよ、森番さん。守護聖人の聖女ジュヌヴィエーヴ様にお祈りを捧げるため、なんとか三回ほど起き出したんですが、あとはずっと床に臥せっていたもので。看病してくれたのはこの猫だけです」

「猫はあんたにつきっきりだったのかい？」

「昼も夜もね」

「たしかに？」

「天に誓って」

「だったらアジュヌー婆さん、どうして事件があった日、一晩中神獣様の鳴き声が聞こえていたんだ？」

　アジュヌー婆さんは森番の前に立ち、杖で床をたたいた。

「そんなこと知るもんかね。でもはっきり言いますが、こんな声で鳴く猫はこの世に二匹といませんよ。あたしだって事件の晩、神獣様の鳴き声が外から響いてくるのを聞きましたとも。ところがこいつは、ちゃんとあたしの膝に乗っていて、にゃあとも言っちゃいないんだ。本当ですとも、森番さん。あれが聞こえたときには、思わず十字を切ったもんだ。悪魔の声を聞いたみたいにね」

　森番が最後の質問をしたとき、わたしは様子をじっと窺っていたが、彼の口もとに嘲るような笑みが浮かぶのが、たしかに見えたような気がする。

そのとき、激しく言い争う声が聞こえた。人をたたいたり殴ったりするような、にぶい物音もする。緑野郎はさっと立ちあがり、暖炉の脇のドアに駆け寄った。けれども先にドアがあき、主人が顔を出して森番に言った。

「何でもないんだ、森番さん。家内が歯が痛いとかで」

主人はにやりとした。

「ほら、アジュヌー婆さん。猫の餌だ」

彼は老婆に包みを差し出した。老婆はひったくるようにそれを受け取り、猫を連れて出ていった。

森番が主人にたずねる。

「わたしには何も出してくれないのかな」

とうとうマチュー親父も、堪忍袋（かんにんぶくろ）の緒を切らした。

「あんたには何もないさ。あんたにはな。だからもう帰ってくれ」

森番は悠然とパイプに葉を詰めて火をつけると、わたしたちに一礼し、帰っていった。男が一歩外に踏み出すが早いか、マチュー親父は力いっぱいドアを閉め、血走った目でわたしたちをふり返った。そして仇敵（きゅうてき）が出ていったドアに向かって拳をふりあげ、口角に泡をためてまくしたてた。

「あんたが何者かは知らないが、《こうなったら牛肉を食べるしかない》と言いに来たんだから、興味があるなら教えてやるさ。犯人はあいつだ」

マチュー親父はそう言うと、わたしたちを残して奥にひっこんだ。ルルタビーユは暖炉のそばへ引き返し、こう言った。

「さて、ステーキを焼くとしよう。どうだい、シードルの味は？　ちょっときついが、なかなかいけるじゃないか」

その日はもう、マチュー親父に会うことはなかった。わたしたちは食事代の五フランをテーブルに置き、静まりかえった旅籠をあとにした。

それからルルタビーユに連れられ、スタンガルソン教授の地所のまわりを四キロ近く歩かされた。彼は炭焼き小屋にほど近い、煤で真っ黒な小道の角で十分近く立ち止まっていた。炭焼き小屋はエピネーからコルベーユに向かう街道沿いの、サント＝ジュヌヴィエーヴの森のはずれにあった。「《ドタ靴の足跡から見て》、犯人はここを通って敷地に入り、茂みに隠れたに違いない」とルルタビーユは言った。

「じゃあ、森番は事件と関係ないと思うのか？」とわたしはさえぎった。

「それはいずれわかるだろう」とルルタビーユは答えた。「とりあえず、旅籠の主人があの男について言ったことは、考慮に入れないでおこう。腹立ちまぎれの放言だからな。《望楼亭》で昼食をとろうと誘ったのは、なにも緑野郎のためじゃない」

ルルタビーユはそう言うと注意深く正門を抜け――わたしもあとに続いた――今朝逮捕された門番の小屋に近づいた。彼はあけっぱなしになっていた裏の天窓までよじのぼり、するりとなかに身を滑らせた。びっくりするような身の軽さだ。十分ほどして天窓から出てくると、ルルタビーユは《やっぱりだ!》と言った。彼がこの言葉を口にするときは、いろいろなニュアンスがある。

城に戻ろうとしていたとき、鉄柵の正門がぎしぎしと揺れた。馬車が到着したのだ。城から迎えが駆けつける。ルルタビーユは馬車から降りてきた男を指さした。

「ほら、刑事部長だ。フレデリック・ラルサンのお手並み拝見と行こうじゃないか。本当に人一倍切れ者か、これでわかるぞ……」

刑事部長を乗せた馬車の後ろから、さらに三台の馬車がやって来た。なかに入ろうとする新聞記者たちが、何人も乗りこんでいる。しかし正門で番をする二人の憲兵が、新聞記者を締め出した。刑事部長は彼らの不満を鎮めようと、捜査に支障をきたさない範囲で、今夜のうちにできるだけ詳しいことを発表すると約束したのだった。

11　フレデリック・ラルサン、いかにして犯人が黄色い部屋から出たのかを説明する

わたしはこれを書くにあたり、黄色い部屋の謎に関する書類や資料、覚書、新聞記事、証拠品を山ほど参照したが、そのなかにとりわけ興味深い書きつけがあった。それはわたしたちがグランディエ城を訪れた日の午後、事件の関係者を全員集め、刑事部長立会いのもとにスタン

ガルソン教授の実験室で行なわれたあの訊問の様子を記録した覚書である。筆者は書記官のマレーヌ氏で、彼も予審判事と同じく仕事の合間をぬって執筆活動にいそしんでいた。これは公刊されることはなかったものの、『わが訊問』と題される予定だった著作の一部をなすものであり、裁判日録のなかでも比類のない事件が驚くべき結末をむかえてからしばらくして、書記官自身の手でわたしに委(ゆだ)ねられたのだった。

以下にその覚書を掲げることにしよう。これはもはや無味乾燥な一問一答ではなく、書記官の個人的な印象が随所に書きこまれている。

書記官の覚書

一時間前から予審判事とわたしは、スタンガルソン教授が引いた図面に基づいて離れを建てた建設業者とともに黄色い部屋にいた。建設業者は職人をひとり連れてきていた。マルケ判事は壁がすべてむき出しになるよう、職人に命じて壁紙をはがさせた。それからつるはしであちこちたたき、どこにも抜け穴がないことを確かめた。床や天井も時間をかけて調べたが、何も見つからなかった。怪しいものはまったくない。マルケ判事は嬉々として、建設業者にこう繰り返した。

「なんていう事件だ。そうとも、すごい事件だ。犯人がどうやってこの部屋から抜け出したのか、さっぱりわからないんだから」

マルケ判事は不可解な事件を前に顔を輝かせていたが、自分の任務は真実を突きとめることだったと思い出したらしく、憲兵隊の班長を呼んだ。

「班長」と予審判事は言った。「城へ行ってスタンガルソン教授とロベール・ダルザック氏、それからジャック爺さんに、実験室へ来るよう伝えてくれ。部下に命じて、門番夫婦も連れてこさせるんだ」

五分後、全員が実験室に集まった。ちょうどグランディエ城に着いたばかりの刑事部長も、われわれに加わった。わたしはいつでも仕事にかかれるよう、スタンガルソン教授の机についた。そこでマルケ判事が一席、予想外の風変わりな演説を始めた。

「みなさん、普通の訊問では何も手がかりは得られそうもありません。ですからよろしければ、今回だけは昔ながらの訊問方法をやめにしたいと思います。みなさんをわたしの前へ順番に呼び出すのではなく、全員ここに残ってもらいます。スタンガルソン教授、ロベール・ダルザックさん、ジャック爺さん、門番夫婦、刑事部長、書記官、それにこのわたし。全員が同等の立場で、この場に臨(のぞ)むのです。門番夫婦も逮捕されている身であることは、いったん忘れるように。みんなで忌憚(きたん)なく話しましょう。話し合うために、みなさんをここに集めたのです。わたしたちが今いるのは犯行現場なのだから、話し合いのテーマは事件のこと以外にありません。さあ、大いに話し尽くしましょう。饒舌(じょうぜつ)に、理性的に、あるいは無秩序に。頭に浮かんだことは、すべて言ってしまいましょう。手順なんか考えなくてけっこう。そんなことをしても、何の足しにもなりません。偶然の神に祈りを捧げましょう。偶然の思いつきに運をまかせるのです。さあ、始めますよ……」

予審判事はそう言うと、わたしの前を通りしな、そっとささやいた。

「どうだ、なかなかの名場面だろ。きみには想像もつかなかったのでは？　これをもとに、ヴォードヴィルの一幕が書けそうだ」

彼は嬉しそうに両手をこすり合わせた。

わたしはスタンガルソン教授に目をやった。スタンガルソン嬢の治療にあたっている医者たちによれば、どうやら患者は一命を取りとめそうだというから、教授の胸にも希望が芽生えていることだろう。それでも彼の威厳に満ちた顔には、まだ苦悩の色がありありと残っていた。

娘が死んでしまう、とスタンガルソン教授は思っていた。そのショックから立ちなおりきれないのだ。彼のやさしげな青い目は、そのとき限りない悲しみに満ちていた。わたしは公の席で何度もスタンガルソン教授に会う機会があったが、子供のように澄んだ目には当初から感銘を受けていた。夢見るような、崇高な目。狂気を秘めた天才発明家の、この世ならぬ目だ。

そうした席では、教授の後ろやかたわらにいつも娘がつきそっていた。父娘は片時も離れず、長年いっしょに仕事をしているという。スタンガルソン嬢は当時三十五歳だったけれど、三十そこそこにしか見えなかった。すべてを科学に捧げていたが、神々しいまでの美しさは昔のままだった。時の流れにも恋の情熱にも打ち勝ち、いまだ皺ひとつないその美しさに、誰もが称賛を惜しまなかった。いつかこのわたしが書類を手に、彼女の枕もとに立つ日が来ようとは、そのとき誰に予想し得ただろう？　今までこの仕事のなかで聞いた、最も恐ろしく最も謎めいた暴行事件について、瀕死の彼女が力をふりしぼって語るのを見守ることになろうとは。あの午後の日、絶望に打ちのめされた父親が、娘を襲った犯人をどうして捕まえ損ねてしまったのかと、むなしく自問する姿を目の当たりにしようとは。普通なら激情に満ちた都会暮らしの者だけが被る、生死に関わる厄災を免れられないのなら、薄暗い森の奥に身を潜め、黙々と仕事に打ちこんだからとて、それが何になるだろう？

＊

「それではスタンガルソン教授」とマルケ判事は少しもったいぶって言った。「お嬢様が実験室を出てお部屋に戻られたとき、あなたはどこにいたのか、正確な位置に立ってみてください」

スタンガルソン教授は立ちあがり、黄色い部屋のドアから五十センチほどのところへ移動し、抑揚のない一本調子の声、死んだような声で言った。

「わたしはここにいました。午後十一時ごろ、実験室の炉でちょっとした化学実験に取りかかったあと、机をここへ移しました。夕方、ジャック爺さんに実験器具をいくつか洗ってもらったんです。それには、わたしの後ろを空けねばならなかったので。娘もわたしと同じ机で作業をしていました。娘は立ちあがってわたしにキスをし、ジャック爺さんにお休みを言うと、机とドアのあいだを何とかすり抜けて部屋に戻りました。つまりわたしは犯行の直前、現場のすぐ近くにいたということです」

「で、その机は」とわたしはさえぎった。そんなふうに会話に加わったのは、上司の言葉に従ったまでだ。「で、その机はどうしたんですか、スタンガルソン教授？《人殺し！》という叫び声と銃声が聞こえたとき」

するとジャック爺さんが答えた。

「壁ぎわに押しやりましたよ、書記官さん。ちょうど今あるあたりにね。そのほうがドアに近づきやすいので……」

わたしは自分の思いつきを披露した。もっとも、われながら説得力に欠ける仮説だという気はしたけれど。

「つまり机は黄色い部屋のすぐ近くにあったわけだ。体をかがめて部屋から出てきた犯人が、そのまま机の下に潜りこめば、気づかれずに逃げられるのでは？」

「忘れてはいけません」とスタンガルソン教授はうんざりしたように言った。「娘はドアに錠前と差し錠をかけておいたし、**ドアは閉まったままでした**。娘が殺されかけていたとき、わたしたちはすでにドアと格闘していたんです。**犯人と娘が闘い続けているあいだ、わたしたちはドアの前にいた。争う物音がまだ聞こえていたし、娘が手で首を絞められ、ぜいぜいと喘ぐ声もしていた**。かわいそうに、**そのときの跡はまだ娘の首に残っています**。いくらすばやい犯行だろうと、わたしたちだって負けちゃいない。一瞬でドアの前に駆け

＊原注　わたしはここで書記官の言葉を忠実に書き写し、もってまわった大仰な表現にいっさい手をつけていないことを読者にお断わりしておく。

つけたんです。そのすぐ裏側で、まだ惨劇が続いているあいだに」

わたしは立ちあがってドアに近寄り、もう一度丹念に調べた。そして体を起こし、落胆の身ぶりをした。

「もしかして」とわたしは続けた。「ドア全体をひらかなくても、下部の羽目板だけがあくようになっているのかもしれない。それなら問題は解決だ。でもドアを確かめたところ、残念ながらその推理も成り立たないようだ。ドアは分厚い頑丈なナラの木の一枚板でできていますから。それは見ただけで、はっきりとわかります。押し破ったときの衝撃で、あちこち壊れているけれど」

「そうとも」とジャック爺さんが声をあげた。「城の古い頑丈なドアをここにつけ替えたもので……今じゃこんなドア、作られておらんでしょう。鉄のバールも使って、やっとあけたくらいです。四人がかりでね。門番の細君にも手伝ってもらいましたから。いやまったく、予審判事さん、律儀者ですよ、彼女は。それなのに、門番夫婦が捕まってしまうなんて」

ジャック爺さんがそんな同情と抗議の言葉を口にするや、門番夫婦はまたしても涙を流し、泣き言を並べ始めた。こんなにめそめそする容疑者は見たことがない。これにはまったく閉口した。*たとえ彼らが無実だとしても、不幸な出来事を前にして、よくもまあこんなに意気地をなくせるものだ。こんなときには、毅然たる態度でいたほうがいいのに。泣いたり嘆いたりは、たいていうわべだけの見せかけにすぎない。

「さあさあ」ここでまたマルケ判事が口をひらいた。「泣きわめくのはたくさんだ。スタンガルソン嬢が襲われたとき、離れの窓の下で何をしていたのか、正直に話したほうが身のためだぞ。ジャック爺さんと出会ったとき、きみたちは離れの近くにいたんだから」

「わたしたちは助けに駆けつけたんです」と門番夫婦はうめくように言った。

さらに細君のほうが、しゃくりあげながら叫んだ。

「ああ、犯人を捕まえたら、この手で殺してやるわ……」

それ以上、門番夫婦からまともな供述を引き出すことはできなかった。何をたずねても、ひたすら否定するばかり。そして銃声が一発聞こえたときは、ベッドのなかにいたと言い張るのだった。

「一発じゃない。銃は二発撃たれているんだ。ほらみろ、嘘をついているな。一発目が聞こえたなら、二発目も聞こえたはずだ」

「判事様、きっとわたしたちには二発目しか聞こえなかったんです。一発目を撃ったときは、まだ眠っていたんでしょう」

「ともかく、弾は二発撃ってます」とジャック爺さんが言った。「もともと銃にはまっさらな弾薬がこめてありました。ところがあとで確かめると、弾倉には焼け焦げた薬莢(やっきょう)が二つありました。弾丸も二つ見つかっています。ドアのむこうから、銃を二発撃つ音が聞こえましたよね、旦那様?」

*原注　原文のママ

「ああ、聞こえた」とスタンガルソン教授は答えた。「銃声が二発。まずは鈍い音、次によく響く音が」

「ほらみろ、どうして嘘をつき続けるんだ？」とマルケ判事は門番夫婦をふり返って言った。「警察にそんな嘘が通ると思ってるのか？　事件があったとき、おまえたちはすでに外にいて、離れの近くまで来ていた。あらゆる状況からみて、それはもう明らかだ。そこで何をしていたんだ？　言いたくないのか？　黙っているのは共犯の証拠だぞ。わたしには」と言って予審判事はスタンガルソン教授をふり返った。「わたしには、この二人が犯人の逃亡を助けたとしか思えないんですがね。スタンガルソン教授、あなたがドアを押し破り、お嬢様を介抱しているあいだに、門番夫婦は犯人が逃げる手伝いをしたんです。犯人はすばやく二人の背後にまわりこみ、玄関ホールの窓から庭園に飛びおりたのでしょう。そのあと門番が窓と鎧戸を閉め、掛け金をかけた。鎧戸はひとりでに閉まりませんからね。わたしの考えは、ざっとこんなところです……異論がおありの方がいたら、発言してください……」

するとスタンガルソン教授が否をとなえた。

「そんなはずはない。門番夫婦が共犯者だとか悪事に加わっていると、わたしにはとても信じられません。そんな夜更けに二人が庭園で何をしていたのか、まったくわからないけれど。そんなはずはないとわたしが言ったのは、門番の細君がランプを持ち、部屋の入り口から動かなかったからです。それにわたしはドアを破るや、すぐに娘のかたわらにひざまずきました。だから娘の体をまたいだり、わたしを押しのけたりしないで、部屋に出入りするのは不可能です。ジャック爺さんと門番は部屋に入るとすぐあたりを見まわし、ベッドの下を確認しました。わたしも同じことをしました。しかし部屋には瀕死の娘のほか、たしかに誰もいなかったんです」

「ダルザックさん、あなたはどう思われますか？　まだ何もおっしゃっていませんが」と予審判事はたずねた。

さっぱりわからない、とダルザック氏は答えた。

「では刑事部長さんは？」

刑事部長のダクス氏はそれまでもっぱら聞き役にまわり、事件現場を検分していたが、ようやく口をひらいた。

「犯人捜しはあとまわしにして、犯行の動機を探ってみてはどうだろう。少しは進展があるかもしれない」

「刑事部長さん、これは下劣な感情がもとの犯行でしょう」とマルケ判事は答えた。「犯人の足跡や安物のハンカチ、汚らしいベレー帽から見て、犯人はあまり上流階級の人物ではなさそうだ。門番夫婦はこの点について、何か知っているかもしれないが……」

すると刑事部長がスタンガルソン教授をふり返り、冷たい口調でたずねた。わたしに言わせれば、それは怜悧な頭脳と意志強固な性格のあらわれである。

「お嬢さんは近々、ご結婚する予定だったとか？」

教授はつらそうにロベール・ダルザック氏を見つめた。

「友人のロベール・ダルザック君とね。彼を息子と呼べるなら、これにまさる喜びはないですとも……」

「お嬢様はすぐに怪我から回復し、元気になられるでしょう。結婚が少しばかり遅くなるだけですよ」と刑事部長は言った。

「だといいのですが」

「おや、そう思われませんか？」

スタンガルソン教授は黙ってしまった。ロベール・ダルザック氏は懐中時計の鎖にかけた手を、苛立たしげにゆすっている。このとおり、わたしは何ひとつ見逃さない。ダクス刑事部長はこほんこほんと咳をした。困ったときにマルケ判事がそうするように。

「おわかりいただけますよね、スタンガルソン教授」と刑事部長は言った。「ともかく謎だらけの事件ですから、どんなことでもなおざりにはできません。被害者に関することはどんなに些細な、取るに足らない事実でも、すべて知らねばならないんです。一見、何の意味もないような話でもね。ですからお聞かせください。お嬢様の容態は峠（とうげ）を越したのがもうはっきりしているのに、どうしてご結婚がとりやめになるかもしれないとお思いになるんです？　さっきあなたは、『だといいのですが』とおっしゃいましたよね。わたしには、あなたが疑っているように感じられました。どうしてそんな疑念を？」

スタンガルソン教授は見るからに苦しげだった。

「たしかに」教授はようやくそう答えた。「あなたのおっしゃるとおりだ。これはお知らせしておいたほうがいいでしょう。隠したままだと、大変なことになりかねません。ロベール・ダルザック君も、わたしと同意見だと思います」

ダルサック氏はいつにも増して真っ青な顔で、教授に向かってうなずいた。思うにダルザック氏は、そのとき身ぶりで答えるしかなかったようだ。ひと言だって声に出せる状態じゃない。

「実はですね、刑事部長さん」とスタンガルソン教授は続けた。「娘はもうわたしのもとを離れないと言いだしたんです。いくらなだめすかしても、一歩も引こうとしません。娘には結婚を決めるよう、これまで何度となくうながしてきました。それが父親の務めですから。わたしも娘も、ロベール・ダルザック君とは旧知の仲です。彼は娘を愛しているし、娘のほうもまんざらではなかったはずです。わたしの願いどおり結婚することにしたと本人の口から聞いたときは、嬉しくてたまりませんでした。わたしはもう高齢ですからね、刑事部長さん、娘がようやく伴侶(はんりょ)を得ると思うと、心底(しんそこ)ほっとしました。わたしが死んだあとも娘はその男を愛し、これまで共に進めてきた研究を続けてくれることでしょう。彼なら大丈夫。その広い心と深い学識を、わたしは信頼しています。ところが刑事部長さん、事件の二日前、どんな心変わりがあったのか、娘はロベール・ダルザック君と結婚しないと言いだしたのです」

教授が言葉を切ると、重苦しい沈黙があたりを包んだ。やがてダクス刑事部長がたずねた。

「お嬢様は何も説明なさらなかったのですか？　どうして結婚をやめにするのか、あなたに話さなかったのですか？」

「もう結婚するような歳ではないと言うばかりで……あまりに長く待ちすぎた、よく考えたことだからと。ロベール・ダルザック君は立派な人物だし、愛しているけれど、今のままでいるほうがいい、これまでどおりやっていこう、わたしたちとロベール・ダルザック君を結ぶ友情の絆がさらに強まるのは嬉しいけれど、もう二度と結婚の話はしてほしくないと」

「それはまた奇妙な話ですね」とダクス刑事部長はつぶやいた。

「まったく奇妙だ」とマルケ判事も繰り返す。

スタンガルソン教授は凍りついたような笑みを浮かべて言った。

「でも犯行の動機は、このことと関係ないでしょう」

「いずれにせよ」ダクス刑事部長は苛立たしげな声で言った。「動機は盗みではなさそうです」

「ああ、その点は確かですな」と予審判事が続ける。

そのとき実験室のドアがあき、憲兵隊の班長が予審判事に名刺を手渡した。予審判事は名刺を目をやると、小声であっと叫んだ。

「やれやれ、またあいつか」

「どうしたんです？」刑事部長がたずねる。

「ジョゼフ・ルルタビーユとかいう《エポック》紙の若造が、名刺をよこしたんですよ。《ひとつには、盗みも犯行の動機です》と書いてある」

刑事部長はにっこりした。

「ああ、なるほど。ルルタビーユね……彼の名前は耳にしたことがある。なかなか切れ者だっていうじゃないですか。なかに通してください、予審判事」

こうしてジョゼフ・ルルタビーユ氏がやって来た。彼とはその朝、エピネー＝シュール＝オルジュへ向かう汽車のなかで知り合いになっていた。わたしたちのコンパートメントに勝手に乗りこんできたのだ。ここではっきり言っておきたいが、彼の無遠慮な態度や、司法当局が困惑しているこの事件で、何か手がかりをつかんでいると言わんばかりの口ぶりにはいささかカチンときていた。わたしは新聞記者連中が好きではない。彼らはともすれば面倒を引き起こす、厚かましい疫病神(やくびょうがみ)だ。避けるに越したことはない。少しでも彼らに譲歩したり、つけこまれる隙を見せたりしたらもう終わりだ。たちまちずっとつきまとわれて、うんざりするといったらないだろう。ルルタビーユは二十歳そこそこらしいが、図々しいことはなはだしい。われわれに質問したり、議論を吹っかけたりで、わたしはことのほか不愉快だった。おまけにその口調ときたら、われわれを馬鹿にしているのがありありとわかる。《エポック》紙が影響力の大きい新聞だということは、わたしも重々承知している。ときには妥協せねばならないこともあるだろう。だからこそ、あんな年端(としは)もいかない記者は雇わないほうがいいだろうに。

　かくしてジョゼフ・ルルタビーユ氏が実験室にやって来た。彼はわたしたちに一礼すると、マルケ判事から発言をうながされるのを待った。

「きみには犯行の動機がわかっているって？」と予審判事は切り出した。「動機は意外にも盗みだと？」

「いえ、予審判事さん、そうは言っていません。犯行の動機が盗みだなんて言っていないし、思ってもいません」

「それじゃあ、この名刺に書いてあることは？」

「動機のひとつが盗みだったという意味です」

「どうしてわかるんだ⁉」

「ご説明しますから、いっしょに来てください」

　わたしたちは言われたとおり、ルルタビーユ氏のあとについて玄関ホールへ移動した。彼はそこで洗面所のほうを向き、自分と並んでひざまずくよう予審判事に指示をした。洗面所はガラスの入ったドアから光を採っていた。ドアがあいていれば光がさんさんと射しこみ、なかは充分明るい。ルルタビーユ氏は予審判事といっしょに入り口にひざまずき、タイルの床を指さした。

「ジャック爺さんは洗面所のタイルを、しばらく前から掃除していません」と彼は言った。「それが証拠にタイルの表面には、うっすら埃（ほこり）が積もっています。ところがほら、あそこに大きな靴の跡が二つ見えますよね。犯人の足跡にいつもついている黒い灰もあります。あの灰は、森を通ってエピネーからグランディエへまっすぐ来るときに通る小道に積もっている炭の粉にほかありません。あそこには炭焼き小屋の集落があって、木炭をたくさん作っていますから。つまり犯人は事件のあった日の午後、離れが無人になるのを見計らい、盗みに入った、そういうことです」

「でも何を、どこから盗んだんだ？　盗まれたという証拠は？」わたしたちは皆、いっせいに叫んだ。

「盗難があったとわかったのは……」とルルタビーユ氏は続けた。

「ああ、これか！」予審判事がひざまずいたまま叫んだ。

「そのとおりです」とルルタビーユ氏が答える。

　タイルに積もった埃のうえにどっしりとした四角い包みの跡があると、マルケ判事は説明した。靴跡のすぐわきあたりで、紐でしばった跡も見て取れる。

「するときみは前にもここに来たんだな、ルルタビーユ君。誰も入れないようにと、ジャック爺さんに言っておいたのだが。彼はこの離れの管理人なんだから」

「ジャック爺さんを叱らないでください。ぼくはダルザックさんといっしょに来たんですから」

「ほう、そういうことか」とマルケ判事は不満そうに言って、横目でちらりとダルザック氏を見た。ダルザック氏は相変わらず黙っている。

「靴の跡のわきに包みの跡があるのを見て、何か盗まれたに違いないと確信しました」とルルタビーユ氏は続けた。「賊が包みを持って来たとは思えません……包みはおそらくここで、盗品を詰めて作ったのでしょう。そして帰りに持ち去ろうと、この隅（すみ）に置いておいたのです。賊は脱いだドタ靴も、包みのわきに置きました。というのも、ほら、見てください。靴の跡はこの二つしかありません。それにちょうど脱いだ靴をそろえて置くように、二つ並んでいますからね。犯人が黄色い部屋から抜け出したとき、どうして玄関ホールにまったく足跡が残らなかったのかも、これでよくわかるでしょう。まず犯人は靴を履いたまま黄色い部屋に忍びこみ、そこで靴を脱いだのです。邪魔だったのか、なるべく足音を立てまいとしたのか、そんなところでしょう。行きの経路で玄関ホールや実験室についた靴の跡は、そのあとジャック爺さんが床の掃除をしたときに消えてしまいました。つまり犯人は、ジャック爺さんが雑巾を取りに城へ行った隙に、あけっぱなしになっていた玄関ホールの窓からなかに入ったのです。そのあと離れに戻ってきたジャック爺さんは、五時半ごろに床掃除をしました。

犯人は邪魔になった靴を脱ぐと、それを持って洗面所の前まで行き、ドアのむこうにそっと置いたのでしょう。洗面所の床にはドタ靴のもの以外、いっさい足跡がありませんでしたから。裸足や靴下の足跡も、ほかの靴の足跡も。犯人はこうして包みのわきにドタ靴を置きました。盗みはこのときすでに完了していたことになります。それから犯人は黄色い部屋に引き返し、ベッドの下に潜りこみました。床や編み藁の敷物に体の跡がはっきり残っていたし、敷物はそこだけ少し丸まり、皺が寄っていました。最近抜けたらしい藁が落ちていたのも、犯人がベッドの下に入ったことを物語っています」

「そうそう、われわれもそれには気がついたとも」とマルケ判事は言った。

「犯人はベッドの下に隠れていました」とこの驚くべき青年記者は続けた。「それこそ、**盗みが唯一の動機ではなかったことの証です。犯人がここに忍びこんだ目的は、ほかにもあったのです。**犯人は玄関ホールの窓からジャック爺さんか、スタンガルソン父娘が離れに戻ってくるのを見て、慌ててベッドの下に隠れたんじゃないかなんていう反論は、言いっこなしですよ。それなら屋根裏部屋にあがって身を潜め、機会を待って逃げるほうがずっと簡単なはずですから。逃げるためだけならね。いやいや、犯人はどうしても黄色い部屋にいなければならなかったのです」

　ここで刑事部長が口をはさんだ。

「お見事、なかなかいい推理だ。犯人がどうやって部屋を出たかはまだわからないが、ここまでのところ、入ってきた経路については仔細に追うことができた。何をしに来たのかもわかったし。たしかにひとつは盗みが目的だった。でも、いったい何を盗んだのだろう?」

「とても貴重なものでしょうね」と新聞記者は答えた。

　そのとき、実験室から悲鳴が聞こえた。急いで駆けつけると、そこには目をむき、手足をばたつかせているスタンガルソン教授の姿があった。教授は書棚の扉をあけたところらしく、なかを指さしている。けれどもそこは空っぽだった。

教授は書棚の前に置いた大きな肘掛け椅子にすわりこみ、うめくようにこう言った。

「またた。また盗まれてしまった……」

そしてはらはらと、大粒の涙を流し始めた。涙は教授の頰をつたって滴り落ちた。

「このことはひと言たりとも、娘に伝えないでください。わたし以上に苦しむだろうから」

スタンガルソン教授は深いため息をつき、決して忘れられない苦悩に満ちた口調で言った。

「なに、かまうものか……娘さえ無事ならば……」

「彼女は死にません」とロベール・ダルザック氏が、胸をえぐるような痛ましい声で言った。

「盗まれたものは、われわれが見つけ出します」とダクス刑事部長は断言した。「ところでこの書棚には、何が入っていたんですか？」

「わが人生二十年の成果です」と名高い科学者はかすれ声で答えた。「いや、むしろ娘とわたし二人の人生と言うべきでしょう。そう、わたしたちの貴重な資料、二十年にわたる実験と研究の秘密を記した報告書がここにしまってあったんです。この部屋に並んでいる大量の資料から、特に選び抜いたものです。それが盗まれたということは、わたしたちにとって取り返しのつかない損失、いや科学そのものにとっての損失だと言ってもいい。物質の消滅を最終的に証明するにいたるすべての過程をこと細かに記述、分類し、注釈と写真や絵による解説を加えた記録なのですから。それがすべて、ここに並んでいました。三つの新たな装置の設計図もありました。ひとつはあらかじめ帯電させた物体が、紫外線の影響で徐々に消滅する現象を調べる装置。もうひとつは炎のガスに含まれる解離物質の粒子の作用で、電気的消滅を可視化する装置。三つめはとても独創的な、新型の差動蓄電式検電器です。重量の計測が可能な物体と、重量を測れないエーテルとの中間的な物質の基本的な特性をあらわす一連のグラフ。原子内の化学現象や未知の物質的均衡に関する二十年にわたる実験結果。『金属の傷み』という題名で発表するつもりだった原稿も。なんていうことだ？　ここにやって来た男は、わたしからすべてを奪ったんです。娘も、研究成果も……心も、魂も……」

そして偉大なるスタンガルソン教授は、子供みたいに泣き始めた。

教授の深い悲しみにわたしたちは同情を禁じ得ず、黙って彼を取り囲んだ。ロベール・ダルザック氏は教授がぐったりとすわりこんでいる肘掛け椅子に寄りかかり、こぼれる涙を必死に隠そうとしていた。彼には本能的な嫌悪感を抱いていたわたしも――いつもおどおどとして挙動不審な、つかみどころのない人物だと思っていたから――その様子に一瞬ほろりとなりかけた。

ジョゼフ・ルルタビーユ氏はただひとり、超然としていた。自分にはこの世で与えられた大事な任務があるのだから、こんな愁嘆場にかかずらってはいられないとでもいうように、落ち着き払って空っぽの書棚に歩み寄った。わたしたちはスタンガルソン教授の悲しみを気づかい、神妙な面持ちで沈黙を続けていたが、ルルタビーユ氏は刑事部長に向かって書棚を指さしながら、おもむろにその静寂を破った。そして言わずもがなの説明をいくつか始めた。どうして盗難があったと確信するにいたったかと言えば、さきほど述べた洗面所の跡と、実験室の厳重そうな書棚が空っぽなことに同時に気づいたからなのだと。けれども、まず彼の注意を引いたのは、書棚の奇妙な形状だった。やけに頑丈そうで、鉄製の耐火構造になっている。それにもうひとつ、とりわけ大切なものをしまっておくためのものなのに、鉄製の扉に鍵が挿したままになっていた点もだ。「普通、金庫をあけっぱなしにはしませんよね」と彼は言った。頭部が銅の小さく精巧な鍵に、ジョゼフ・ルルタビーユ氏は注目したのだという。わたしたちにはそんなもの、目に入っていなかったけれど。わたしたち大人は、書棚に鍵が挿してあるのは用心のためだと思うが、天才ジョゼフ・ルルタビーユ氏は――『グラディアトールの三千万』のなかで主役を演じたジョゼ・デュピュイが、「なんという天才！　なんという歯科医！」と言っているがごとき――鍵穴に鍵が挿してあれば盗難を疑うのだそうだ。ほどなくわたしたちは、そのわけを知ることになる。

けれどもそれを明かす前に、ひとつここで言っておかねばならない。マルケ判事はどうやらとても当惑していたようだ。若い新聞記者のおかげで捜査に新たな進展があったことを喜ぶべきか、それを自分の手でなしとげられなかったことを嘆くべきかと悩んでいたのだ。われわれの仕事に失敗はつきものだが、臆病風に吹かれていいということはない。公共の利益がかかっているなら、自尊心をも足蹴にしなければならないのだ。かくしてマルケ判事は己に打ち勝ち、ルルタビーユ氏に称賛の声を惜しまないダクス刑事部長に同調するのが得策だと判断したのだった。けれども若造は肩をすくめ、「どういたしまして」と言っただけだった。こいつの横っ面をひっぱたいてやれたら、さぞかし痛快だろうとわたしは思った。そのあと彼がこうつけ加えたものだから、なおさらだ。

「そんなことより予審判事さん、いつもこの鍵を誰が保管していたのか、スタンガルソン教授にたずねたほうがいいのでは？」

「娘ですよ」と教授は答えた。「娘が肌身離さず持っていました」

「ああ、だとすると事態は変わってくる。ルルタビーユ君の見立てに合致しないからな」とマルケ判事は叫んだ。「鍵はスタンガルソン嬢が肌身離さず持っていたのだとしたら、犯人は事件の晩、黄色い部屋で彼女を待ち伏せ、鍵を奪ったのだろう。つまり犯人はスタンガルソン嬢を襲ったあとに、盗みを働いたことになる。しかし襲撃のあと、実験室には四人の人間がいた……ふむ、またわからなくなったぞ」

　マルケ判事は絶望感に駆られて繰り返したが、それは彼にとって恍惚の絶頂だったに違いない。前にも言ったかもしれないが、マルケ判事は不可解な事態に直面するとたまらなく嬉しくなるのだ。

「まったくわけがわからん」

「ですから盗みが行なわれたのは」とルルタビーユ氏は言い返した。「襲撃の前だとしか思えません。ぼくがそう思う理由はほかにもあります。犯人は離れに侵入したとき、頭部が銅の鍵をすでに持っていたんです……」

「まさか！」とスタンガルソン教授は小声で言った。

「そのまさかなんですよ、教授。れっきとした証拠もあります」

小生意気な新聞記者はポケットから、十月二十一日の《エポック》紙を取り出し（ちなみに事件が起きたのは二十四日から二十五日にかけての晩である）、三行広告欄を見せた。

「《昨日、ルーヴ百貨店で黒いサテンのハンドバッグを紛失しました。なかにはさまざまな品に混じって、頭部が銅の小さな鍵が入っています。見つけてくださった方には、充分なお礼をいたしますので、第四十郵便局留めでＭ・Ａ・Ｔ・Ｈ・Ｓ・Ｎ宛にご連絡ください》とあります。最後の文字は、スタンガルソン嬢のことではないでしょうか？　頭部が銅の鍵とは、この鍵のことでは？　予審判事さん、あなたもそうだと思いますが、ぼくは仕事柄、個人が出した三行広告にはいつも目を通すんです。そこには怪しげな事件が潜んでいますからね……事件の鍵があるんです。頭部が銅の鍵ばかりとは限りませんが、なかなか興味深いものです。この三行広告には、とりわけ注目しました。鍵を失くしたくらいで、この女性がやけに身もとを秘密めかしているからです。それに、ずいぶんと鍵に執着があるようだ。見つけた人にはたっぷりお礼をすると、約束していますからね。ぼくはＭ・Ａ・Ｔ・Ｈ・Ｓ・Ｎという六文字について考えました。最初の四文字は名前だろうと、すぐにぴんときました。〈ＭａｔｈはもちろんＭａｔｈｉｌｄｅ（マティルド）だ。頭部が銅の鍵をハンドバッグごと失くしたのは、マティルドという名前なのか〉って。けれども、最後の二文字については見当がつきません。それでぼくは新聞を放り出し、別の事件に集中しました。ところがその四日後、新聞各紙の夕刊に、『マティルド・スタンガルソン嬢、襲わる』という見出しが、でかでかと載りました。マティルドという名前を見て、ぼくはなんの造作もなくすぐにあの三行広告の文字を思い出しました。ちょっと気になったので、あの日の号を管理部に届けてもらいました、最後の二文字がS・Nだったことは忘れていましたが、新聞の三行広告を見なおして、『スタンガルソンのことか！』と、叫ばずにはいられませんでしたよ。ぼくは辻馬車に飛び乗って第四十郵便局に駆けつけ、『M・A・T・H・S・N宛の手紙はありますか?』とたずねました。局員は『いいえ』と答えました。もっとよく探してくれとしつこく懇願すると、局員はこう言いました。『冗談はほどほどにしてくださいよ……たしかにM・A・T・H・S・Nという頭文字宛の手紙は一通届きましたがね、二日前、受け取りに来られた女の方にお渡ししました。そうしたら今日、またあなたがその手紙をもらいに来たんです。昨日も、男の方がいらして、手紙をよこせとうんざりするくらいねばったんですからね。こんな悪ふざけはたくさんです』と。手紙を取りに来た二人の人物について局員にたずねましたが、職業上の秘密を守ろうというのか――これはしゃべりすぎたと思っていたのでしょう――冗談につき合わされたと本気でうんざりしているのか、もう答えてはくれませんでした」

ルルタビーユ氏はそこで言葉を切った。わたしたちもみんな、黙りこくっている。局留め郵便の奇妙な話から、それぞれが自分なりの結論を引き出していた。なるほど、この《とらえどころのない》事件を追うための確固たる手がかりをひとつ、ようやくつかめたようだ。

スタンガルソン教授が言った。

「どうやら娘は本当に、この鍵を失くしたようですね。けれどもわたしに心配をかけまいと、何も言わなかった。そして鍵を見つけた人は局留めで連絡してほしいと三行広告を出した。ここの住所を知らせたら、鍵を失くしたことがわたしに知られかねないと思ったのでしょう。たしかにそれは当然の配慮です。わたしは前にも盗難に遭っているのですから」

「いつ、どこで？」と刑事部長はたずねた。

「もう何年も前のことですが、アメリカのフィラデルフィアで。実験室から二つの極秘発明品が盗まれたんです。一国の全財産に匹敵するほどの富を生み出す大発明です。犯人は何者か、ついにわからなかっただけでなく、盗まれた発明品の噂もその後聞くことはありませんでした。もっともそれは盗んだ犯人の裏をかいて、二つの発明品を誰でも使えるようにわたしが自ら公開したからでしょう。そのとき以来、わたしはとても疑り深くなり、厳重に戸締りした部屋にこもって仕事をするようになりました。窓の鉄格子、森の奥に建てた離れ、特注で作らせた書棚、特殊な錠前、一本だけの鍵。すべてそうした過去の苦い経験から来ているのです」

ダクス刑事部長はひと言、「とても興味深い話です」と言った。ジョゼフ・ルルタビーユ氏がスタンガルソン嬢のハンドバッグについてたずねると、スタンガルソン教授もジャック爺さんも、ここ数日目にしていないと答えた。数時間後、わたしたちはスタンガルソン嬢本人の口から、次のような証言を聞くことになる。ハンドバッグは盗まれたか、失くしたかし、そのあとの経緯はスタンガルソン教授が説明したとおり。十月二十三日に第四十郵便局へ出向き、手紙を受け取ったものの、質の悪いいたずらだったので、すぐに燃やしてしまった。そう彼女は断言した。

そのあと訊問は、というか話し合いはどのように進められたのか。ハンドバッグがなくなった十月二十日、スタンガルソン嬢がパリに行ったときの状況について、刑事部長がスタンガルソン教授にたずねた。教授によると、彼女はロベール・ダルザック氏といっしょにパリへ行った。そのあと事件の翌日まで、ダルザック氏は城に姿をあらわさなかったという。ハンドバッグが紛失したとき、ロベール・ダルザック氏がルーヴ百貨店でスタンガルソン嬢のかたわらにいたというのは看過しがたい事実であり、わたしたちの関心を大いに引きつけたと言わざるを得ない。

司法官、被告人、証人、新聞記者が集まって行なわれたこの話し合いは、思いがけない展開によって急転直下終わることになる。それにはマルケ判事もご満悦だった。憲兵隊の班長がやって来て、フレデリック・ラルサン警部の来訪を告げた。ラルサン警部はすぐさま実験室に入ってくると、手にした泥だらけのドタ靴をどんと床に置いた。

「これは犯人が履いていた靴です」と彼は言った。「見覚えがあるだろ、ジャック爺さん？」

ジャック爺さんは汚らしい革靴のうえに身を乗り出し、前に履いていた古靴だと驚いたような口ぶりで認めた。屋根裏部屋の隅に捨てておいたはずなのにと。彼は動揺を隠そうとハンカチで洟をかんだ。

するとフレデリック・ラルサンは、そのハンカチを指さして言った。

「おや、そのハンカチ、黄色い部屋で見つかったものとそっくりだ」

「わかってますよ」とジャック爺さんは震えながら言った。「ほとんど同じ品です」

「そしてもうひとつ」とフレデリック・ラルサンは続けた。「やはり黄色い部屋で見つかった古いベレー帽も、かつてジャック爺さんがかぶっていたものらしいのです。刑事部長ならびに予審判事、わたしが思うにこれらの事実は（『さあ、元気を出して』と彼は今にも気を失いそうなジャック爺さんに言った）、犯人が自分の正体を偽装していることを示しています。ずいぶん雑な手をつかっていますがね。少なくともわれわれには、そう見えます。だってジャック爺さんは、スタンガルソン教授とずっといっしょにいたんです。彼が犯人ではあり得ないと、みんなよくわかっているのですから。けれどももしあの晩、スタンガルソン教授が早めに仕事を切りあげ、スタンガルソン嬢が部屋に戻ったあと自分も城に帰っていたら、そしてジャック爺さんが屋根裏部屋で眠っているあいだにスタンガルソン嬢が襲われたとしたら、犯人はジャック爺さんだと誰もが思ったことでしょう。犯人がことを急ぎすぎたのが、ジャック爺さんには幸いしました。犯人は隣の実験室が静まり返っているので、もう誰もいないと思い、時機到来と判断したのでしょう。巧みに侵入したばかりか、ジャック爺さんに濡れ衣を着せるための準備にも余念がなかったということは、ここの内情に通じた人物に違いありません。犯人は何時に忍びこんだのでしょう？　午後？　夕方？　正確な時間は、わたしにもわかりませんが……**離れに出入りする人間や、内部の状況にこれほど詳しい者ならば、最もうまい時機を見計らって黄色い部屋に入りこんだことでしょう**」

「しかし実験室に人がいるときは入れんだろう」とマルケ判事が言った。

「そうとは限りませんよ」とラルサン警部は応じた。「あの晩は夕食を実験室でとったのだから、給仕の者が出入りしていました。十時から十一時までは化学実験で、スタンガルソン教授、お嬢様、ジャック爺さんは大きな暖炉のわきで、炉のまわりにつきっきりでした。だとしたら、事情に通じた犯人がその機に乗じ、洗面所で靴を脱いで足音を忍ばせ、黄色い部屋に入ったとしても不思議はありません」

「まさか、そんな」とスタンガルソン教授が言った。

「そう思われるでしょうが、不可能ではありません……はっきりしたことは、言えませんけれど。脱出のほうはと言えば、こちらはまた話が違います。犯人はいったいどうやって部屋を抜け出したのか？　ごくごく当たり前の方法によってです」

そこでフレデリック・ラルサンは、しばらく間を置いた。それがわたしたちには、とても長く感じられた。彼が話し始めるのを、みんな息をこらして待ちかまえた。

「わたしは黄色い部屋にまだ足を踏み入れてはいません」とフレデリック・ラルサンは話を続けた。「けれども出口はドアしかないことを、すでにみなさんは確かめられたことでしょう。だとすれば犯人はドアから出たのです。それではいつ出たのか？　犯人にとって最も出ていきやすいとき、最も納得のいく説明がつくとき、ほかに説明のつけようがないときにです。そこで犯行のあとに続く《とき》を、いくつかにわけて検討してみましょう。まず第一は、ドアの前にスタンガルソン教授とジャック爺さんがいて、犯人の逃げ道をふさいでいたときです。第二はジャック爺さんが離れの裏にまわるためにいなくなり、ドアの前にはスタンガルソン教授ひとりになったとき。第三はスタンガルソン教授に門番が合流したとき。第四はドアの前にスタンガルソン教授、門番夫婦、ジャック爺さんがいたとき。第五はドアが押し破られ、彼らが黄色い部屋に飛びこんだとき。このなかで最も納得のいく説明がつくのは、ドアの前にいる人間が最も少ないとき、つまりはドアの前にスタンガルソン教授がひとりきりでいたときです。ジャック爺さんも共犯者なら話は別ですが、わたしはそうは思いません。なぜって、もしドアがあいて犯人が出てくるのを目にしたあとだったら、ジャック爺さんはわざわざ黄色い部屋の窓を確かめに行ったりしないでしょうから。つまりドアがあいたとき、前にいたのはスタンガルソン教授だけだった。そして犯人は、教授の目前で逃げていったということです。だとすると、スタンガルソン教授には犯人を捕まえなかった、捕まえさせようとしなかった確たる理由があるはずです。教授は犯人が玄関ホールの窓から逃げるのを止めなかったばかりか、そのあと窓を閉めたのですから。さらにはジャック爺さんが戻ってきたとき、**状況が変わっていないように見せかけねばなりません。**瀕死の重傷を負ったスタンガルソン嬢は、おそらく父親の懇願に負け、最後の力をふり絞って再び黄色い部屋のドアに鍵と差し錠をかけ、そのまま床にばったりと倒れこんだのです。犯人が何者かはわかりません。スタンガルソン父娘がどんな卑劣漢の犠牲となったのかは。しかし、彼らはそれを知っているはずです。そこには、とても恐ろしい秘密があるに違いありません。父親が瀕死のわが娘をためらうことなくドアのむこうに放置し、鍵までかけさせたのですから。そして犯人を逃がしたのですから……**けれども、黄色い部屋からどうやって犯人が逃げ出したのかを説明し得る方法は、ほかにあり得ないのです！**」

　このドラマティックで明快な説明のあとには、耐え難い沈黙が続いた。わたしたちは皆、胸が張り裂けるような思いだった。かの高名な科学者が、フレデリック・ラルサン警部の容赦ない論理に追いつめられ、苦しみに満ちた真実を明かさねばならないなんて。たとえ黙ったままだとしても、それはさらに恐ろしい告白に等しい。すっと立ちあがった教授の姿は、まさしく苦悩の化身だった。彼は厳かに手を広げた。わたしたちはなにか神聖なものを目の前にしたかのように、思わず首をたれた。教授は残る力をすべて使いきるかと思うほどよく響く声で、きっぱりとこう言った。

「生死の境にいる娘にかけて、嘘じゃありません。助けを求める娘の悲痛な声が聞こえたときからずっと、わたしはドアの前を一瞬たりとも離れませんでした。わたしが実験室にひとりでいるあいだも、ドアはまったくひらきませんでした。わたしと三人の使用人が黄色い部屋に入ったとき、なかにはもう犯人の姿はありませんでした。誓って言いますが、わたしには犯人が何者かわかりません」

スタンガルソン教授は厳かにこう誓ったけれど、はっきり言ってわたしたちはその言葉を額面どおりに受け取れなかった。フレデリック・ラルサン警部の推理によって、真実を垣間見る(かいまみ)ることができたのだ。それをすぐさま手放すわけにはいかない。

マルケ判事が話し合いの終了を告げ、皆が実験室から出ようとしていたとき、若い新聞記者のジョゼフ・ルルタビーユがスタンガルソン教授のもとに歩み寄り、うやうやしく手を取った。そして彼がこう言うのを、わたしははっきり聞いたのだった。

「ぼくはあなたの言葉を信じています、教授」

コルベイユ裁判所の書記官マレーヌ氏の覚書を引用するのは、ここまでとしよう。読者のみなさんには言うまでもないだろうが、わたしは実験室で行なわれた話し合いの内容を、ルルタビーユ自身の口からすぐに詳しく聞いていた。

12　フレデリック・ラルサンのステッキ

わたしは夕方六時ごろ、ロベール・ダルザックが使わせてくれた小サロンでわが友がいっきに書きあげた記事を手に、ようやく城をあとにした。ルルタビーユは城に泊まることになった。これまたロベール・ダルザック氏の不可解な厚意のおかげだった。スタンガルソン教授はこんなにつらいときだからして、城の雑事はすべてダルザックにまかせていた。ルルタビーユがエピネー駅まで送ってくることになった。彼は庭園を歩きながらこう言った。

「フレデリック・ラルサンは実に手ごわいぞ。名探偵ともてはやされるのも当然だ。やつがジャック爺さんの靴をどうやって見つけたかわかるかい？　ドタ靴の跡が途絶えて、《高級靴》の跡が始まった地点の近くに、四角い窪みがあったんだ。地面がまっさらなところを見ると、最近まで石が置かれていたらしい。ラルサンはその石を捜したけれど、見つからなかった。そこですぐにこう考えたんだな。犯人はドタ靴を厄介払いしようと池の底に沈めておくのに、石を重しに使ったんだろうって。ラルサンの読みは鋭かった。それが証拠に、見事池の底から靴が見つかったというわけだ。さすがにぼくも気づかなかったな。でも言っておくが、こっちはとっくに別の方向から調査を進めていたんだ。犯人は犯行現場やその周辺に、偽の手がかりをやたらたくさん残している。ぼくは黄色い部屋の床についていたジャック爺さんの足跡を、本人に気づかれないようこっそり測っておいたんだが、ドタ靴の黒い足跡とぴったり一致していたよ。つまり犯人は、召使いの老人に濡れ衣を着せようとしたんだ。それがわかっていたからこそ、犯行現場から見つかったベレー帽はジャック爺さんの帽子にそっくりに違いないと思ったわけさ。ほら、覚えているだろ？　ぼくがジャック爺さんにそう言ったのを。それにジャック爺さんが使っているハンカチの柄を見て、犯人が残したハンカチの柄を細かく言い当てることができたのさ。ここまではぼくもラルサンも見立ては一致しているけれど、その先で意見がわかれることになる。**さあ、これからが正念場だぞ。**だってラルサンは自分が正しいと信じこんで、間違った道を進んでいる。ぼくはそれに徒手空拳で挑まねばならないんだから」

わが友は最後のひと言をとても重々しい口調で言ったので、わたしはびっくりした。

彼はもう一度繰り返した。

「**そうとも、正念場だ！**　でも、この頭脳ひとつを武器に戦うのが、本当に徒手空拳なんだろうか？」

そのときわたしたちは城の裏を歩いていた。すでに日が暮れている。二階の窓が細目にあいて、薄明りが漏れていた。かすかに漏れ聞こえる物音に耳をそばだてながら、窓の下にあるドアの隅まで進んだ。あれはスタンガルソン嬢の部屋の窓だ、とルルタビーユは小声で言った。わたしたちの足を止めた物音はいったんやんだあと、またしばらく続いた。それはくぐもった話し声で、はっきりと聞き取れたのは《かわいそうなロベール》というひと言だった。ルルタビーユはわたしの肩に手をあて、耳打ちした。

「あの部屋で何が話されているのかわかったら、ぼくの調査はすぐに完了するだろうにな」

彼はあたりを見まわした。夕闇がわたしたちを包んでいる。遠くに見えるのは城の裏に広がる芝地と、そのまわりを囲む木立だけだった。ささやき声が再びやんだ。

「声は聞こえなくても」とルルタビーユは続けた。「少なくともなかは見られるぞ」

彼はそう言うと、足音を立てないようわたしに合図して芝地を越え、闇のなかにまっすぐそびえる大きなカバの木の青白い幹の前まで行った。カバの木は先ほどの窓の正面に立っていて、下方の枝が城の二階とほとんど同じ高さだった。あの枝にのぼれば、スタンガルソン嬢の部屋で何が起きているのか覗くことができそうだ。ルルタビーユはそう考えたのだろう、じっとしているようわたしに言うと、力強い腕で幹にしがみつき、するするとのぼり始めた。やがて彼は枝のあいだに姿を消し、静寂が続いた。

正面を見あげると、細目にあいた窓にはまだ明かりが灯っている。けれども人影らしきものはまったく映らなかった。頭上の枝も静かなままだった。わたしがじっと待っていると、突然枝のあいだからこんな言葉が聞こえた。

「お先にどうぞ……」

「いえ、そちらこそお先に」

頭上で人が会話している。何かゆずり合っているらしい。やがて二つの人影が滑らかな幹を滑りおり、地面に足をつけるのを見て、どんなに驚いたことか。ルルタビーユはひとりで木にのぼったのに、おりてきたのは二人だった！

「こんばんは、サンクレールさん」

それはフレデリック・ラルサンだった。わが友は観覧席をひとり占めするつもりだったのに、名探偵が先まわりしていたというわけだ。二人ともわたしの驚きなどおかまいなしだった。どうやら彼らは展望台から、スタンガルソン嬢とダルザック氏との愛と絶望の一場面を目撃したらしい。スタンガルソン嬢はベッドに横たわり、ダルザックはその枕もとでひざまずいている。けれどもルルタビーユとラルサンはこの場面から、それぞれ異なった結論を引き出したようだ。ルルタビーユはロベール・ダルザック氏に同情していたが、いっぽうラルサンのほうは、スタンガルソン嬢の婚約者がとんだ偽善者である証拠にほかならないと思っていた。

庭の鉄柵まで来たとき、ラルサンは、はっと足を止めた。

「そうだ、ステッキ!」と彼は叫んだ。

「ステッキを忘れたんですか?」とルルタビーユがたずねる。

「ああ」と刑事は答えた。「木の下に置いてきてしまった」

そしてラルサンは、すぐに戻るからと言って道を引き返した。

「フレデリック・ラルサンのステッキに気づいただろ?」とルルタビーユは、二人きりになるとたずねた。「新品なんだが……彼がステッキを持っているのは初めて目にしたよ。ずいぶんと気に入っているらしいな。片時も手放さないから。他人の手に渡るのをやけに恐れているようだ。あの日までは、フレデリック・ラルサンがステッキを持っているところなんか一度も見たことがないのに。彼はあのステッキをどこで手に入れたんだろう? それまでステッキをまったく使っていなかった男が、グランディエ城事件の翌日からステッキなしでは一歩も歩けなくなるのは妙じゃないか? ぼくらが城に着いたとき、ラルサンはこっちに気づいて懐中時計をポケットにしまい、地面からステッキを拾いあげた。あの動作におやっと注目したのは、まんざら間違いではなかったみたいだ」

わたしたちはすでに庭の外にいた。ルルタビーユはじっと黙っている。きっとフレデリック・ラルサンのステッキが、頭から離れないのだ。それが証拠にエピネーの丘をくだりながら、彼はこう言った。

「フレデリック・ラルサンはぼくより先にグランディエ城に着き、先に捜査を始めた。ぼくが知らないことを知り、知らないことを見つける時間があった。じゃあ、あのステッキはどこで見つけたんだ？」

彼はさらに続けた。

「ラルサンがロベール・ダルザックに抱いている疑いは――疑いというより、推理というべきかもしれないが――明白な物証に基づいているのかもしれない。彼が手にして、ぼくが手にしていない証拠に……それがあのステッキなんだろうか？　やつはあのステッキを、いったいどこで見つけたんだ？」

エピネーでは汽車を待つのに、二十分ほど間があったので、わたしたちは居酒屋に入った。ほどなく背後でドアがあき、フレデリック・ラルサンが例のステッキをふりあげあらわれた。

「無事にあったよ」と彼は笑いながら言った。

三人は席についたが、ルルタビーユはステッキから目を離さなかった。そっちばかりを見ていたので、ラルサンがひとりの駅員にそっと合図をしているのに気づかなかったようだ。あごに手入れの悪い金色のやぎひげを生やした、若い男だ。駅員は立って勘定をすませると、一礼して店を出ていった。数日後、この物語で最も悲劇的な瞬間に金色のやぎひげ男がまたあらわれたとき、ラルサンが彼に合図したことを思い出して、なるほどそうだったのかとあらためて感心したのだった。金色のやぎひげ男はラルサンの指示で、エピネー＝シュール＝オルジュ駅で乗客の乗りおりを見張っていたのだ。ラルサンは役立ちそうなことをなにひとつゆるがせにしないから。

わたしはルルタビーユに目をやった。

「ああ、そうですか、フレッドさん」と彼は言った。「ところでそのステッキは、いつから使っているんですか？　これまではいつも、両手をポケットに入れて歩いていたかと……」

「これはもらいものでね」と警部は答えた。

「最近もらったんですか？」ルルタビーユはさらにたずねる。

「ああ、ロンドンで」

「そうそう、ロンドンから戻ってきたんでしたね。ちょっと見せていただけますか、そのステッキを」

「そりゃまあ、かまわないが」

ラルサンはルルタビーユにステッキを手渡した。それは太い竹のステッキで、握りは鳥のくちばし型、金環の装飾がほどこされている。

ルルタビーユはステッキを丹念に調べた。

「なるほど」と言って彼は顔をあげ、皮肉っぽい笑みを浮かべた。「フランス製のステッキをロンドンでもらったとは！」

「そういうことだ」ラルサンは平然と答えた。

「小さな文字で刻印がされてますね。カセット商会、オペラ通り六番の二とある……」

「われわれフランス人だって、ロンドンの洗濯屋に下着を出すからね」とラルサンは言った。

「イギリス人だってパリでステッキくらい買うさ」

ルルタビーユはステッキを返した。わたしが汽車のコンパートメントに入ると、彼はこうたずねた。

「番地は覚えているだろ？」

「ああ、カセット商会、オペラ通り六番の二……まかせてくれ。結果は明日の朝、知らせる」

かくしてわたしはパリに戻るや、ステッキや傘を商うカセット氏に会って話を聞き、わが友に手紙を書いた。


ロベール・ダルザックにそっくりな外見の男が（同じ背丈でやや猫背気味、同じあごひげを生やし、明るいベージュ色のオーバーを着て、山高帽をかぶっていた）が、事件のあった晩、八時ごろ、例のステッキとよく似たステッキを買っていったそうだ。

カセット氏によれば、あの手のステッキはここ二年間、ほかに一本も売れていないという。けれどもラルサンのステッキは新品だった。つまりその晩売れたステッキこそ、ラルサンが持っていたものということになる。けれども買ったのはラルサンじゃない。彼はそのとき、ロンドンにいたんだから。ぼくもきみと同様、ラルサンはあのステッキをロベール・ダルザックの周辺で見つけたのだろうと思っている。しかしきみが主張するとおり、もし犯人が午後五時か六時から黄色い部屋に隠れていて、事件が午前零時ごろ起きたのだとすると、ロベール・ダルザックはあのステッキを買ったがゆえに鉄のアリバイを得たことになる。

13　《司祭館の魅力も庭の輝きも、何ひとつ失われてはいない》

わたしがここまで語った出来事から一週間が過ぎた十一月二日、パリの自宅にこんな文面の電報が届いた。《始発ノ汽車デぐらんでぃえ城ニ来ラレタシ。銃ヲ持参ノコト。るるたびーゆ》

すでに述べたとおり、当時わたしはまだ研修中の若い弁護士で、担当する事件もほとんどなかった。だから裁判所に通うのは、未亡人や孤児に救いの手をさしのべるためというより、弁護士の本分とは何かを知るためだった。だからルルタビーユがこんなふうに遠慮なくわたしを呼び出しても驚きはしなかった。それにわたしが彼の記者活動全般、とりわけグランディエ城の事件にどれほど興味津々かを、むこうもよく心得ていた。この一週間、憶測だらけの新聞報道と、ルルタビーユが《エポック》紙に載せた短信でしか事件の最新情報は伝わってこなかった。ルルタビーユは短信のなかで、スタンガルソン嬢を襲った凶器が《羊の骨》だったことをすっぱ抜き、付着していた血液の分析結果を報じていた。それによると、スタンガルソン嬢のものと思われる鮮血だけでなく、数年前にさかのぼる犯罪の跡も認められたという。

この事件がいかに世界中の新聞紙上を賑わしたかは、想像に難くないだろう。これほど人々の好奇心を掻き立てた大事件もない。ところが、予審はほとんど進展していないようだ。だからわが友がグランディエ城に来るよう誘ってくれた電報に、《銃ヲ持参ノコト》という言葉さえなければ、手放しに喜べただろうが。

そこがどうも気がかりだった。銃を持ってくるようルルタビーユが電報で指示したのは、それを使う機会があるかもしれないからだ。恥を覚悟で言ってしまうが、わたしは小心者である。それが何だ！　友人は困ったあげく、わたしの助けを求めてきたのだろう。だとしたら、ためらってなんかいられない。わたしは一挺だけ持っていた銃に弾がこめられているのを確かめると、オルレアン駅に向かった。しかし、一挺だけでは足りないかもしれない。ルルタビーユの電報では、銃が複数形になっていたじゃないか。途中、そう思いなおして銃砲店に入り、性能のいい小型拳銃を買った。それを友人にあげるのが楽しみだった。

エピネー駅でルルタビーユに会えると思っていたけれど、彼は来ていなかった。その代わりに馬車が待っていて、わたしはほどなくグランディエ城に着いた。鉄柵の正門には、誰もいなかった。ようやく城の入り口に、ルルタビーユの姿が見えた。彼は親しげに手をあげて、元気だったかとたずねてわたしを抱きしめた。

前にも触れた古い小さなサロンに入ると、ルルタビーユはわたしに椅子をすすめ、さっそくこう切り出した。

「まずいことになった」

「まずいことって、何が?」

「何もかもだ」

彼はわたしに近寄り、耳もとでささやいた。

「フレデリック・ラルサンはロベール・ダルザックを徹底的に追いつめるつもりだ」

それはまったく驚くにあたらなかった。スタンガルソン嬢の婚約者が自分の足跡を前にして青ざめているのを目にしたときから、わかっていたことだ。

それはさておき、わたしはさっそくたずねた。

「なるほど。それで、ステッキの件は?」

「ステッキか。相変わらずフレデリック・ラルサンが持っているよ。いっときも手放さない……」

「でも……あのステッキは、ロベール・ダルザックのアリバイを証明しているのでは?」

「それがまったく違うんだ。ぼくはダルザックにやんわりたずねてみたんだが、事件の晩もほかの日にも、カセット商会でステッキを買ったことなんかないと否定してね……ともかく、確かなことは何も言えない。ダルザックがはっきりしたことを言おうとしないので、彼の話をどうとらえたらいいのか測りかねて……」

「フレデリック・ラルサンはあのステッキを、大事な証拠品だと思っているはずだ……でも、何の証拠だと? だって買った日時からして、犯人の持ち物ではないはずなんだから」

「時間的な齟齬なんか、ラルサンにとって目じゃないのさ。犯人は五時から六時のあいだに黄色い部屋に忍びこんだというぼくの前提に、立たなくてもいいんだから。ダルザックが八時にパリにいたなら、十時から十一時のあいだに黄色い部屋に入ったことにしようと思うだけだ。その時間、スタンガルソン父娘とジャック爺さんはちょうど実験室の暖炉に並べた炉で、興味深い化学実験に取りかかっていた。だから犯人は彼らの背後をそっとすり抜けたんだって、ラルサンなら言うだろうさ。そんなことが可能だとは思えないけれど……やつはその話をすでに予審判事にも聞かせている。よく考えれば、馬鹿げた推理だとわかるはずなのに。だってスタンガルソン家と親しい人間ならば――そういう人がいるとして――教授がまもなく離れを出て、城に戻るとわかっていたはずだ。教授が帰ったあとまで、計画を先のばしにしたほうが安全じゃないか。なのに教授がいるあいだに、危険を冒してまで実験室を横切る必要があるだろうか？　そもそも、内情に通じているというその犯人は、いつ離れに入りこんだのだろう？　ラルサンの絵空事を受け入れるには、前もって解明しなければならない点が山ほどある。ぼくはそんなことで無駄に時間を使う気はないね。だってぼくには、絶対に確実な方法があるんだから。それに従えば、絵空事につき合う手間がはぶけるさ。ただ、ぼくはまだしばらく黙っていなければならないが、ラルサンはおりに触れて自説を披露するものだから……なんでもかでもダルザックに不利な解釈をされかねない。ぼくがここで目を光らせていないとね」とルルタビーユは自慢そうに言い添えた。「だってダルザックに疑いがかかるような《見せかけの証拠》が、ほかにもたくさんあるからな。こちらはステッキと違った意味でやっかいだ。ステッキの件は、まだぼくにもよくわからない。ラルサンのやつ、ダルザックの持ち物だったはずのステッキを、本人の前でこれ見よがしに使っているんだからな、いったいどういうことなのやら。ラルサンのやり方がどういうものか、ぼくもよくわかっているつもりだが、ステッキのことだけはまだ見当がつかないな」

「フレデリック・ラルサンはまだ城にいるのか？」

「ああ、ほとんど城から離れない。スタンガルソン教授の要請で、ぼくと同じように泊まりこんでいる。教授は彼のために、いろいろと便宜を図ってあげているよ。ロベール・ダルザックがぼくにそうしてくれているようにね。スタンガルソン教授は犯人を知っていて、逃亡を見逃したとラルサンに告発されたものだから、刑事が真実を見つける手助けをしなければと思ったのだろう。ロベール・ダルザックもぼくに対し、同じように思っている」

「でもきみは、ロベール・ダルザックの無実を信じているんだろ？」

「彼が犯人かもしれないと、考えたこともあったさ。最初にここに着いたときにはね。ぼくとダルザックのあいだで何があったのか、きみに語る時期がきたようだな」

ルルタビーユはそこで話を中断し、銃は持ってきたかとたずねた。わたしは二挺の拳銃を見せた。彼はそれを手に取って確認し、「これでいい」と言ってわたしに返した。

「銃が必要になりそうなのか？」とわたしはたずねた。

「たぶん、今夜にも。今日はここに泊まることになるけれど、かまわないね？」

「もちろんだとも」とわたしは言ったものの、顔が引きつっていたらしく、ルルタビーユに笑われてしまった。

「いや、失敬」と彼は続けた。「笑っている場合じゃなかった。真剣に話そう。きみはあの言葉を覚えているだろ？　謎に満ちたこの城に入る、《ひらけゴマ》のまじないを」

「ああ、よく覚えているさ。『司祭館の魅力も庭の輝きも、何ひとつ失われてはいない』だろ。実験室の灰のなかからきみが見つけた紙切れにも、同じ言葉が書かれていたっけね。半分、焼け焦げていたけれど」

「そうとも。そして紙切れの下あたりには、十月二十三日という日付が焼け残っていた。とても重要な日付だから、記憶に留めておいてくれたまえ。さて、この奇妙な言葉について、ここで説明しておこう。きみは知らないかもしれないが、事件の前日、つまり十月二十三日にスタンガルソン父娘は大統領官邸のレセプションに行っている。夕食会に出席し、そのまま残っていたんだろう。ぼくも取材の仕事でレセプションの場にいたので、二人を見かけたんだ。その日迎えたフィラデルフィア・アカデミーの学者のひとりに、ぼくはインタビューをする予定だった。スタンガルソン父娘には、それまで会ったことがなかった。ぼくは《大使の間》に入る手前のサロンで、腰をおろしていた。上流人士にもまれて疲れきってしまい、ぼんやりともの思いにふけっていたんだ。とそのとき、黒衣婦人の香りが漂ってくるのを感じた。《黒衣婦人の香り》って何だと、きみは思うだろうね。ぼくが大好きな香りだということだけ、知っておいてくれればいい。いつも黒い服を着ていた女（ひと）の香水だから、そう呼んでいるんだ。彼女はぼくが幼かったころ、母親のようにやさしく接してくれた。その晩、《黒衣婦人の香り》をそっと漂わせていた女性は、白い服を着ていたけれどね。目を見張るような美人だった。だからぼくは思わず立ちあがり、その香りに引き寄せられるようにあとをついていった。ひとりの老人が、彼女に腕を貸した。二人が通ると、みんなふり返ったものさ。そしてこんなふうにささやき合う声が聞こえた。『スタンガルソン教授とご令嬢だ』って。こうしてぼくは、あとを追う相手が誰なのかを知った。やがて二人のもとに、ロベール・ダルザックがやって来た。ダルザックは、ぼくも顔だけは知っていた。スタンガルソン教授はアメリカ人学者のひとり、アーサー・ウィリアム・ランスに話しかけられ、大きな回廊の肘掛け椅子に腰をおろした。ロベール・ダルザックはスタンガルソン嬢を温室に連れていった。ぼくはそのまま二人についていった。とても暖かな晩だったので、庭に面したドアはあけ放ってあった。スタンガルソン嬢はスカーフを肩にかけた。どうやらスタンガルソン嬢は、人気のないところへ行こうとダルザックに言っているらしい。ロベール・ダルザックがやけに動揺している様子なのが気になり、ぼくはさらにあとをつけた。二人はマリニー大通り沿いの塀のわきを、ゆっくりとした足取りで歩いている。ぼくは中央の小道を通って並行して進み、芝生を横切って彼らとすれ違った。あたりは真っ暗だった。草地を歩けば足音も立たない。二人はゆらゆら揺れるガス灯の明かりのなかで立ち止まり、スタンガルソン嬢が手にした紙切れを覗きこんだ。何かとても気になることが書かれているらしい。ぼくは闇と静寂に包まれていた。二人はぼくに気づいていない。やがてスタンガルソン嬢が紙切れをたたみながら、こう繰り返すのがはっきりと聞こえた。**司祭館の魅力も庭の輝きも、何ひとつ失われてはいないと**。冗談めかしているくせに、絶望感でいっぱいの口調だった。そしてあとには、苛立たしげな笑い声が続いた。あの言葉はいつまでも耳に残るだろうな。すると今度はロベール・ダルザックが、『**それではあなたを得るために、わたしは罪を犯さねばならないのでしょうか？**』と言った。彼は激しく動揺していた。スタンガルソン嬢の手を取り、じっと唇をあてている。肩の動きから、泣いているらしいとわかった。やがて二人は遠ざかっていった。

大きな回廊に戻ると（とルルタビーユは続けた）、もうロベール・ダルザックの姿はなかった。次に彼に会うのは事件のあと、グランディエ城でだった。でもスタンガルソン嬢やスタンガルソン教授、フィラデルフィアの代表団はまだ残っていた。スタンガルソン嬢はアーサー・ランスのそばにいた。ランスは目を異様に輝かせながら、興奮気味に話しかけている。しかしスタンガルソン嬢は、アーサー・ランスの言うことなど何も耳に入っていないらしく、顔には無関心そうな表情がありありとあらわれていた。アーサー・ランスは赤ら顔をした、多血質の男だった。ジンが好みに違いない。スタンガルソン父娘が行ってしまうと、ランスは立食テーブルに歩み寄り、そこから離れようとしなかった。ぼくは彼に近寄り、人ごみのなかで食べ物を取ってあげた。彼はお礼を言って、三日後の二十六日（事件の翌日だ）、アメリカに帰ると言った。ぼくはフィラデルフィアの話をした。彼はその町に二十五年前から住んでいて、そこでスタンガルソン父娘と知り合ったのだという。ランスはシャンペンを飲み始めた。これはもうきりがなさそうだ。彼が酔い始めたころを見計らって、ぼくはその場を離れた。

とまあ、そんな出来事があったんだ。虫の知らせとでも言うべきか、ロベール・ダルザックとスタンガルソン嬢が闇のなかにたたずむ姿が、どうしても脳裏から離れなくて。だからスタンガルソン嬢が襲われ、瀕死の重傷を負ったというニュースを読んで、ぼくがどんなに驚いたか、きみにもわかってもらえるはずだ。『それではあなたを得るために、わたしは罪を犯さねばならないのでしょうか？』という言葉が、すぐさま思い出されたよ。けれどもグランディエ城で会ったとき、ロベール・ダルザックに言ったのはこの言葉じゃない。城に自由に出入りできるようになるには『司祭館の魅力』とか『庭の輝き』とか、スタンガルソン嬢が口にした紙切れの文句だけで充分だったよ。あのときぼくは、ロベール・ダルザックが犯人だと思っていたかって？　いや、そんなふうに頭から信じていたわけじゃない。あのときは、まだ何も目途（めど）が立っていなかったんだ。ほとんど手がかりがなかったし。まずは彼が手に怪我をしていないことを、確かめねばならなかった。そのあと二人っきりになったとき、大統領官邸の庭で彼とスタンガルソン嬢の会話を偶然聞いてしまったと打ち明けたのさ。『それではあなたを得るために、わたしは罪を犯さねばならないのでしょうか？』という言葉が聞こえたってね。彼はとても動揺していたな。けれど司祭館云々の話をすると、もっと大慌てだった。二人が大統領官邸で会った日の午後、スタンガルソン嬢は第四十郵便局へ行って手紙を受け取った。それは二人が大統領官邸の庭で読んでいた手紙だろうと言うと、ダルザックは文字どおり茫然自失だった。そう、最後が『司祭館の魅力も庭の輝きも、何ひとつ失われてはいない』で終わる手紙さ。この推理が正しかったことは、のちに確かめられた。覚えているだろ、十月二十三日という日付の入った手紙の切れはしを、実験室の灰からぼくが見つけたのを。手紙は書かれたその日に、郵便局でスタンガルソン嬢に受け渡された。彼女はその日の夜、大統領官邸から戻ると、誰かに読まれては困る手紙を燃やすことにした。あれは事件と無関係の手紙だとロベール・ダルザックは主張したけれど、そんなことはとうてい信じられない。だからぼくは彼に言った。謎だらけのこの事件で、手紙の一件を司法当局に隠しておく権利はないってね。あの手紙にはとても重要な意味があるはずだ。スタンガルソン嬢が不吉な言葉を言ったときの絶望的な口調、ロベール・ダルザックの涙、手紙を読んだあとに彼が口にした脅迫めいた言葉。そのどれもがぼくの推理を裏づけていると、はっきり言ってやったんだ。するとロベール・ダルザックはますます慌てだした。ぼくは有利な状況をうまく生かすことにした。『あなたがたは結婚するはずだったんですよね、ダルザックさん』とぼくは相手の顔を見ず、わざとぞんざいに言った。『ところが突然この結婚は、手紙の主のせいで不可能になった。あなたは手紙を読むとすぐに、スタンガルソン嬢を得るためなら犯罪も辞さないと言っているんですから。**つまりあなたとスタンガルソン嬢のあいだに、何者かが割りこんできたのでは？　彼女に結婚させまいとする何者か、彼女が結婚するくらいなら、殺してしまいたいと思っている何者かが**』

そしてぼくは、最後にこう締めくくった。『さあ、ダルザックさん、あとは犯人の名前をぼくに明かすだけです』と。

ぼくは期せずして、大変なことを言ってしまったらしい。ロベール・ダルザックのほうに目をあげると、彼は顔をくしゃくしゃにしていたよ。額は汗でぐっしょり濡れ、目は恐怖でいっぱいになっている。

『ルルタビーユさん』とダルザックは言った。『ひとつお願いがあります。あなたには正気の沙汰とは思えないでしょうが、いざとなったらわたしはこの命と引き換えにする覚悟もできています。あなたが大統領官邸の庭で見たり聞いたりしたことを、司法官の前で話さないでください。いや、司法官だけでなく、どんな人の前でも。誓ってわたしは無実です。あなたは信じてくれているはずだ。わたしにはわかる、感じるんです。でも〝司祭館の魅力も庭の輝きも、何ひとつ失われてはいない〟という言葉に、司法当局があれこれ疑いの目を向けることになるくらいなら、犯人扱いされるほうがいい。司法当局にあの言葉を知られてはなりません。この一件はすべて、あなたにおまかせしましょう、ルルタビーユさん。でも、大統領官邸の晩のことは忘れてください。あなたのことだ、犯人を見つけるための道ならほかにいくらでもあるでしょう。わたしがその道を拓きます。お手伝いしますとも。ここに腰を落ち着けたいなら、それもけっこう。わがもの顔で話をし、食べたり、眠ったりすればいい。わたしの行動、みんなの行動を、ご自由に見張ってください。主人のようにグランディエ城にとどまってかまいません。でも、大統領官邸の晩のことは忘れてください』」

ルルタビーユはここで言葉を切り、ひと息ついた。わが友に対するロベール・ダルザックの不可解な態度や、事件現場に楽々と入りこめたわけもこれでよくわかった。しかし話を聞くにつけ、好奇心は掻き立てられるいっぽうだった。その好奇心を満足させてくれと、わたしはルルタビーユにたのんだ。この一週間、グランディエ城で何があったんだ？　ダルザックに疑いがかかるような《見せかけの証拠》がほかにもある、とわが友は言っていたではないか。こちらは、ラルサンが見つけたステッキと違った意味でやっかいだと。

「すべてが彼を犯人だと名指しする方向に向かっている」とわが友は答えた。「状況はきわめて深刻なのに、ロベール・ダルザックはまるで気にかけていないらしい。もっと心配すべきなんだ。でも彼の頭には、スタンガルソン嬢のことしかないのさ。彼女の容態は毎日少しずつよくなっているが、**そんなとき、黄色い部屋の謎よりもっと不可思議な事件が起きたんだ**」

「まさか、そんな！」とわたしは叫んだ。「黄色い部屋の謎より不可思議な出来事なんて、あるわけないだろ？」

「まずはロベール・ダルザックの話に戻ろう」とルルタビーユはわたしを落ち着かせるように言った。「すべてが彼を犯人だと名指しする方向に向かっている、とさっきぼくは言ったよな。フレデリック・ラルサンが型を取った高級靴の跡は、ダルザックの靴と一致した。自転車のタイヤ痕も、彼の自転車のものと同じだろう。お膳立てどおりってわけさ。ダルザックは自転車を買ってからずっと、城に置きっぱなしにしておいた。なのにどうしてあのときに限り、パリへ乗っていったんだろう？　もう城に戻る必要はないと思っていたんだろうか？　婚約が破棄になったので、スタンガルソン家との縁も切れたということか？　関係者は皆、口をそろえて、関係は続いていたはずだと言っている。それでは？　フレデリック・ラルサンは、《すべてご破算になった》と思っているけれどね。ロベール・ダルザックがスタンガルソン嬢につき添ってルーヴ百貨店に行った日から事件の翌日まで、元婚約者はグランディエ城にまったくやって来なかった。スタンガルソン嬢はロベール・ダルザックといっしょにいたとき、ハンドバッグと頭部が銅製の鍵を失くしたことも、思い出しておこう。その日から大統領官邸での晩まで、ソルボンヌ大学教授とスタンガルソン嬢はまったく会っていない。しかし、手紙は書き合っていただろう。スタンガルソン嬢は第四十郵便局へ手紙を受け取りに行った。フレデリック・ラルサンは、ダルザックからの手紙だと思っている。もちろん彼は、大統領官邸であった出来事を何も知らないからね。だからハンドバッグと鍵を盗んだのはロベール・ダルザックだと考えたのさ。父親の大事な書類を盗み、それを返す代わりにスタンガルソン嬢に翻意（ほんい）させ、結婚を迫ろうとしたのだろうと。これらはラルサン自身も認めるように、すべて怪しげな、ほとんど荒唐無稽（こうとうむけい）な仮定かもしれない。しかし必ずしもそうとは言いきれないのは、ここにもうひとつ、さらに重要な問題があるからなんだ。ぼくにも説明がつかない、奇妙なことがね。十月二十三日にスタンガルソン嬢は郵便局で手紙を受け取ったけれど、翌二十四日にもその手紙を取りに来た人物がいた。それがダルザックかもしれないんだ。窓口にあらわれた男の外見は、ダルザックにそっくりだったのさ。ダルザックは予審判事が任意で行なった事情聴取で、郵便局には行っていないときっぱり否定していたがね。ぼくはダルザックを信じている。だって、たとえ手紙を書いたのがダルザックだとしても——ぼくはそう思っていないけれど——彼はスタンガルソン嬢がすでに手紙を受け取ったのを知っていたんだから。大統領官邸の庭で彼女がその手紙を手にしているところを、ダルザックはしっかり見ている。だから翌日二十四日、すでにないとわかっている手紙を取りに、わざわざ彼が第四十郵便局の窓口に来るはずがない。きっと、驚くほど彼によく似た誰かだと思うな。ハンドバッグを盗んだ犯人さ。そいつは手紙のなかで、ハンドバッグの持ち主であるスタンガルソン嬢に何か要求したんだろう。ところが、要求どおりにはならなかった。彼は慌てふためき、封筒にM・A・T・H・S・Nと宛名書きした手紙がちゃんと手渡されているかどうか心配になったのだろう。郵便局でのふるまいや、手紙を執拗に要求したわけも、それで説明がつく。彼は怒って帰っていった。手紙はたしかに渡っているはずなのに、要求が受け入れられなかったのだから。犯人は何を要求したのだろう？　それはスタンガルソン嬢にしかわからない。ともあれ次の日、スタンガルソン嬢が襲われて瀕死の重傷を負ったというニュースが報じられ、さらにその次の日、ぼくはスタンガルソン教授の大事な書類が盗まれたことを知った。犯人はスタンガルソン嬢を襲うのと同時に、盗みも働いていたんだ。局留めの手紙に関わる鍵を使ってね。つまり郵便局に来た男が犯人に違いない。どうだい、きわめて論理的な推理じゃないか。郵便局に男がやって来たわけも、これでよくわかる。ラルサンも賛成していたのだが、彼はそれをロベール・ダルザックにあてはめてしまった。もちろん予審判事もラルサンもぼくも、十月二十四日に郵便局に来た謎の男について詳しく知ろうと手を尽くしたよ。でも、どこから来てどこへ行ったのか、皆目わからない。ロベール・ダルザックにそっくりだということ以外は、何もね。そこでぼくは大新聞に、こんな三行広告を出したんだ。《十月二十四日の午前十時ごろ、第四十郵便局まで客を乗せた辻馬車の御者は、エポック紙編集部R氏まで申し出られたし。高額の謝礼をいたします》ってね。でも、成果なしだった。男は歩いて郵便局まで来たかもしれないが、急いでいれば馬車に乗った可能性だって、ないとは言いきれない。三行広告には、男の人相書きをあえて書かなかった。その時刻、第四十郵便局まで客を運んだ御者がみんな名乗り出るように。けれどひとりも来なかった。ぼくは日夜考えたよ。〈それじゃあロベール・ダルザックにそっくりな男は何者なんだ？　今、フレデリック・ラルサンが持っているステッキを買ったのも、きっと同じ男だろう〉と。さらに奇怪なことがあってね、瓜二つの男が郵便局にあらわれた時刻、ダルザックはソルボンヌ大学でするはずだった講義を休んで、同僚に代講をたのんでいるんだ。じゃあその時間、どうしていたのかたずねると、ブローニュの森を散歩していたって答えるじゃないか。どう思う？講義をひとまかせにして、散歩に出かける大学教授だなんて。二十四日の午前中、ブローニュの森を散歩してたっていうならそれもいいさ。でもよく聞いてくれよ、二十四日の夜から二十五日にかけて何をしていたか、ダルザックはまったく答えようとしないんだ。フレデリック・ラルサンにたずねられても、その時間はパリにいたと言うだけで、どこで何をしていたのかは他人に関係ないと……するとラルサンは、大声で言い返した。だったらきみの行動を、独力で調べあげてやるってね。こうした経緯からすると、ラルサンの推理は一見筋が通っているようだ。黄色い部屋にいたのがロベール・ダルザックだったとしたら、なおさらじゃないか。犯人はそこからどうやって逃げたのか、ラルサンの説明は納得がいく。スタンガルソン教授は忌まわしいスキャンダルを避けるために、犯人を見逃したんだって。でもそんな仮説、ぼくは間違いだと思っている。フレデリック・ラルサンは迷走しているんだ。ぼくにとっちゃ愉快な話だが、無実の人間に罪を着せてはまずいだろう。そもそもその仮説が本当に惑わそうとしているのは、フレデリック・ラルサンなのだろうか？　そこさ、そこなんだよ、問題は！」

「もしかして、フレデリック・ラルサンが正しいんじゃないか」わたしはルルタビーユをさえぎって叫んだ。「きみは本当にダルザックが無実だと思うのか？　だとしたら、彼にとって間の悪い偶然がずいぶん重なったことになるが……」

「偶然というやつは」とわが友は答えた。「真実にとって最悪の敵なんだ」

「予審判事はどう考えているんだ？」

「マルケ予審判事は確かな証拠もないのにロベール・ダルザックを矢面（やおもて）に立たせるのをためらっている。そんなことをすれば、ソルボンヌ大学をはじめ世論が黙っていないだろうからね。それにスタンガルソン父娘だって抗議するはずだ。スタンガルソン嬢はロベール・ダルザックを愛している。彼女には、犯人の顔がはっきり見えなかったのかもしれない。でももしロベール・ダルザックが犯人なら、それに気づかなかったとは思えないし。たしかに黄色い部屋は薄暗かったが、小さなランプが灯っていたのを忘れてはいけない。とまあ、そんな状況のなかで、三日前というかむしろ三晩前、さっきも触れたあの驚くべき事件が起きたんだ」

14　《今夜、犯人を待ち伏せする》

「まずは事件現場に案内しよう」とルルタビーユは言った。「きみにも理解してもらえるようにね。というかむしろ、いかに理解しがたいかを納得してもらえるように。ところでぼくは、ついに突きとめたよ。みんなはまだ、あれこれ首をひねっているけれど。つまり犯人がどうやって黄色い部屋から抜け出したのか、その方法をね。いかなる共犯者もいないし、スタンガルソン教授が関わっているわけでもない。犯人の正体に確信が持てないうちは、ぼくの推理を明かすわけにはいかないが、言われてみればとても当たり前の、単純明快なものだ。ところが三晩前にこの城で起きたのは、まさしく想像を絶する出来事だった。さすがのぼくも、二十四時間考えこんでしまったよ。ようやく思いついた仮説もあまりに突飛(とっぴ)なので、説明をつけようとなんかしないほうがいいと思うほどだった」

ルルタビーユはそう言うと、わたしを外に連れ出し、城のまわりをぐるりとめぐらせた。足の下で、落ち葉がかさかさ音を立てている。聞こえる物音といったら、それだけだった。城はまるで廃墟のようだ。古色を帯びた石、望楼を囲む濠のよどんだ水、枯草に覆われた荒地、黒ずんだ骸骨のような木々。それらすべてがひとつになって、恐ろしい謎に包まれたこの荒涼とした場所に、えもいわれず不気味な印象を与えている。望楼をめぐっていると、森番の緑野郎と出くわした。森番は会釈ひとつせず、まるでわたしたちなど存在していないかのようにわきを通りすぎた。彼はマチュー親父の旅籠で窓越しに見かけたときのままだった。肩から銃を下げてパイプをくわえ、鼻眼鏡をかけている。

「おかしな男だ」とルルタビーユは小声で言った。

「彼と話をしたのか？」わたしはたずねた。

「ああ、しかし何も聞き出せなかった。ぶつぶつとつぶやくだけ。あとは肩をすくめて行ってしまったよ。いつもは望楼の二階にある、広い部屋で寝起きしているらしい。昔は礼拝堂に使っていた部屋さ。そこで一人暮らしをし、外出するときはいつも銃をかついでいるそうだ。愛想がいいのは若い女に対してだけ。密猟者を追いかけるという口実で、よく夜中に起き出すが、逢引きでもしているんじゃないかと思うな。スタンガルソン嬢の小間使いのシルヴィーが恋人だが、今は旅籠の主人マチュー親父の細君にぞっこんらしい。でもマチュー親父が目を光らせているからね、緑野郎はマチューの細君に近づけないでいる。だからますます陰気で、むっつりしているんだろう。なかなか男前だし、しゃれた身なりをしているから、このあたりの女たちはやつに夢中みたいだけどね」

城の左翼の端にある望楼を越え、わたしたちは城の裏にまわった。ルルタビーユは窓のひとつを指さした。スタンガルソン嬢の居室に面した窓のひとつだ。

「きみが三晩前、午前一時にここを通ったなら、ぼくが梯子(はしご)にのぼってあの窓から城に入ろうとしているところが見られたのにな」とルルタビーユは言った。

どうしてそんな真夜中に、軽業(かるわざ)の真似ごとなんかをと驚いていると、ルルタビーユは城の外観にもっと注目するようにと言った。それからわたしたちは、城のなかに戻った。

「それじゃあここで、城の右翼二階を見てもらうことにしよう。ぼくの部屋もそこにあるんだ」

部屋や廊下の位置関係がわかりやすいように、右翼二階の見取り図をここに掲げておくことにしよう。これから詳しくお話する信じがたい出来事があった翌日、ルルタビーユが描いた見取り図だ。

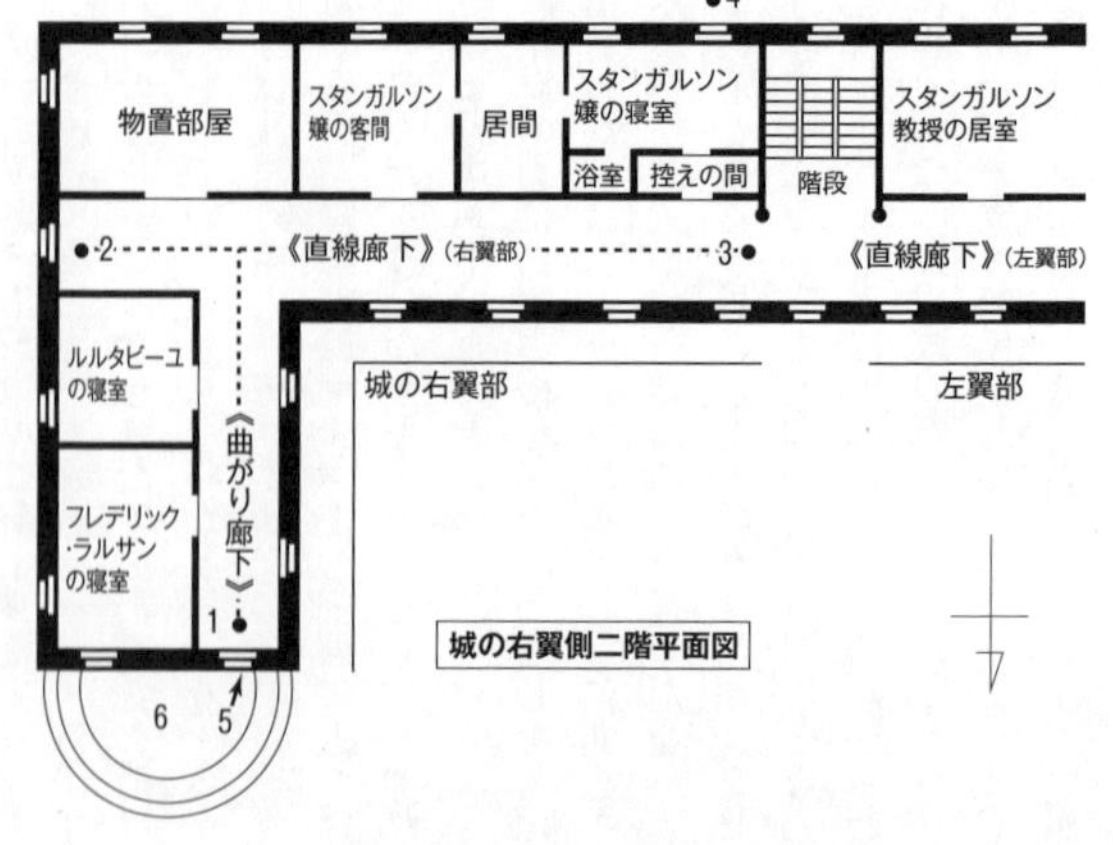

1　ルルタビーユがフレデリック・ラルサンを立たせた場所。

2　ルルタビーユがジャック爺さんを立たせた場所。

3　ルルタビーユがスタンガルソン教授を立たせた場所。

4　ルルタビーユが通りぬけた窓。

5　ルルタビーユが寝室から出たとき、あいているのに気づいた窓。彼はすぐにそれを閉めた。ほかの窓やドアはすべて閉まっていた。

6　一階の張り出し式小部屋の屋上テラス。

ルルタビーユは自分のあとについて、大きな二重階段をのぼるようわたしに合図した。二階に着くと、踊り場につながる廊下を通って、城の右翼、左翼に直接向かうことができる。建物の端から端まで一直線に続く廊下は幅が広く、天井も高かった。北側に面した城の正面（ファサード）には、廊下に明かりを採るための窓が並んでいる。その反対側に沿って部屋のドアが並び、部屋の窓は南向きになっていた。スタンガルソン教授は城の左翼を使い、スタンガルソン嬢の居室は右翼にあった。わたしたちは廊下を通って右翼に入った。ワックスをかけてぴかぴかに磨きあげた板張りの床には幅の狭いカーペットが敷いてあり、足音はほとんど立たなかった。ルルタビーユは声をひそめて、注意深く歩くようにと言った。スタンガルソン嬢の寝室の前だからと。彼の説明によると、スタンガルソン嬢の居室は寝室、控えの間、浴室、居間、客間からなっていた。もちろん、いったん廊下に出なくとも、それぞれの部屋から部屋へじかに行き来できるようになっている。廊下に面したドアがあるのは、客間と控えの間だけ。廊下は建物の端までまっすぐに続いていて、突きあたりには明かり採りの高い窓がある（見取り図・2の窓）。廊下は三分の二ほどのところで、城の右翼方向に曲がる別の廊下と直角につながっている。

話がわかりやすいように、階段から東の窓まで伸びる廊下を《直線廊下》と呼び、直線廊下から右翼に沿って直角に曲がった短い廊下を《曲がり廊下》と呼ぶことにしよう。二つの廊下がつながったところにルルタビーユの寝室があり、その隣がフレデリック・ラルサンの寝室になっていた。これら二つの部屋のドアは《曲がり廊下》に面しているが、スタンガルソン嬢の居室のドアは《直線廊下》に面している（見取り図参照）。

ルルタビーユは自室のドアをあけてわたしをなかに入れると、ドアを閉めて差し錠をかけた。わたしが部屋の様子を眺める間もなく、彼は驚きの叫び声をあげ、丸テーブルに載った鼻眼鏡を指さした。

「何だ、これは?」と彼は自問した。「どうしてこんな鼻眼鏡が、丸テーブルのうえにあらわれたんだ?」

そんなこと、わたしだって答えようがない。

「も、もしかして……」と彼は言った。「もしかしてこの鼻眼鏡は、ぼくが探していたものではなかったのかも……いや待て、でもこれが老眼鏡ならば……」

ルルタビーユは文字どおり鼻眼鏡に飛びついて凸レンズを指で撫で……すさまじい表情でわたしを見つめた。

「ああ……やっぱりだ!」

彼はさらに「ああ! ああ!」と繰り返した。何かとんでもないことが、突然頭に浮かんだかのように。

そしてやおら立ちあがると、わたしの肩に手を置き、狂気じみたにやにや笑いを浮かべてこう言った。

「この鼻眼鏡には、頭がどうかなりそうだ! そりゃまあ数学的な論理からすれば、あり得ない話じゃない。でも人間の常識には受け入れられないだろう。だが……しかし……」

そのときこつこつとノックの音がした。ルルタビーユがドアを細目にあけると、顔がのぞいた。門番の細君だった。離れで訊問をするのに連れてこられたとき、わたしの前を通ったので顔をおぼえていたのだ。わたしは彼女が拘束されていると思っていたので、びっくりした。女は小声でこう言った。

「板張り床の溝にありました」

ルルタビーユが「ありがとう」と答えると、女はさっと姿を消した。ルルタビーユは注意深くドアを閉めてわたしをふり返り、取り乱した様子でわけのわからないことを言った。

「数学的にあり得るのなら、人間的にもあり得ないことじゃない。もし人間的にあり得るとしたら、こいつは大変なことになるぞ」

　わたしはルルタビーユの独白をさえぎってたずねた。

「それじゃあ門番夫婦は釈放されたのか」

「そうとも」とルルタビーユは答えた。「ぼくが釈放させたんだ。信頼のおける助手が必要だったんでね。門番の細君はぼくに忠誠を誓っているし、門番はぼくのためなら死も恐れないだろう。だが鼻眼鏡が老眼鏡だったからには、命がけでぼくに尽くしてくれる人間がほかにも必要になりそうだ」

「おいおい」とわたしは言った。「笑いごとじゃないぞ。それでいつ、殺される覚悟を決めればいいんだ?」

「今夜さ。あらかじめ言っておくが、ぼくは今夜、犯人を待ち伏せするつもりだ」

「いやはや、驚いたな。今夜、犯人を待ち伏せするだって！　それじゃあきみは、犯人を知っているのか?」

「ああ、そうだな。今なら、知っていると言ってもいいだろう。まともな精神状態では、とうてい断言できないけれど。だってぼくが犯人を割り出した数学的な方法は、あまりに恐ろしい結果をもたらすので、**間違いだったらいいと思うほどなんだ。ああ、ぼくは心の底からそう願ってる**」

「ついさっきまでは犯人が誰かわからなかったのなら、今夜待ち伏せするなんてどうして言えるんだ?」

「犯人が来るはずだってことは、わかっていたからさ」

　ルルタビーユはゆっくりと、とてもゆっくりとパイプに葉を詰め、火をつけた。

　これからわくわくするような話が始まるしるしだ。そのとき、何者かが廊下を歩く足音がした。ルルタビーユが耳を澄ます。足音はドアの前を通り、やがて遠ざかった。

「フレデリック・ラルサンは部屋にいるのか?」とわたしは境の壁を指さしてたずねた。

「いいや」とわが友は答えた。「やつは部屋にはいない。今朝、パリに向かったはずだ。相変わらず、ダルザックの足跡(そくせき)を追っているんだ。ダルザックも今朝、パリに向かった。悪い結果になりそうだ。一週間もしないうちに、ダルザックは逮捕されるんじゃないかな。まったく困ったもんだ、すべてが一団となって、不幸なダルザックを責め立てるんだから。出来事、物的証拠、人々の証言が……毎日毎時間ごとに、ダルザックに対する新たな告発が出てくる。予審判事は打ちのめされ、目をくらまされている。しかしまあ、それも無理はないだろう。ひとはもっと些細なことでも、目をくらまされるものだから……」

「でもフレデリック・ラルサンはこの仕事を、昨日今日始めたわけじゃないのに」

「ぼくもラルサンはもっと手ごわいと思ったんだが」とルルタビーユは言って、少し馬鹿にしたようにふくれっ面をした。「もちろん初心者ではないけれどね……彼の捜査方法を知るまでは、大いに称賛していたほどだ。ひどいもんさ、彼のやり方は。ラルサンの名声は、もっぱら手慣れた捜査によっている。だが、彼は哲学を欠いている。厳密に考えようとする姿勢が足りないんだ……」

　わたしはルルタビーユを見つめた。ヨーロッパ一の名探偵として活躍している五十男を、十八歳の若造が子供扱いしているのを聞いて、わたしは微笑まずにはおれなかった。

「何を笑ってるんだ」とルルタビーユは言った。「失敬だぞ。誓って言うが、ぼくはラルサンを出し抜いてやる。みんながあっと驚くような方法で！　でも、急がなくては。やつのほうがぼくより、ずっと先を行っているから。ロベール・ダルザックのおかげでね。今夜だってダルザックは、ラルサンのリードを伸ばすのにひと役買うだろう。犯人が城に来るたび、ロベール・ダルザックはなんのめぐり合わせかその場におらず、どこで何をしていたのか話そうとしないんだ」

「犯人が城に来るたびだって！」とわたしは叫んだ。「それじゃあ犯人は、またやって来たのか？」

「そうとも。奇怪な出来事があった、例の晩にね」

ルルタビーユはその奇怪な出来事とやらについて、三十分前からただほのめかすばかりでいっこうに説明してくれなかったが、やっと知ることができそうだ。けれどもルルタビーユに話を急かせてはいけないと、わたしはよくわかっていた。彼は興が乗らないと、あるいは今が好機だと思わないと、決して話そうとしない。わたしの好奇心を満たすより、自分の心を占めている出来事を的確にまとめるほうがずっと大事なのだ。

ルルタビーユがようやく手短に聞かせてくれた話に、わたしはほとんど呆然とした。例えば催眠術のような、まだよく知られていない科学現象でも、**四人の人間が手をかけようとした瞬間、犯人の体が煙のように消え失せてしまった**ことほど不可解ではないだろう。ここで催眠術を持ち出したのは、電気と同じようにその性質もわからなければ、法則もほとんど未知の事象だからである。そのときはまだ、この事件に説明がつくとはとうてい思えなかった。それなら説明できない事象、つまりすでに知られた自然の法則を越えた出来事を持ち出して納得するしかない。しかしわたしがルルタビーユ並みのすぐれた頭脳の持ち主だったなら、彼と同じように《自然な説明を思いつく》ことができたろう。グランディエ城をめぐるさまざまな謎のうち最も興味深いのは、《ルルタビーユがそれらの謎をいとも自然に解き明かした方法》だったのだから。しかしルルタビーユ並みの頭脳を持っていると誇れる者など、昔も今もいるわけがない。なにしろ彼は異様に突き出た、風変わりな額をしている。あれに匹敵する額は、ほかにどこを探してもないだろう。唯一フレデリック・ラルサンの額がやや近いが、あまり目立つほどではない。ラルサンの額はじっくり見ないと輪郭がわからないが、ルルタビーユの額はあえて強烈な表現を使うならば、嫌でも目に飛びこんでくるのだ。

事件のあとルルタビーユから託された資料のなかに、一冊の手帳がある。そこには《犯人の体が煙のように消え失せてしまった現象》の詳細な経緯と、わが友による考察が記されている。ルルタビーユと交わした会話をこうして書き写すより、手帳の内容をそのままお見せしたほうがいいだろう。この種の物語では、厳然たる事実に即さない言葉を不用意につけ加えてしまわないとも限らないからである。

15　罠

【ジョゼフ・ルルタビーユの手帳からの抜粋】

昨晩、十月二十九日から三十日にかけての夜（とジョゼフ・ルルタビーユは書いている）、ぼくは午前一時ごろに目を覚ました。よく眠れなかったのか、それとも外で物音がしたのか？神獣様の鳴き声が、庭の奥から不気味に響いてくる。ぼくはベッドから起きあがり、窓をあけた。冷たい風と雨が吹きこんでくる。暗闇と静寂。ぼくは窓を閉めた。夜を引き裂く奇妙な鳴き声が続く。急いでズボンをはき、上着を着た。猫を外に出すような天気ではない。いったい誰がこんな真夜中、城のすぐ近くでアジュヌー婆さんの猫の鳴き真似をしているんだろう？ぼくは太い棍棒をつかみ——武器に使えそうなものはこれだけだった——音を立てずにドアをあけた。

廊下に出ると、反射式ランプの光が赤々とあたりを照らしていた。ランプの炎は、隙間風に吹かれているかのようにゆらゆらと揺れている。たしかに隙間風を感じて、ぼくはふり返った。背後の窓があいていた。ぼくとフレデリック・ラルサンの部屋が面している廊下の突きあたりにある窓だ。この廊下を《曲がり廊下》と呼び、スタンガルソン嬢の居室に面した廊下を《直線廊下》と呼んで、区別することにしよう。二つの廊下は直角につながっている。誰が窓をあけっぱなしにしたんだろうか？　それとも今、あけたばかりなのかも。ぼくは窓に歩みより、外に身を乗り出した。窓から一メートルほど下に、一階の張り出し式小部屋の屋根になっている屋上テラスがある。いざとなれば窓からテラスに飛び降り、さらにそこから城の前庭に滑り降りることもできそうだ。そうした経路をたどったとすれば、もちろん玄関の鍵を持っていない者だ。でもどうしてぼくは、深夜の曲芸場面なんか思い浮かべたのだろう？　窓があいていたせいか？　召使いがうっかりしただけかもしれないのに。ぼくは窓を閉めた。窓があいていただけで、すぐさま想像をたくましくする自分がおかしかった。闇のなかに、再び神獣様の鳴き声が響いた。そしてあたりは静まり返った。窓ガラスを打つ雨はやんでいた。城中が眠っている。ぼくは廊下に敷いたカーペットのうえを、注意深く歩いた。《直線廊下》につながるところまで来ると首を伸ばし、そっと左右に目をやった。この廊下にもうひとつ反射式ランプがあって、三脚の肘掛け椅子や壁にかけた数枚の絵がはっきりと見えた。ぼくはここで、何をしているんだ？　城はいつにも増して静かだった。すべてがそっと休んでいる。どんな虫の知らせに駆られたのか、ぼくはスタンガルソン嬢の部屋のほうへ向かった。何がぼくをスタンガルソン嬢の部屋へと招き寄せたのだろう？　なぜか胸の奥で、《スタンガルソン嬢の部屋まで行け》と叫ぶ声がする。足の下にあるカーペットに目をやって、はっと気づいた。ぼくはスタンガルソン嬢の部屋に続く足跡に導かれたらしい。そう、カーペットには外の泥に汚れた足跡が残っていた。ぼくはそれを追って、スタンガルソン嬢の部屋の前までやって来たのだ。しかも恐ろしいことに、それは見覚えのある高級靴の跡、犯人の足跡ではないか。犯人が夜の闇と風雨に乗じて、忍びこんできたのだ。廊下の窓からテラスに降り、外へ出られるなら、逆にそこからのぼって来ることもできるはずだ。

犯人はまだここに、城のなかにいる。戻る足跡は、どこにも見あたらないのだから。犯人は《曲がり廊下》の突きあたりの、あけっぱなしになっていた窓から城に忍びこんだ。そしてフレデリック・ラルサンの部屋とぼくの部屋の前を通り、《直線廊下》を右に曲がって、スタンガルソン嬢の寝室に入ったのだ。ぼくは控えの間の前まで来た。ドアが少しあいている。音を立てずにそっと押しあけ、控えの間に体を滑りこませた。寝室に通じるドアの下に、光の筋が見える。耳を澄ましたけれど、何も聞こえなかった。物音も、息を吐く音も。ああ、静まり返った扉のむこうで何が起きているのか、それを知ることができたなら！　鍵穴を覗いてみると、錠がかかっているのがわかった。鍵は内側から挿してある。犯人がなかにいるのかもしれない。いや、きっといるはずだ。そして今度も、まんまと逃げ去るのだろうか？　すべてはぼくにかかっている。落ち着け。慎重にことを運ぶんだ。まずは寝室のなかを見てみなければ。客間の側から入っても、次に居間を抜けねばならない。そのあいだに犯人は、さっきぼくがその前で様子を窺った廊下側のドアから逃げてしまうだろう。

思うに、今夜はまだ大事にいたっていないようだ。それが証拠に、居間が静まり返っている。居間には看護係が二人待機して、スタンガルソン嬢が完治するまで夜番についている。

犯人があそこにいるのはほぼ間違いないのだから、すぐにみんなを起こすべきでは？ 犯人に逃げられても、それでスタンガルソン嬢が助かるなら？ でも今夜忍びこんできた男は、彼女を殺しに来たのではないかもしれない。その男が入れるように、ドアはあけてあったはずだ。誰の手で？ そのあとドアにはまた鍵がかけられた。誰の手で？ 男は今夜、スタンガルソン嬢の寝室に入った。ドアには内側から鍵がかかっていたはずなのに。スタンガルソン嬢は毎晩、看護係といっしょに、居室にこもっているのだから。それなら誰が寝室の鍵をあけ、男をなかに入れたのか？ 看護係、つまり忠実な小間使いの老女と娘のシルヴィーが？ まさか、そんなことはあり得ない。それに二人は居間で寝ているはずだ。スタンガルソン嬢はとても用心深くなり（とロベール・ダルザックは言っていた）、ひとりで起きて歩けるようになると自ら身の安全に気を配るようになった。彼女が居室から出てきたのを、ぼくはまだ目にしたことがないけれど。スタンガルソン嬢が突然不安に駆られ、気をつけ始めたことに、ダルザックはとても驚いていたし、そこはぼくも引っかかっていた。黄色い部屋で襲われたとき、スタンガルソン嬢は犯人が来るのを予期していたに違いない。今夜も彼女は犯人を待っていたのだろうか？ あそこにいる男のために、誰が鍵をあけたのか？ もしそれが、スタンガルソン嬢自身だとしたら？　彼女は犯人が来るのを恐れていたかもしれない。きっと恐れていたはずだ。それなのに犯人のためにドアをあけた。あけざるを得ないわけがあったのだ。何のために、こんな恐ろしい逢引きを？　犯罪の打ち合わせだろうか？　色恋がらみでないことはたしかだ。スタンガルソン嬢はダルザックを愛しているのだから。そんな考えがすべて、闇を貫く稲妻のように一瞬脳裏をよぎった。ああ、何としてでも確かめねば……

　ドアのむこうは静まり返っている。沈黙を保たねばならない状況なのだろう。ぼくが余計な手出しをしたら、かえってことを悪化させるのでは？　何があるかわからないぞ。ぼくが介入したせいで、重大な事態に発展しないとも限らない。ああ、この静寂を乱さずに、なかの様子を確認するんだ！

　ぼくは控えの間を出て中央階段をくだり、玄関へ行った。そしてできるだけ静かに一階の小部屋に向かった。そこには離れの事件以来、ジャック爺さんが寝泊まりしていた。

　ジャック爺さんは服を着て、取り乱したように目を大きく見ひらいていた。ぼくが来たのに気づいても、驚いた様子はない。神獣様の鳴き声が聞こえたので起きたんだ、と彼は言った。それに庭で足音もした。窓の前をそっと通る足音が。窓から外を覗くと、幽霊のような黒い影が見えた、とジャック爺さんは続けた。銃はあるかとたずねると、予審判事に取りあげられてしまい、持っていないと彼は答えた。ぼくは爺さんといっしょに裏のドアから庭に出ると、スタンガルソン嬢の部屋の真下まで城に沿ってそっと歩いた。ジャック爺さんには建物にぴったり張りついているよう指示して、ぼくはちょうど月が雲で隠れたのをいいことに、窓の前へ歩み寄った。窓から漏れる四角い光のなかには入らないよう気をつけた。窓が半分あいていたからだ。用心のためだろうか？　誰かがドアをあけたら、いち早く窓から逃げられるように？いやいや、あの窓から飛び降りたら、首の骨を折るかもしれないぞ！　犯人はロープを準備しているのでは？　用意周到なやつだからな。ああ、あの部屋で何が起きているのか知りたい。静まり返った部屋のなかを見たい。ぼくはジャック爺さんのところに戻り、耳もとで「梯子を」とささやいた。一週間前に監視所代わりに使った木のことも最初は考えたけれど、窓はわずかしかあいていない。だから今回は、木のうえからはなかの様子がわからないとすぐに判断した。それに目で見るだけでなく、音や声も聞きたいし……いざとなったら行動に出る必要も……

ジャック爺さんは動揺しているのか、わずかに体を震わせていた。彼は一瞬姿を消すと、すぐに手ぶらで戻ってきた。遠くから大きく手をふり、早くこっちへ来てくれと合図している。ぼくが駆け寄ると、彼は「こっちへ」とささやいた。

爺さんに連れられ、望楼をまわって城の反対側に来た。

「さっき梯子を探しに、望楼の地下室に行ってみた。わたしと庭師が、物置代わりに使っているんだ。望楼のドアはあいていて、梯子は見あたらん。外へ出るとほら、月明かりであれが見えたんだ」

ジャック爺さんは城の反対端を指さした。見ると庭に突き出した屋上テラスの支え部分に、梯子が立てかけてある。あけっぱなしになっていた窓の下のテラスだ。窓から外を覗いたときは、テラスがじゃまになって梯子に気づかなかったらしい。なるほど、梯子を使えば二階の《曲がり廊下》に忍びこむのも簡単だ。これが侵入経路なのは、もう間違いない。

ぼくたちは梯子のところへ駆けつけた。ところがそれを持ちあげようとしたとき、ジャック爺さんが半びらきになった小部屋のドアを指さした。城の右翼の端から前に突き出した一階の小部屋で、その天井部分が例のテラスになっている。ジャック爺さんはドアを少し押しあけてなかを覗きこみ、声をひそめて言った。

「やつはいないようだな」

「やつって？」

「森番さ」

爺さんはもう一度ぼくの耳もとに口を近づけた。

「ほら、望楼を改修しているので、森番はここで寝起きしているんだ」

それから何やら意味ありげな身ぶりで、彼は半びらきになったドア、梯子、テラス、ぼくがさっき閉めた《曲がり廊下》の窓を順番に指さした。

そのときぼくは、何を考えたろう？　そもそも、考える暇なんかあったろうか？　考えるというより、感じていたのでは……

そう、ぼくは感じ取っていた。もしもスタンガルソン嬢の部屋にいるのが森番なら（ぼくが《もしも》と言ったのは、梯子が立てかけてあったこと、森番の部屋が空だったこと以外、彼を疑うに足る証拠がそのとき何もなかったからなのだが）、彼は梯子をつたって窓から侵入したに違いないと。森番の新たなねぐらの裏にある部屋は、執事や料理係の一家がいたり、調理場として使われたりしているので、城のなかを通って玄関や大階段までは行けないからだ。もし森番が窓から入ったのなら、昨晩のうちに適当な口実をもうけて《曲がり廊下》へ行き、窓に細工をするくらい簡単なことだ。窓を閉じても差し錠をかけなければ、外から押すだけであけることができる。そこから廊下に入ればいいのだ。窓に内側から錠がかかっていなかったとすると、犯人の人物像はかなり絞られる。犯人は内部の人間だ。共犯者がいれば別だが、それはないとぼくは思っている。でも、もしかして……窓の錠を内側から外しておいたのは、スタンガルソン嬢自身かもしれない。だとしたら、そこにはいったいどんな恐ろしい秘密があるのだろう？　犯人から身を守るための障壁を、スタンガルソン嬢が自ら取り除かねばならなかったとしたら。

ぼくは梯子を持って、城の裏手に戻った。寝室の窓はまだ半びらきになっている。カーテンは閉まっているが、少し隙間ができていた。そこから漏れた光が、ぼくの足もとの芝地まで伸びていた。ぼくは寝室の窓に梯子をかけた。物音はまったく立てなかったはずだ。ジャック爺さんには梯子の下で待機してもらい、ぼくは片手に棍棒を持ってゆっくりのぼり始めた。息をひそめ、注意深く足をあげてはまたおろす。突然、空に大きな雲がかかり、ざあっと雨が降りだした。チャンスだ。ところがそこで神獣様の不気味な鳴き声が響き、ぼくはのぼるのを中断した。鳴き声はすぐ後ろ、ほんの数メートルのところで聞こえたような気がした。もしあれが、合図だったとしたら！　犯人の仲間が梯子をのぼっているぼくを見て、窓のむこうの男に警告したのだとしたら。きっとそうだ！　まずいぞ、男は窓辺に立っている。ぼくの頭上に顔を出しているのがわかる。息が聞こえる。でもぼくは、見あげることができなかった。ほんの少しでも顔を動かしたら、一巻の終わりだ。むこうはぼくに気づくだろうか？　闇のなかで、下に目を向けるだろうか？　いや……行ってしまった。やつは何も見なかった。足音を忍ばせ、部屋のなかを歩いている。音が聞こえるというより、気配が感じられるのだ。ぼくはさらに何段か梯子をのぼり、顔が窓の縁に近づいた。額が縁のうえに出ると、カーテンの隙間からなかが見えた。

　男がいた。スタンガルソン嬢の小さな机の前に腰かけ、書き物をしている。男はぼくに背を向けていた。前には蠟燭（ろうそく）が一本立ててある。男が炎のうえに身を乗り出すと、光が歪んだ影を映し出した。ぼくの位置からは、丸めた大きな背中しか見えない。

　驚いたことに、スタンガルソン嬢の姿はなかった。ベッドも整ったままだ。それじゃあ彼女は、今夜どこで寝ているんだろう？　隣の居間で、小間使いたちと寝ているのかもしれない。はっきりとはわからないけれど。男がひとりでいるのを見て、しめたと思った。罠（わな）を準備する心の余裕も出てきた。

　それにしても、目の前で書き物をしているこの男は何者なんだ？　まるで自分の部屋にいるみたいに、ゆったり机の前にすわって。もし廊下のカーペットに犯人の足跡がついていなかったら、窓があいていなかったら、窓の下のテラスに梯子がかけてなかったら、この男はここにいてしかるべき人物なのだと思ったことだろう。ぼくがまだ知らないれっきとした理由があって、ごく普通にここにいるのだと。しかしこの謎めいた男は、黄色い部屋の犯人に違いない。スタンガルソン嬢は瀕死の重傷を負わされながら、どうしてもこの男を告発することができずにいるのだ。ああ、顔を見なければ。不意を襲って捕まえるんだ。

今、ここでなかに飛びこんでも、男は控えの間か、居間に面した右のドアから逃げてしまうだろう。居間から客間を通って廊下に出たら、もう捕まえられない。だが、逃すものか。五分でお膳立てを整えよう。そうすればもう、檻に入れたも同然だ。この男はスタンガルソン嬢の部屋にひとりこもって、何をしているんだろう？　何を書いているんだ？　誰に書いているんだ？　ぼくは下におり、梯子を地面に寝かせた。そしてジャック爺さんといっしょに城に戻った。まずはスタンガルソン教授を起こすよう、ジャック爺さんに指示をした。あとから行くので教授の部屋で待っていろ、それまでは詳しい話をするなと言っておいた。ぼくはフレデリック・ラルサンを起こしに行った。本当は気が進まなかったけれど。できればひとりで事を進め、ラルサンが眠っているすぐわきで見事チャンスをものにしたかった。でもジャック爺さんとスタンガルソン教授はもう歳だし、ぼくも体格がいいほうじゃない。腕っぷしの勝負では、いささか自信がなかった。その点ラルサンは犯人と格闘の末、手錠をかけるのにも慣れている。彼はドアの隙間から顔を出すと、眠気でむくんだ目で驚いたようにぼくを見て、すぐに追い返そうとした。駆け出しの新聞記者風情が、何寝ぼけているんだとでもいうように。犯人があそこにいるんだ、とぼくは必死に言った。

「妙だな」とラルサンは答えた。「犯人なら今日の午後、パリに残してきたはずだが」

それでも彼はすぐに服を着て、拳銃をつかんだ。廊下に出ると、彼はたずねた。

「どこにいるんだ？」

「スタンガルソン嬢の寝室です」

「スタンガルソン嬢は？」

「彼女は寝室にいません」

「よし、行こう」

「いけません。危ないと思ったら、すぐに逃げてしまいます。逃げる経路は三つ。ドア、窓、小間使いがいる居間です」

「銃で仕留めてやるさ」

「でも、もし外したら？　怪我を負わせただけでは、また逃げてしまうかも……むこうもきっと、銃を用意しているはずだ。ここはぼくにまかせてください。責任をもって……」

「まあ、いいだろう」ラルサンは快く受け入れた。

廊下の窓はすべてしっかり錠がかかっていることを確認すると、まずはフレデリック・ラルサンを、《曲がり廊下》の突きあたりに配置した。さっきあいているのに気づき、閉めておいた窓の前だ。

「ぼくが呼ぶまで、この場所を絶対に離れないでください。追いかけられた犯人は十中八九ここに引き返し、後ろの窓から逃げようとするでしょう。入ってきたのもここからだし、逃げる準備もしてあるはずです。危険な地点ですから、くれぐれも……」

「きみはどこを見張るんだ？」とラルサンはたずねた。

「ぼくはスタンガルソン嬢の寝室に飛びこんで、犯人を狩り出します」

「わたしの拳銃を持って行きたまえ」とラルサンは言った。「わたしはきみの棍棒を借りることにしよう」

「ありがとうございます。ご親切に」

ぼくはラルサンの拳銃を受け取った。部屋で書き物をしている男と、これから単身、対決することになるのだ。拳銃があれば、本当に心強い。

こうしてぼくは見取り図の窓5にラルサンを立たせ、城の左翼にあるスタンガルソン教授の居室へ注意深く向かった。スタンガルソン教授はジャック爺さんといっしょにいた。ジャック爺さんはぼくの指示を守り、主人のスタンガルソン教授には急いで服を着てくださいとだけ言っていた。ぼくは何があったのかを手短に説明した。教授も拳銃を持ってぼくのあとに続き、三人は廊下に出た。犯人が机の前にすわっているのを覗き見してからここまで、十分もたっていないだろう。スタンガルソン教授は今すぐにでも部屋に飛びこんで、犯人を撃ち殺したいと思っていた。それならそれで、ことは簡単だ。しかし一発でしとめ損ね、まんまと逃げられるような羽目にならないようにと、ぼくは教授を説得した。

スタンガルソン嬢は寝室にいないので、彼女の身に何ら危険はないと誓うと、教授ははやる気持ちをおさえ、ぼくに作戦の指示をまかせてくれた。ぼくが呼ぶか、銃を撃って合図するまでは動かないように言って、ジャック爺さんを直線廊下の突きあたりにある窓（見取り図の窓

2）の前に立たせた。ジャック爺さんをこの場所にあてたのは、次のように予想したからだ。スタンガルソン嬢の寝室から狩り出された犯人は、あけっぱなしにしておいた窓へ引き返そうと廊下を走っていくだろう。しかし廊下の曲がり角で左を向き、突きあたりの窓の前でフレデリック・ラルサンが《曲がり廊下》を見張っているのに気づけば、そのまま《直線廊下》をまっすぐ進むだろう。そこでジャック爺さんに出くわすことになる。《直線廊下》の突きあたりの窓から犯人が庭に逃げるのを、ジャック爺さんに食い止めてもらおうというわけだ。犯人が城の内部に詳しいなら（ぼくは間違いないと思っている）、この状況で取る行動はほかにあり得ない。窓の下には、外壁を支える控え壁が外に向かって張り出している。廊下にはほかにもたくさん窓があるが、どれも濠に面しているし、位置がとても高いので、そこから飛び降りたら首の骨を折りかねない。ドアや窓にはしっかり錠がかかっている。《直線廊下》の端にある物置部屋のドアもだ。ぼくは前もってすばやく確認しておいた。

というわけで、前述のとおりジャック爺さんに持ち場を指示し、彼がそこについたのを確かめると、スタンガルソン教授には階段の踊り場の前に立ってもらうことにした。スタンガルソン嬢の控えの間のドアが、すぐわきにある位置だ。ぼくがスタンガルソン嬢の寝室に飛びこめば、犯人は居間ではなく控えの間から逃げようとするだろう。居間には小間使いの女がいるし、ぼくの想像どおりスタンガルソン嬢が寝室にやって来た犯人と顔を合わせないよう居間に逃げこんだとすれば、彼女自身がドアに鍵をかけているに違いないからだ。いずれにせよ犯人が廊下に出れば、要所要所にぼくの仲間が待ちかまえているという寸法だ。

控えの間のドアを出て左を見れば、すぐわきにスタンガルソン教授がいる。そこで犯人は右側に逃げ、《曲がり廊下》に向かおうとするだろう。もともとそれが、犯人が準備しておいた逃走経路なのだから。ところがすでに説明したように、二つの廊下がつながるところで左を見れば、《曲がり廊下》の突きあたりにフレデリック・ラルサンがいるし、正面を見れば《直線廊下》の突きあたりにはジャック爺さんがいる。そしてぼくとスタンガルソン教授が、背後から迫ってくる。もう袋の鼠だ。逃げ道はどこにもない。ぼくの計画は単純明快で確実で、一分の隙もないはずだ。思慮の足りない人たちは、ここでこう考えるかもしれない。なにもそんなに面倒な準備をしなくとも、スタンガルソン嬢の寝室に面した居間のドアを、ぼくたちのうちのひとりが直接見張ればいい。そうすれば犯人がいる寝室の二つのドア、つまり居間に面したドアと控えの間に面したドアを固めることができるので、もっと簡単だろうと。しかし居間に入るには、客間を抜けていくしかない。廊下から客間に入るドアは、スタンガルソン嬢が用心のため内側から錠をかけている。だからそんな計画は、そこらの無能な巡査でも思いつくような実現不可能なものなのだ。そこでぼくはじっくり考えた末、こう思った。たとえ居間に自由に入れるとしても、さきほど示した計画を捨てるべきではないと。寝室のドアから、それぞれじかに攻撃を仕掛ける計画では、犯人と戦うとき味方が離れ離れになってしまうからだ。しかしぼくの計画なら、全員がそろって攻撃にかかれる。ぼくが数学的な論理で定めた地点、つまり二つの廊下がつながるところで。

こんなふうに仲間を配置すると、ぼくは城を出た。梯子を起こして城の外壁に立てかけ、拳銃を握ってのぼり始める。

ずいぶん用心深いことだと笑う者は、黄色い部屋の謎を思い出してほしい。犯人がとてつもなく悪賢いということは、ぼくたちが手にした証拠が物語っている。すばやい反応と決断、そして行動に迫られているときに、やけに細かな観察をしていると思う人たちには、こうお答えしよう。ぼくは攻撃の手筈をひとつひとつ、すべてここに記しておきたかったのだと。思いついて実行するまで時間は短かったけれど、それを文章にしていくと悠長に感じられるだけなのだ。奇怪な現象が生じた状況をすべて遺漏なく書き留めるには、これくらい念入りにじっくりとあたらざるを得なかった。それにしても、あれは不思議な出来事だった。このさき新たな展開があって、合理的な説明がつけられない限り、スタンガルソン教授のどんな理論よりも的確に《物質の解離》を示す実例になるだろうと思うほどに。さらに言うならば、それは物質の《瞬間的》解離なのだ。

16　物質解離の怪現象

【ジョゼフ・ルルタビーユの手帳からの抜粋（承前）】

こうして再び窓の縁までのぼると（とルルタビーユは続けた）、そろそろと首を伸ばした。カーテンはあれからあけ閉めした形跡はない。犯人はどうしているかと不安になりながら、ぼくはカーテンの隙間に目を近づけた。まだテーブルの前にすわり、書き物をしているだろうか？　もしかして、もう部屋にはいないかも。だとしたら、どうやって逃げ出したのか？　やつの梯子は、ぼくが外しておいたのに。ぼくは落ち着こうと努め、さらに首を伸ばした。部屋を覗くと、男はいた。大きな背中が、蠟燭が投げかける影で歪んで見える。ただし書き物はもうしていなかった。蠟燭も机のうえではなく、板張りの床に置かれていた。男は背中を丸め、蠟燭のうえに身を乗り出している。おかしな体勢だが、ぼくには都合がよかった。息をついで、さらにのぼる。梯子は残り数段だ。左手を窓の桟にかける。いよいよ作戦成功かと思うと、胸が高鳴るのを感じた。拳銃を口にくわえ、右手も桟にかける。あとはぐっと勢いをつけて両手で踏んばれば、窓によじのぼれる。梯子は大丈夫だろうか？　いや、案の定、あとひと息と少し強く踏みこんだせいで、足が離れるや梯子はぐらりと揺れ、そのまま外壁をこすりながら倒れてしまった。けれども両膝はもう石の桟に乗っている。ぼくは一気に立ちあがったけれど、犯人のほうがすばやかった。男は梯子が外壁をこする音を聞くや、大きな背中を起こして立ちあがり、こちらをふり返った。顔が見えた。いや、たしかに見たと言えるだろうか？　床に置いた蠟燭は、脚しか照らしていなかったのに……机の高さからうえは、部屋中ほとんど影と闇に包まれている。蓬髪のひげ面が見えた。狂気に満ちた目、青ざめた顔、ひげに縁どられた両頰。その色は……薄暗がりのなかに一瞬浮かんだ頰ひげの色は、赤褐色だった。ともかく、ぼくにはそう思えた。知らない顔だ。揺れる闇のなかを男の姿がかすめたとき、まっさきに感じたのはそれだった。知らない顔だ。少なくとも、ぼくには誰だかわからない。

今だ、急げ！　風になれ、嵐になれ、稲妻と化せ！　ああ、ぐずぐずするな。だめだ、間に合わないぞ。まずは体勢を整えろ。両手で体を支え、片膝をついて桟によじのぼるんだ。そうしているうちにも、男は窓に映るぼくの姿に気づき、予想どおり控えの間に続くドアに突進した。ぼくは拳銃片手に部屋に飛びこんだが、男は間一髪、ドアをあけて逃げ出した。ぼくは男を追いながら、「そっちへ行ったぞ」と叫んだ。

　ぼくは矢のように部屋を走り抜けた。けれども、机のうえに手紙があるのはちらりと見えた。控えの間では、もう少しで男に手が届きそうだった。廊下に出るドアをあけるのに、男がほんの一瞬時間を食ってしまったからだ。あと少しというところで男は廊下に出て、ぼくの鼻先でばたんとドアを閉めた。しかしぼくも飛ぶように走り、廊下を逃げる男の三メートル後ろについた。ぼくとスタンガルソン教授は並んで追いかけた。男は案の定、廊下に出て右に向かった。つまり、あらかじめ考えてあった逃走経路だ。「ジャック、ラルサン、そっちへ行くぞ！」とぼくは叫んだ。男はもう袋の鼠だ。ぼくは歓声を、勝利の雄たけびをあげた。男はぼくたちより二秒早く、二本の廊下がつながるところまで来て左側に針路を切った。計画どおり全員がそこに駆けつけ、鉢合わせした。起こるべくして起きた、運命の衝突だ。ぼくとスタンガルソン教授は《直線廊下》の一方から、ジャック爺さんはその反対側から、フレデリック・ラルサンは《曲がり廊下》の側から。そしてみんながぶつかり合い、ひっくり返った。

　しかし男はそこにいなかった。

　ぼくたちはあり得ない出来事を前にし、怯（おび）えたような目で呆然と顔を見合わせた。《男はそ

こにいなかった！》

それじゃあ、どこに、どこに行ったんだ？　ぼくたちは必死に考えた。〈やつはどこだ？〉と。

「逃げられるはずない」とぼくは叫んだ。驚きよりも怒りのほうが大きいくらいだった。

「手が届いていたんだ」とフレデリック・ラルサンも叫んだ。

「たしかにいた。顔に息がかかるのも感じた」ジャック爺さんが言う。

「そうとも、手が届いていた」ぼくとスタンガルソン教授は繰り返した。

なのにやつはどこに、どこに行ったんだ？

ぼくたちは二本の廊下を気がふれたように走りまわり、ドアや窓をひとつひとつ確かめた。しかしどれも厳重に錠がかかっていて、あけた形跡はまったくなかった。捕まる寸前だった男が忽然と消え失せただけでも不可解なのに、ぼくたちに気づかれずにドアか窓をあけたとはとうてい考えられない。

男はどこに、どこにいる？　ドアからも、窓からも出たはずはない。出口はどこにもないんだ。*まさかぼくたちの体をすり抜けたはずもないし……

正直、ぼくはそのとき茫然自失していた。廊下には抜け穴も隠し扉も、隠れ場所になりそうなところは何もないのは明らかだったから。ぼくたちは肘掛け椅子を動かし、壁の額絵をめくった。何も、何もない。もし大きな壺があれば、そのなかも覗きこんでいただろう。

17　廊下の怪事件

【ジョゼフ・ルルタビーユの手帳からの抜粋（承前）】

スタンガルソン嬢が控えの間の入り口にあらわれた（とルルタビーユは続けている）。ぼくたちはそのすぐ近くで、信じがたい出来事が起きたばかりの廊下を調べているところだった。脳味噌が四方八方に飛び散ったかと思う瞬間がある。頭に銃弾を喰らって頭蓋骨が砕け、論理的な思考力が働かず、理性が粉々になったように思うときが……そのときぼくは、ちょうどそんな感じだった。虚脱状態とでも言おうか、心身ともに疲れ果て、何もかもが不安定でまともにものを考えられない。目は見えているのに理性が崩壊したせいで、視覚に異常をきたしている。なんて恐ろしい衝撃が頭を襲ったことか。

さいわいマティルド・スタンガルソン嬢が、控えの間の入り口にあらわれた。彼女の姿を見ることが、千々（ちぢ）に乱れたぼくの心には一服の清涼剤だった。ぼくは彼女の香りを嗅いだ。黒衣婦人の香りを。愛おしき黒衣婦人……もう二度と会うことはないだろう。ああ、わが人生の十

＊原注　のちにルルタビーユはこの謎に、並外れた論理の力だけをもって明快な答えを与えた。なるほど犯人はドアや窓や階段から逃げたのではないということが、そこで確認されたのだが、司法当局はそれを認めようとはしなかった。

年間、わが半生は黒衣婦人と再会するためにあった。なのに、今はときおりその香りを嗅ぐだけだ。若かりしころ面会室で嗅いだ、ぼくだけにわかる残り香、あの香水の匂い*。そのときぼくが思わずスタンガルソン嬢のほうへ歩み寄ったのも、懐かしい黒衣婦人の香りの記憶が鮮やかによみがえったからだ。彼女は真っ白なガウンを着て、不可思議な出来事があったばかりの廊下に立っていたのだけれど。真っ青なその顔は、はっとするほど美しかった。輝く金髪はうなじのあたりでひとつにまとめてある。そのせいで、こめかみに残る赤い星形の傷痕がよく見えた。瀕死の重傷を負った名残りの傷痕が。そう言えばぼくはこの事件を調べ始めたばかりのころ、黄色い部屋の怪事件があった晩にスタンガルソン嬢は髪を真ん中から二つに分けていたとばかり思っていた。〈しかし黄色い部屋に入ってみるまでは、真ん中分けの髪形を想定せずには推理の立てようがなかったのだ〉

けれどもぼくはもう、推理どころではなかった。この廊下で、ついさっきあんな不可解な出来事があったばかりなのだから。ぼくはただ呆（ほう）けたように、スタンガルソン嬢の前に立ちつくしていた。真っ青な顔をして白いガウンを着たその姿は、まるで幻かやさしい亡霊のようなこの世ならぬ美しさだった。スタンガルソン教授は娘をしっかりと抱きしめた。今度もまた取り戻すことができたというように。というのも教授はまたしても、あやうく娘を失いかけたところだったから。彼はあえて何もたずねず、娘を寝室に連れていった。ぼくたちもあとに続いた。ともかく、話を聞かなければ。ひらいたままの居間のドアから看護係の怯えた顔が二つ、ぼくたちのほうを覗きこんでいる。

どうかしたんですか、とスタンガルソン嬢はたずねた。そしてぼくたちの質問には、「いいえ、何でもないんです」と答えた。何でもないだって！　そりゃそうだろうとも！　彼女はその晩、寝室で眠らず、看護係といっしょに居間で寝ることにした。三人で居間にこもり、ドアに鍵をかけた。彼女が事件の晩以来、突然不安や恐怖に駆られることがあるのは、もっともなことだろう。けれども犯人が戻ってきたちょうどその晩、偶然にも小間使いの女たちと居間で寝ることにしたなんて納得できるだろうか？　スタンガルソン教授は怯えている娘に、自分も彼女の客間で寝ることにしようと持ちかけた。どうしてスタンガルソン嬢がそれを拒絶したのかもわからない。さっきまで寝室の机に置いてあった手紙が消えてしまったのも不可解だ。それを理解するためには、こう考えるしかない。スタンガルソン嬢は犯人が戻って来ることを知っていたのだと。けれども彼女は、それを誰にも知らせなかった。なぜなら、犯人の正体を知られたくなかったからだ。父親にも、誰にも。ロベール・ダルザックを除いては。それはダルザックが、すでに犯人の正体を知っているからだろう。彼は前から知っていたのでは？　大統領官邸の庭で、彼がつぶやいた言葉を思い出してみよう。「それではあなたを得るために、わたしは罪を犯さねばならないのでしょうか？」と彼は言った。罪を犯すとは障害を取り除くこと、犯

＊原注　ジョゼフ・ルルタビーユがこの一節を書いたとき、彼は弱冠十八歳だった。それなのに《若かりしころ》などと言っている。わたしはわが友が書いたとおりそのままを掲げているが、前にもお断わりしたように、《黒衣婦人の香り》のエピソードは《黄色い部屋の謎》に必ずしも結びついているわけではない。だが、しかたあるまい。ここに掲げた手記のなかで、ルルタビーユが《若かりしころ》のかすかな記憶について何度か触れているとしても、それはわたしの責任ではない。

人を亡き者にすることにほかならないのでは？　思いあたることはほかにもある。「ぼくが犯人を見つけ出すのはお気に召しませんか？」とダルザックにたずねたとき、彼は「とんでもない。この手で殺してやりたいくらいです」と答えた。それに対してぼくは、「でも、まだぼくの質問に答えていませんね」と言い返した。まさにそのとおりだった。まさしくダルザックは犯人の正体を知っていて、それをぼくに暴かれる前に、自分の手で殺したいと思っていたのだ。彼がぼくの調査に手を貸したのには、二つの理由があった。ひとつはそうするよう、ぼくに強いられたから。もうひとつはぼくの調査を見張るため。

ぼくは今、寝室にいる。彼女の寝室に。彼女を見つめ、さっきまで手紙が置いてあった場所を見つめている。スタンガルソン嬢がどこかに手紙を移したのだ。あれは彼女に宛てた手紙だったのだろう。そうだ……そうに決まっている。かわいそうに、スタンガルソン嬢は父親の不可思議な話を聞いて、ぶるぶると震えていた。犯人が寝室にいたこと、逃げ出した犯人を追いかけたこと。どんな魔法を使ったのか、男はぼくたちの目の前で忽然と消え失せたのだと言うと、ようやく彼女はほっとしたらしい。それははっきりと見て取れた。

そして沈黙が続いた。なんとも重苦しい沈黙が。ぼくたちは皆、スタンガルソン嬢を見つめている。父親、ラルサン、ジャック爺さん、そしてこのぼく。彼女をとり巻く沈黙のなかに、どんな思いが去来しているのだろう？　ついさっき、この廊下であんな不可思議な事件が起きたばかりなのだ。しかも彼女の寝室に、なんと犯人がいたなんて。だから今、みんながみんな考えているはずだ。ジャック爺さんの脳裏によぎる思いも、スタンガルソン教授の胸にめばえた思いも、すべては彼女に対するこんな言葉に集約されるはずだ。「あなたは謎の答えを知っている。それを話してください。そうすれば、助けてあげられるのに」ああ、どんなに彼女を助けたいと思ったことか！　助けてあげたい。彼女自身から……そしてほかの誰かから。せつなくて、泣きたいくらいだった。そう、恐ろしい謎に包まれた悲劇を前にして、目に涙がこみあげた。

彼女が今、ここにいる。黒衣婦人の香りを漂わせた女が……ようやく会うことができた。彼女の居室、彼女の寝室で。彼女はそこに、ぼくを迎え入れようとしなかった。寝室にひとりこもったきり、沈黙を続けてきた。運命の一瞬が黄色い部屋を襲ったときから、ぼくたちは姿を見せず何も話そうとしないこの女性のまわりをめぐり、彼女が知っているはずのことを知ろうとしてきた。知りたいと願うぼくたちの気持ち、ぼくたちの意思が、彼女にとってはさらなる責め苦だったに違いない。彼女の秘密が明らかになったとき、これまで起きた悲劇にも増して恐ろしい出来事が引き起こされるかもしれない。そのせいで、彼女は死んでしまわないとも限らない。すでに死にかけたじゃないか……ぼくたちが何ひとつ解明できないうちに。いや、みんなは何もわかっていないだろうが……このぼくは……犯人の正体さえわかれば、すべての謎を解くことができる。誰なんだ？　いったい何者なんだ？　それがわからないうちは、彼女のために黙っているしかない。彼女は犯人がどうやって黄色い部屋から抜け出したのかを知っているのに、打ち明けようとしないのだから。ぼくの口からしゃべるわけにはいかないだろう。犯人が誰かわかったら、本人と話をつけてやる。

スタンガルソン嬢は今、ぼくたちのほうを眺めている。部屋には誰もいないかのように、ぼんやりと、遠い目をして……スタンガルソン教授がそこで沈黙を破り、これからは娘の居室にずっと泊まりこむと言った。スタンガルソン嬢はそんなことしなくていいと反対したけれど、父親は頑としてゆずらなかった。今夜からそっちに移る、とスタンガルソン教授は言った。よほど娘の容態が心配らしく、寝ていなくてはだめだと叱ったりもした。そして小さな子供にするようなお説教を始めるのだった。娘に笑いかけながら。自分が何を言っているのか、何をしているのか、わかっていないのだろう。こんな状況では、高名な科学者だろうと正気を保てないのだ。何度も繰り返す脈絡のない言葉が、動揺の大きさを物語っている。ぼくたちの動揺も、それに劣らず大きかったけれど。スタンガルソン嬢は苦悩に満ちた声で、ただ「お父様、お父様」と言うばかりだった。教授はそれを聞いて、嗚咽をこらえきれなかった。ジャック爺さんは洟をかみ、フレデリック・ラルサンまでもがこみあげる感情を隠そうとするかのように横を向いた。ぼくも気力の限界だった。もう何も考えられない、感じられない。これでは植物以下じゃないか。ぼくは自己嫌悪に苛まれた。

ぼくと同じくフレデリック・ラルサンも、黄色い部屋の事件があってからスタンガルソン嬢と顔を合わせるのはこれが初めてだった。ぼくと同じようにラルサンも、彼女から話を聞きたいと言っていたのだが、受け入れられなかったのだ。ぼくにも彼にも、返ってくる言葉はいつも同じだった。スタンガルソン嬢は弱っているのでまだ会える状態ではない、予審判事の訊問だけで、もうすっかり疲れ果てていると。ぼくたちの調査には協力すまいという意志が、はっきりと感じられる。ぼくは別段驚かなかったけれど、ラルサンは意外そうだった。たしかにぼくとフレデリック・ラルサンとでは、この事件のとらえ方がまったく異なっているのだが。

　みんな、涙ぐんでいた。ぼくは心のなかで、こう繰り返さずにはおれなかった。彼女を助けよう……彼女に頼まれなくても、助けるんだ。彼女に迷惑がかからないようにして、やつが口をはさまないうちに。でも、やつとは誰だ？　やつを、犯人を捕まえ、口を封じなければ。ダルザックもそう言っていた、「口を封じるには、殺すしかない」と。これがダルザックが漏らした言葉の論理的な帰結だ。スタンガルソン嬢を襲った犯人を殺す権利が、ぼくにあるだろうか？　いや、それは無理だ。でも、せめてその機会だけでも得られれば、犯人が本当に生身の人間だと確かめられる。犯人を生きて捕まえられなくとも、死体を目にすることはできる。

　ああ、どうしたら彼女にわかってもらえるだろう？　ぼくたちのことなど目に入っていないかのように、ただ恐怖におののき、父親の苦しみを嘆いているこの女性に、どうしたらわかってもらえるのか。彼女を救うためなら、ぼくはどんなことでもする覚悟だということを。そう……ぼくはこれからまた知力の限りを尽くし、奇跡をなしとげるつもりだ。

　ぼくは彼女のほうへ歩み寄った。話しかけて、ぼくを信頼してくださいと懇願したかった。彼女とぼくだけがわかる言葉で伝えたかった。ぼくは黄色い部屋からどうやって犯人が抜け出したかわかっている、あなたの秘密はすでに半ば見抜いている、心からあなたに同情していると。けれども彼女はひとりにしてほしいと、身ぶりでぼくたちに頼んだ。疲れきっているので、早く休みたいと。ありがとうございました、もう部屋にお戻りくださいとスタンガルソン教授は言って、ぼくたちをドアへ押しやった。ぼくとフレデリック・ラルサンは一礼し、廊下に出た。ジャック爺さんもあとに続いた。「まったく、おかしなこともあるもんだ……」とラルサンがつぶやく声が聞こえた。彼は部屋に寄っていかないかと、ぼくに身ぶりで合図した。そしてジャック爺さんをふり返り、こうたずねた。

「きみも見ただろ?」

「誰をです?」

「あの男をさ」

「そりゃ、見ましたとも。赤いあごひげ、赤い髪の毛……」

「ええ、たしかに」とぼくは言った。

「わたしにもそう見えた」とフレデリック・ラルサンは言った。

ぼくとラルサンは部屋で二人きりになると、今回の出来事について話し合った。およそ一時間にわたり、あらゆる方向から事件を検討した。彼はぼくにいろいろと質問し、みずから説明もした。その口ぶりから察するに、どうやらラルサンは犯人が秘密の抜け穴から逃げたのだと──一見するとそんなこと、彼自身もぼくもほかのみんなも、にわかに信じられないのだが──思っているらしい。だから犯人は、城の内部をよく知る人物だというのだ。

「この城の造りにとても詳しい人物さ」と彼は言った。

「どちらかというと大柄で、がっちりした体格でしたね」

「背丈はちょうどだな」ラルサンはつぶやいた。

「なるほど……でも赤いあごひげと赤い髪は、どう説明するんです？」とぼくはたずねた。

「やけに目立つ髪とひげは、かつらやつけひげの証拠だ」

「言うは易しですがね。あなたはまだ、ロベール・ダルザックが犯人だと思いこんでいるようだ。その考えから抜け出せないんですか？　でも彼は無実だと、ぼくは確信しています」

「けっこう。わたしもそう願ってるさ。しかしあらゆる証拠が、彼の有罪を示している。カーペットの足跡に気づいただろ？　なんなら、見てきたまえ」

「もう見ましたよ。池のほとりに残っていた高級靴の足跡と同じでした」

「あれはロベール・ダルザックの足跡だ。それは認めるね？」

「たしかに、見間違うほど似ていますが」

「それじゃあ、帰りの足跡がなかったことには気づいたかね？　男はわれわれに追われて寝室を出たとき、足跡をまったく残していないんだ」

「スタンガルソン嬢の寝室に忍びこんだのは、何時間も前だったのでしょう。だから靴についていた泥が乾いて、跡がつかなかったんです。それにつま先立ちになって、ものすごい速さで駆けていましたし。逃げていくのは見えたけれど、音は聞こえないほどでした」

こんなとりとめのない無駄話を、いつまで続けていてもしょうがない。ぼくはさっさと切りあげ、耳を澄ますようラルサンに合図した。

「ほら、下で、ドアを閉める音が……」

ぼくはそっと立ちあがり、ラルサンといっしょに一階におりて外に出た。そして庭に張り出した小部屋に向かった。屋根が曲がり廊下の窓に面したテラスになっている小部屋だ。ぼくはドアを指さした。さっき見たときはあいていたのに今は閉まっていて、下から光が漏れている。

「森番か」とラルサンは言った。

「行きましょう」とぼくはささやいた。

ぼくは決然として（と言っても何を心に期していたのか、自分でもよくわからない。犯人は森番だと、ここではっきりさせるつもりだったのか？）ドアに歩み寄り、どんどんとたたいた。

もっと早く森番の部屋へ行くべきだったと、人は思うかもしれない。廊下で犯人に逃げられたとわかったとき、まずは城のまわりから庭から、いたるところをくまなく捜すべきだったと。そんなお叱りに対しては、ただこう答えるしかない。犯人があんなふうに忽然と消え失せたものだから、もうどこにも見つからないだろうと思ってしまったのだと。ぼくたち全員が手を伸ばし、捕まえたと思った瞬間に逃げられたので、庭を包む怪しげな闇のなかを捜す気になれなかったのだ。あのときぼくたちが脳天にどんなに激しい衝撃を受けたかは、前にも言ったとおりだ。

ノックしたとたんドアがあいて、何の用かと森番が静かな声でたずねた。彼はシャツ姿で、もう寝るところだったと言った。見るとベッドはまだ使った形跡がなかった。

ぼくたちは部屋に入った。

「それじゃあ、今夜はまだ寝ていなかったんですか？」とぼくはびっくりしてたずねた。

「ああ」と森番はぶっきらぼうに答えた。「庭や森をひとまわりしなくてはならないんでね。

今、戻ってきたところなんだ。眠いので、失礼しますよ」

「ちょっと待って」とぼくは言った。「さっき、窓のところに梯子が立てかけてありましたよね」

「梯子だって？　そんなもの見てないが。それじゃあ」

そう言って森番はぼくたちを戸口に押しやった。

外に出ると、ぼくはラルサンをじっと見つめた。いったい何を考えているのか、心の内がつかめない。

「どうでした？」とぼくは言った。

「どうとは？」とラルサンも繰り返した。

「何か新たな発見はありましたか？」

ラルサンは明らかに不機嫌そうだった。城に戻る途中、彼がぶつぶつ言う声がした。

「いやはや、このわたしがそんな大間違いをするだろうか」

それはひとり言というより、ぼくに聞かせようとした言葉らしい。

そしてラルサンは、こう続けた。

「なに、すぐにはっきりするさ……そろそろ夜が明けるころだ」

18　ルルタビーユは両側が盛りあがった額の真ん中に円を描いた

【ジョゼフ・ルルタビーユの手帳からの抜粋（承前）】

ぼくとラルサンはむっつり顔で挨拶を交わすと、部屋の前で別れた。ラルサンは体系的な方法こそ欠いているけれど、飛び抜けて頭がいいし発想もユニークだ。そんな彼が今、自分は間違っているかもしれないと思い始めている。ぼくはしてやったりという気分だった。そのまま寝ずに夜明けを待ち、庭におりた。そして城のまわりをめぐり、やって来る足跡、帰っていく足跡をすべて調べた。けれども足跡はごちゃごちゃに混ざり合っていて、何の手がかりも得られなかった。ここで断わっておきたいのだが、ぼくは犯行の経路に残された痕跡にはあまり重きを置かないようにしている。足跡から犯人を割り出すようなやり方は、まったく時代遅れだ。同じような足跡など、いくらでもある。だから最初のとっかかりにするぶんにはけっこうだが、確たる証拠とは見なせない。

ともかくぼくは千々に乱れた気持ちのまま前庭に向かい、残っている足跡のうえに身を乗り出して、ひとつひとつ調べていった。《最初のとっかかり》なりとも、手に入れたかったから。廊下で起きた奇怪な出来事を、合理的に解明する手がかりが欲しかったのだ。いったいどうすれば、筋の通った説明がつけられるんだ？

さあ、理性を正しく働かせねば！　ぼくは人気(ひとけ)のない前庭の石に、しょんぼりと腰かけた。ぼくは何をやってるんだ。そこらのぼんくら警官みたいに、もう一時間以上もつまらない作業にかかずらって……足跡なんかの口車に乗せられて、新米刑事よろしく自分から間違いに飛びつこうっていうのか。

ぼくは自己嫌悪でいっぱいになった。まったく最低だ。現代の小説家たちが思い描く刑事よりも能なしじゃないか。エドガー・アラン・ポオやコナン・ドイルの小説を読んで捜査方法を学んだ警官よりも。ああ、小説に出てくる警官ときたら……砂のうえに残る足跡や壁についた手の跡から、馬鹿な推理の山を築くのだから。「あんたに言ってるんだ、フレデリック・ラルサン。あんたのことさ、小説に出てくる警官っていうのは。コナン・ドイルの読みすぎなんだよ……シャーロック・ホームズがあんたにへまをさせるんだ。本のなかのへまよりも、もっと大きな推理の間違いを。おかげであんたは無実の人間を逮捕しかけている。コナン・ドイル流のやり方で、予審判事や刑事部長や……みんなを言いくるめた。あとは最後の証拠を待つばかりか。最後の証拠だって？　それより、最初の証拠はどうした！　感覚でつかんだものは、何の証拠にもなり得ないぞ。ぼくだって目に見える手がかりを無視しちゃいないさ。でもそれは、理性が描いた円のなかに導き入れるためにほかならない。ああ、その円はたいていとても、とてもちっぽけだけれど……どんなに小さくても、それは無限に広がっている。だってそこには、真実しか含まれていないのだから。そうとも、誓って言うが、目に見える手がかりはぼくにとってただの下部(しもべ)にすぎず、主人だったことは一度もない。だから感覚に支配されて、怪物になったりしなかった。きちんとものを見る目を持たない人間より、もっと恐ろしい怪物にね。おい、フレデリック・ラルサン、ぼくはあんたのような間違いを犯さない、動物的な本能に惑わされないだろう」

なのに、ああ、それなのに、昨晩、あの廊下で、ぼくの理性が描いた円に収まりそうもない奇怪な出来事が初めて起きたものだから、ぼくはすっかりうろたえてしまい、こうして地べたに鼻先を押しつけている。食べられる残飯でもないかと、泥のなかをあさる豚みたいに……さあ、ルルタビーユよ、顔をあげろ。廊下の怪事件だって、理性が描いた円からはみ出すことはあり得ない。それは自分でもわかっているはずだ。だから、顔をあげろ。盛りあがった額に両手をあて、思い出すんだ。紙に幾何学図形を描くように、頭のなかに円を描いたとき、おまえは理性の正しい側面をとらえたってことを。

さあ、歩き出せ。あの廊下の怪事件に戻って考えるんだ。フレデリック・ラルサンがステッキにすがるみたいに、理性の正しい側面をたよりにして。そしてさっさと思い知らせてやれ。名探偵フレッドはただの愚か者だってことを。

ジョゼフ・ルルタビーユ　十月三十日、正午

ぼくはそんなふうに考え……そう行動し、熱に浮かされたように二階の廊下に戻った。新たな手がかりは何も見つからなかったけれど、理性の正しい側面によりひとつ気づいたことがあった。あまりに驚くべき発見だったので、これは正しい推論なのだと自分に言い聞かせなけれ

ば、まともに立っていられないほどだった。

よし、気力を奮い起こそう。今度は目に見える手がかりを探すんだ。それは円のなかに収まるはずだ。両側が盛りあがった額の真ん中に描いた、もっと大きな円のなかに。

ジョゼフ・ルルタビーユ　十月三十日、深夜

19 ルルタビーユ、わたしを《望楼亭》の昼食に誘う

ルルタビーユがこの手帳をわたしに託したのは、ずっとあとになってのことだったが、彼は廊下の怪事件があった翌朝、奇怪な現象の一部始終をこのように記録しておいたのだった。すでにみなさんにはお読みいただいた話を、わたしはグランディエ城へ駆けつけた日、彼の部屋で詳しく聞かせてもらった。ほかにもルルタビーユは、その週パリですごした数時間にどこで何をしたのか語ったが、有益な収穫はまったくなかったらしい。

廊下の怪事件があったのは、十月二十九日から三十日にかけての深夜だった。わたしが再び城を訪れたのは十一月二日だから、その三日前だ。こうしてわたしは十一月二日、わが友からの電報に呼び出され、拳銃を用意してグランディエ城に向かったのである。

そして今、ルルタビーユの部屋で、彼の話を聞き終えたところだ。

彼は話しているあいだ、丸テーブルのうえにあった鼻眼鏡の凸レンズをずっとこすっていた。

彼が老眼鏡をいじくる嬉しそうな様子から、それが理性の正しい側面によって描かれた円のなかに収まるべき、目に見える手がかりのひとつなのだとわかった。彼は自分の考えを言いあらわすとき、実にぴったりのうまい言葉づかいをする。その風変わりでユニークなやり方にはもう驚かなくなっていたが、彼の表現を理解するためには、まずその思考法を理解しなければならないこともあった。ところがジョゼフ・ルルタビーユが何を考えているかを見抜くのは、必ずしも容易ではない。彼が考えているのは、わたしがこれまで見聞きしたなかで最も奇妙なことだった。ルルタビーユは行く先々で、日々そんな考えを披露しているが、そこでみんなが驚いているとは――はっきり言えば、あきれ果てているとは――露ほども思っていないのだ。いったいどんな発想をしているんだろうと、みんな不思議がっている。おかしな人物と通りですれ違ったとき、思わず立ちどまってふり返り、長々と見つめるように。〈あいつはどこから来て、どこへ行くんだ？〉と思うように、〈ルルタビーユの発想はどこから生まれ、どこへ向かうんだ？〉と自問する。彼は自分の考え方が独自の色合いをしているなんて思ったこともない。だから何も気にせず、みんなと同じように世を渡っている。自分の突拍子もない身なりに気づかない男のように、どんな場所でも悠然としていられるのだ。頭がいいのはぼくのせいじゃないと言わんばかりに。だから彼はとてつもないことを、気取らずもったいぶらず、簡潔な論理で表現する。あまりに簡潔すぎるので、びっくりして見ているわたしたちの前で正面からわかりやすく解きほぐしてくれないと、凡人たる身には理解がおよばないほどだ。

ルルタビーユは今、わたしに聞かせた話をどう思うかたずねた。そんなことを訊かれても困る、とわたしは答えた。すると彼は、きみも理性を正しい側面からとらえてみろと言い返した。

「そうだな」とわたしは言った。「推理の出発点は、まずこうなるだろう。犯人はきみたちに追いかけられていたとき、まだ廊下にいたことは間違いない」

そこでわたしは言葉を切った。

「出だしは悪くないぞ」とルルタビーユは叫んだ。「そこで終わりじゃ、あきらめるのが早すぎだ。さあ、もうちょっとがんばって」

「がんばるとも。犯人が廊下にいたが、そのあとそこから姿を消した。しかしドアや窓から外に出ることはできなかった。だったら犯人は、別の出口から逃げたとしか考えられない」

ルルタビーユは憐れむような目でわたしを見つめ、ふんと鼻で笑った。そしてさほどためらう様子もなく、きみは相変わらず間の抜けた推理をするもんだと言った。

「いや、間抜けどころか、フレデリック・ラルサン並みの推理だ！」

ことほどさようにルルタビーユは、フレデリック・ラルサンに対し称賛と軽蔑を交互に繰り返した。「手ごわい男だ」と叫ぶこともあれば、「大馬鹿者だ」と切って捨てることもある。わたしが気づいたところによると、ラルサンの発見が自分の推理を裏づけているかどうかによるものらしい。この異端児は気高い性格ながら、そんな俗っぽいところも持ち合わせていた。

ぼくたちは立ちあがり、連れ立って外に出た。前庭から正門に向かおうとしていたとき、鎧戸があいてばたんと外壁にぶつかる音がした。ふり返ると城の左翼二階の窓に、きれいにひげを剃った赤ら顔が見えた。わたしの知らない男だった。

「おや」とルルタビーユは小声で言った。「アーサー・ランスじゃないか」

ルルタビーユは見あげていた顔をおろし、足早にまた歩き始めた。ぶつぶつと彼がつぶやく声が聞こえた。

「それじゃあ、あの晩も城にいたのだろうか？　いったい何しに来たんだ？」

城からかなり離れたあたりで、わたしはルルタビーユにアーサー・ランスのことをたずねた。いったい何者で、どこで知り合ったのかを。さっき話したばかりじゃないか、と彼は答えた。そういえば彼は大統領官邸のレセプションで、フィラデルフィアから来たアメリカ人学者のアーサー・W・ランスと何度も杯を交わしたのだった。

「でも、すぐにフランスを発つはずだったのでは？」とわたしはたずねた。

「たしかに。だからぼくも彼の姿を見て、びっくりしたんだ。まだフランスにいただけでなく、グランディィエ城で会うとはってね。彼は今朝着いたんじゃない。夜中に着いたわけでもない。きっと夕食前に着いたけれど、ぼくとは顔を合わせなかったんだ。でも、なぜ門番夫婦はぼくに知らせなかったのだろう？」

そういえば、どうやって門番夫婦を釈放させたのかまだ聞いていないと、わたしはわが友に指摘した。

ちょうど門番小屋の近くまで来ていた。ベルニエ夫妻はわたしたちの姿を見て、満面の笑みを浮かべた。身柄を拘束されていたときのことは、もうすっかり忘れているかのように。アーサー・ランスは何時に着いたのか、ルルタビーユは彼らにたずねた。ランスさんがお城にいらしていたことも知りませんでした、というのが二人の答えだった。昨日の晩にやって来たのだろうが、彼らが正門の鉄柵扉をあけて迎え入れたわけではないからと。アーサー・ランスは健脚なので迎えの馬車は断わり、いつもサン＝ミシェル村の駅でおりて森を抜け、城まで歩いて来るのだという。聖女ジュヌヴィエーヴの洞窟の側を下って低い鉄柵をまたぎ、庭に入るのだ。

門番夫妻がそう話すあいだに、ルルタビーユの顔は見る見る曇っていった。何か気に入らないことでもあるらしいが、それが自分自身に対する不満なのは明らかだった。グランディエ城に泊まりこんでせっせと内情を調べていたのに、アーサー・ランスが城に来ていたのを知らなかったのが腹立たしいのだろう。

彼はふくれっ面でたずねた。

「アーサー・ランスは何度か城に来たことがあると言ったが、最後に来たのはいつだね？」

「正確なことはわかりませんが」と門番のベルニエは言った。「捕まっていたあいだのことはわからないんで。それにあの方は城に来るとき、わたしたちが番をしている正門は通らないものですから。お帰りになるときもです」

「それじゃあ、最初に来たのはいつだかわかるかな？」

「ええ、九年前で」

「それじゃあ、彼は九年前にもフランスに来たのか」とルルタビーユは言った。「だったらもうひとつ、彼は何回くらいグランディエ城に来たんだろう？」

「三回です」

「きみの知る限りでいいが、前回最後にグランディエ城に来たのは？」

「黄色い部屋の事件の一週間ほど前です」

するとルルタビーユは、門番の細君に向かってたずねた。

「板張り床の溝にあったんだね？」

「ええ、板張り床の溝です」と細君は答えた。

「ありがとう。それじゃあ、今夜に備えてくれ」

ルルタビーユはそう言うと、他言は無用だというように人差し指を口にあてた。

わたしたちは庭を出て、《望楼亭》へ向かった。

「きみはあの旅籠へ、ときどき食事に行っているのか？」

「ときどきね」

「城でも食事をしているんだろ？」

「ああ、ラルサンといっしょにどちらかの部屋で食べることもある」

「スタンガルソン教授はいっしょに食べようと言わないのか？」

「一度もないな」

「きみたちがいるのを迷惑がっているのでは？」

「さあ、どうだか。ともかく、ぼくたちを邪魔にしている様子はないが」

「教授から何かたずねられたことは？」

「いや、まったく。黄色い部屋の事件があったときから、教授は精神状態がそのままなんだろう。ドアのむこうでわが子が殺されかけている。ようやくドアを破ってなかに入ってみると、犯人は影も形もない。そんな無力感から、どうせぼくらだって何も見つけられないと思うようになった。ただラルサンがあんな推理を持ち出したものだから、ぼくらの妄言には逆らわないでおこうとしているのさ」

ルルタビーユはしばらくじっと考えこんでいたが、どうやって門番夫婦を自由にしてあげたかを説明し始めた。

「まずは紙を一枚持ってスタンガルソン教授のところへ行き、ここにこう書いてサインしてくださいとたのんだ。『わが忠実なる使用人ベルニエ夫妻がいかなる証言をしようとも、彼らを解雇することはないと約束します』とね。この念書があれば門番夫婦の口をひらかせることができると、ぼくは教授に説明した。それに彼らがあの事件と無関係なこともはっきり伝えた。ぼくはもともとそう思っていたし。予審判事が教授がサインしたその念書をベルニエ夫妻に見せたところ、彼らは本当のことを語った。お払い箱にされる心配さえなくなれば、きっと話すだろうと思っていたとおりのことをね。彼らはスタンガルソン教授の領地で密猟をしていたんだ。事件があった晩も、離れからほど近いあたりで密猟の最中だった。スタンガルソン教授から掠め取った獲物のウサギは、《望楼亭》の主人が買って客に出すか、パリで売るかしていたのだろう。それがことの真相だと、ぼくは最初の日から見抜いていたんだ。ほら、《望楼亭》のドアをひらかせた言葉を覚えているだろ？　『こうなったら牛肉を食べるしかない』っていう。実はあの朝、城の正門に着く少し前に、ぼくはあれを耳にしていてね。きみも聞いたはずだが、大事なことだとは思わなかったんだな。ぼくたちは正門の近くまで来たとき、一瞬立ちどまって男のほうを見た。庭の塀に沿って行ったり来たりしながら、そのたび懐中時計を確かめている男。それはすでに捜査を始めているフレデリック・ラルサンだった。あのときぼくたちの後ろには、旅籠の主人がいたんだ。主人は店の戸口に立って、なかの誰かにこう言っていた。『こうなったら牛肉を食べるしかない』ってね。

どうして《こうなったら》なんだろう？　ぼくみたいに謎に包まれた真実を追っている人間は、見えたもの、聞こえたこと、何ひとつおろそかにしてはいけない。あらゆる事象に意味を探らねばならない。ぼくたちは大事件に動転している片田舎にやって来たんだ。ぼくは論理に導かれるまま、事件に関係がありそうな発言には軒なみ注意を払うことにした。《こうなったら》というのは、ぼくには《あんな事件があったあとだから》という意味に聞こえた。だから調査を始めた当初から、あの言葉と事件に、何か関係があると思っていたんだ。そこで《望楼亭》へお昼を食べに行き、さっそくあの言葉を言ってみた。するとどうだ、マチュー親父はびっくりして、なにやら気まずそうにしているじゃないか。なるほど彼にとっちゃ、まんざら意味のない言葉じゃなかったわけだ。そのときぼくは、門番夫婦が逮捕されたことを知った。マチュー親父は、親しげに彼らの話をしている。それに逮捕されたのを残念がっているようだ。そこで必然的に、いくつかの考えが結びついたのさ。《こうなったら》というのは、門番夫婦が逮捕されたからにはってことだな。だから《牛肉を食べるしかない》。つまり門番夫婦がいなければ、狩りの獲物が手に入らないんだ。どうして《狩りの獲物》に思いいたったかって？　マチュー親父が、スタンガルソン教授の森番を毛嫌いしていたからさ。門番夫婦もそうだと、彼は言っていた。それでぴんときたんだ。ははあ、これは密猟だなって。ところで事件があったとき、門番夫婦はあきらかにまだ寝ていなかった。彼らはどうしてあの晩、外にいたんだろう？　事件に関わっていたのか？　ぼくにはそう思えなかった。なぜって、いずれ理由は説明するが、ぼくはこの事件に共犯者はいないと思っているからだ。この事件には、スタンガルソン嬢と犯人を結びつける秘密が隠されている。でもそれは、門番夫婦とは関係ない。門番夫婦についていては、密猟ですべてが説明できる。論理的には筋が通っているのだから、あとは門番小屋から証拠を見つけるだけだ。きみも知ってのとおり、ぼくは彼らの家を調べて、ベッドの下から輪差（わさ）と真鍮の針金を見つけた。〈やっぱりだ！〉とぼくは思った。だから門番夫婦は夜中に庭に出ていたんだ。彼らが予審判事の前で口を閉ざし、重大犯罪の共犯者ではないかと疑われても、すぐに密猟を告白しなかった気持ちもわからないではない。密猟していたのだと言えば、重罪裁判所送りは免れるだろうが、城から追い出されてしまう。殺人未遂事件の共犯者でないことは確かなんだから、そちらはいずれ身の証が立ち、密猟も知られずにすむかもしれない。いざとなったら本当のことを言えばいいのだから、それまで様子を見ようと思ったのだろう。だからぼくはスタンガルソン教授がサインした念書を見せ、さっさと本当のことを言うよう彼らをうながしたのさ。必要な裏づけもすぐに取れ、彼らは晴れて自由の身となった。もちろん、ぼくには感謝感激だ。どうしてもっと早く、彼らを釈放させなかったのかって？　だってあのときはまだ、密猟のほかには何もしていないという確証が得られなかったからさ。だから門番夫婦のことはそのままにして、調査に専念した。彼らは無関係だという思いは、日々強くなった。そして廊下の怪事件があった翌日、忠実な協力者がどうしても必要になったぼくは、門番夫婦の信頼を得るべくいましめを解かせたというわけだ」

ジョゼフ・ルルタビーユの説明を聞き、彼が門番夫婦の共犯疑惑の真実にいたった単純明快な推理の筋道に、わたしはあらためて驚かざるを得なかった。たしかにこの件自体はささいな問題だったかもしれないが、彼は黄色い部屋の謎や廊下の怪事件についてもいずれ同じように単純明快に説明してくれるに違いないと、わたしは心密かに思っていた。

わたしたちは《望楼亭》に着き、なかに入った。

その日は主人がおらず、マチュー親父の細君が満面の笑みで迎えてくれた。店内の様子は前に記したとおりだし、やさしい目をした金髪の魅力的な女性のことにもちらりと触れておいたはずだ。彼女はさっそくわたしたちに出す昼食の準備にかかった。

「マチュー親父さんはお元気ですか?」とルルタビーユはたずねた。

「いえ、あんまり。まだ寝こんでいて」

「それじゃあ、リューマチがよくならないんですか?」

「そうなんです。昨晩もモルヒネを注射しなくてはなりませんでした。痛みをやわらげるには、あれしかないんです」

マチュー親父の細君はやさしい声で話した。体中からやさしさがにじみでている。美人で少し物憂げで、隈のできた大きな目は恋する女のようだ。リューマチのことはさておき、マチュー親父は果報者じゃないか。しかし細君のほうは、あんなリューマチ病みの気難し屋と暮らしていて、しあわせなんだろうか？　この前わたしたちが目にした場面から察するに、とてもそうとは思えないが、この女の態度を見ていると、ただあきらめているのではなさそうだ。彼女はおいしいシードルをひと瓶テーブルに置くと、料理の支度をしに調理場に戻った。ルルタビーユはシードルをカップに注ぎ、パイプに葉を詰めて火をつけた。そしてわたしに拳銃を持ってグランディエ城に来るようたのんだわけを、ようやく話し始めた。

「そう、実を言うと」と彼は言ってぷかぷかとパイプをふかし、渦巻く紫煙をもの思わしげな目で追った。「実を言うと、今夜犯人を待ち伏せるつもりなんだ」

そのあと続いた沈黙を、わたしはあえて破らないようにした。やがて彼は続けた。

「昨晩、そろそろ寝ようかと思っていたらノックの音がしてね、ドアをあけるとロベール・ダルザックが立っていた。そして明日の朝、つまり今朝のことだが、やむを得ない事情があってパリに行かねばならないと言うんだ。このパリ行きは絶対に中止できない、大事なことなのだが、理由や目的を明かすわけにはいかないとね。『だからわたしは城を発ちますが、今、スタンガルソン嬢のそばを離れずにすむなら、死んでもいいと思っているくらいなんです』と彼はつけ加えた。彼女の身に再び危険が迫っている。ダルザックはそんな危惧を隠そうとしなかった。『明日の晩、何が起きたとしても驚きません。でも、わたしはここにいることができない。明後日の朝までは、グランディエ城に戻れないんです』と彼は言った。

ぼくはいろいろたずねたが、ダルザックはこんなふうに説明しただけだった。どうしてそんなに心配するのかというと、何の偶然か彼がいないときに限ってスタンガルソン嬢が襲われるからだと。廊下の怪事件の晩も、グランディエ城を離れねばならなかったし、黄色い部屋の事件が起きた晩も、グランディエ城にいられなかった。たしかにそのとおりだ。少なくとも本人が言うには、城にいなかったことになっている。わかっているのに今回もまた城を留守にするのは、何者かの強い意向に従わざるを得ないからなのでは？　そう思って本人にも確かめると、ダルザックは『おそらく』と答えた。何者かとはスタンガルソン嬢のことでは、とさらにたずねたけれど、彼はきっぱり否定した。パリ行きを決めたのは自分の意志で、スタンガルソン嬢から指示されたものではないと。つまり、と彼は繰り返した。新たな事件が起きるかもしれないと思うのは、奇妙な偶然が重なったことに気づいたからにすぎない。それに予審判事も、そう指摘していたと。

『もしスタンガルソン嬢の身に何かあったら、彼女にとってもわたしにとっても恐ろしいことになるでしょう』とダルザックは続けた。『スタンガルソン嬢はまたしても殺されかけるかもしれません。それなのにわたしは、彼女を守ってあげることができないんです。しかも、その晩どこにいたのかを明かせないんですから。わたしが疑われていることは、よくわかっています。予審判事もフレデリック・ラルサン警部も、わたしが犯人だと思っているようだ。ラルサンはわたしがこの前パリへ行ったとき、ずっとあとをつけてきたくらいです。彼をまくのはひと苦労でしたよ』

『どうして犯人の名を言ってくれないんです？』とぼくは思わず叫んだ。『誰だか、わかっているのに』

ダルザックはぼくの問いかけに、とても動揺したようだった。そしておずおずと、こう言い返した。

『わたしが、犯人の名前を知っているですって？　誰が教えたっていうんです？』

ぼくは即答した。

『スタンガルソン嬢ですよ』

ダルザックはさっと青ざめ、今にも気を失うかと思うほどだった。やはりそうか。図星だった。スタンガルソン嬢とダルザックは、犯人の名前を知っている！　彼は少し落ち着きを取り戻すと、こう言った。

『そろそろお暇しましょう。あなたがここにいらして以来、とても頭の切れる優秀な方だと、ずっと感心していました。そこであなたにお願いしたいんです。明日の晩、事件が起こるというのは、わたしの思いすごしかもしれません。でも、備えておくに越したことはない。あなたなら、事件を未然に防げるはずです。あらゆる手段を駆使して、犯人がスタンガルソン嬢に近づけないよう守ってください。スタンガルソン嬢の寝室に誰も入れないようにするんです。番犬のように、寝室のまわりを見張ってください。眠ってはいけません。一瞬たりとも気をゆるめないで。犯人は恐るべき男です。抜け目のなさにかけては、世界一だと言ってもいいくらいだ。だからこそ、あなたが見張ってくれれば安心なんです。あんなに悪賢いやつですから、あなたが見張っていることに気づかないはずはありません。そうすればきっと、手出しはしないでしょう』

『このことはスタンガルソン教授に話したんですか?』

『いいえ』

『どうして?』

『犯人の名前を知っているんだろうと、さっきあなたはたずねましたよね。同じことをスタンガルソン教授にも言われたくないからです。犯人が明日、来るかもしれないとわたしが言ったとき、あなたはとても驚いていた。同じことを教授に話したら、どんなに驚愕することか。わたしの危惧には確かな根拠があるわけじゃない。たまたまわたしがいないときに、事件が起きているからというにすぎません。でも教授は、そんな偶然があるわけない、もう間違いないと思いこむでしょう。ルルタビーユさん、あなたにこれを打ち明けたのは、あなたをとても……とても信頼しているからなんです。わかってますよ、あなたがわたしを疑っていないと』

ダルザックは苦しみながらも、ぼくの質問に必死に答えようとした。かわいそうに。彼は死んでも犯人の名前を言わない覚悟でいる。その気持ちはよくわかっていただけに、ぼくは気の毒でしかたなかった。スタンガルソン嬢も黄色い部屋と廊下の怪事件の犯人を明かすくらいなら、殺されたほうがましだと思っているのだろう。犯人は何か恐ろしい方法でスタンガルソン嬢を、あるいは彼女とダルザックを身動きできなくさせているのだ。まさか娘が犯人の言いなりだと、スタンガルソン教授は思ってもいない。スタンガルソン嬢とダルザックは、教授に知られまいとしているのだ。ぼくはダルザックに、話はよくわかったと言った。これ以上知りたいことはないからもういい、寝ずの番をするので心配いらないと断言した。スタンガルソン嬢の寝室に誰も近づけないよう、しっかり警備網を敷くようにと、彼は何度も繰り返した。二人の看護係が寝ている居間や、廊下の怪事件以来スタンガルソン教授が寝ている客間のまわりも監視してくれと。つまりスタンガルソン嬢の居室のまわりはすべて、がっちり固めろということだ。なるほどダルザックはスタンガルソン嬢の部屋に誰も入れないようにするだけでなく、犯人がそれを見てさっさとあきらめ、足跡ひとつ残さずに退散するようにと願っているんだ。ダルザックが最後に言った言葉を、ぼくは心のなかでそう解釈した。『わたしが城を発ったら、明日の夜、犯人がまた来るかもしれないと、スタンガルソン教授に話してもかまいません。ジャック爺さんやフレデリック・ラルサンにも、城のみんなにも。そうしてわたしが戻るまで、しっかり見張っていてください。でもそれはあなたがひとりで考えたことだと、みんなには思わせておいてほしいんです』とダルザックは別れぎわに言った。

そして彼は帰っていった。哀れな男だ。彼はぼくの沈黙を前にして、すっかり度を失ってしまった。あんたの秘密は大方お見とおしだとばかりにぼくがにらみつけるものだから、自分が何を言っているのかわからなくなってしまったんだ。こんなときにぼくのところへやって来るなんて、恐ろしい偶然があるかもしれないと思いながらスタンガルソン嬢を残していくなんて、よほど進退きわまったんだろう。

ダルザックがいなくなると、ぼくはじっくり事態を検討した。ここはひとつ、犯人に先んじて、巧妙に立ちまわらねばならない。もし犯人が明日の晩、スタンガルソン嬢の寝室にやって来るつもりだとしたら、ぼくたちがそれに気づいていると思っていないはずだ。だったらそう思わせておいたほうがいい。いざとなったら殺してでも、寝室に入ることは阻止するが、生きていようが死んでいようが正体をしっかり確かめられるくらいまで、おびきよせなければ。ここで、けりをつけるんだ。スタンガルソン嬢が死に怯え続けなくてもいいように。そうとも（ルルタビーユはパイプをテーブルに置き、シードルのグラスを空けてそう続けた）、ぼくは犯人の顔をしっかり見極めねばならない。**理性の正しい側面によって描いた円に、その顔が収まっているのを確かめるためにね。**

　そのときマチュー親父の細君が、昔ながらのベーコンオムレツを持ってあらわれた。ルルタビーユにからかわれて愛想よく笑う姿が、なんとも魅力的だった。

「マチュー親父が元気で歩いているときより、リューマチで寝こんでいるときのほうが、彼女はずっと明るいな」とルルタビーユは言った。

　しかしわたしはルルタビーユの冗談にも、女主人の笑顔にもうわのそらだった。わが友がさっき最後に話したことや、ロベール・ダルザックの奇妙なふるまいが気になってしかたなかったから。

　オムレツを食べ終えて、再び二人きりになると、ルルタビーユは打ち明け話の続きにかかった。

「今朝いちばんできみに電報を送ったときは、《明日の晩、犯人がやって来るかもしれない》

とダルザックが言っているだけで、ぼくもまだ確信があったわけじゃない。でも、今なら断言できる。犯人は必ず来るってね。そう、ぼくは待ち伏せするつもりだ」

「どうしてそう言いきれるんだ？　もしかして、たまたま……」

「何も言うな」とルルタビーユは笑ってさえぎった。「何も言うな。きみはすぐ、馬鹿なことを口走るからな。ぼくは必ずや犯人が来ると思っている。今朝の十時半からそう確信している。つまりきみが到着する前、前庭に面した窓にアーサー・ランスが姿をあらわす前にってことだ……」

「いやはや、まったく……それじゃあ、どうして十時半にいきなり確信できたっていうんだ？」

「スタンガルソン嬢が今夜、犯人を寝室に入れる準備をしている証拠が、十時半に得られたからさ。ロベール・ダルザックがそれを阻止しようと、ぼくにせっせと訴えたようにね」

「何だって！」

わたしはそう叫んだあと、小声で続けた。

「スタンガルソン嬢はロベール・ダルザックを愛しているんじゃなかったのか？」

「たしかにぼくはそう言った。本当のことだからね」

「だったらおかしいじゃないか……」

「この事件は、おかしなことだらけなのさ。でも、いいかい、きみは今おかしい、おかしいって首をひねっているけれど、このあと待ち受けている出来事はその比じゃないぞ」

「スタンガルソン嬢と犯人のあいだに、少なくとも手紙のやりとりがあることは認めなくては」とわたしは言った。

「そうそう、認めればいいんだ。何もためらうことはない。スタンガルソン嬢の机に手紙が置いてあった話はしたよな。廊下の怪事件があった晩、犯人が残していった手紙だ。あれはスタンガルソン嬢のポケットに消えたのだろう。犯人はあの手紙のなかで、次の待ち合わせの準備をするようスタンガルソン嬢に指示したに違いない。ダルザックが城を空けることになったら、その日の晩に行くからと言い渡したんだ」

わが友はそれから黙ってにやりと笑った。彼にからかわれているのかと思うことが、時々ある。

そのとき店のドアがあき、ルルタビーユはぴょんと立ちあがった。椅子に電流が走ったのかと思うくらいだった。

「アーサー・ランスさんじゃないですか」と彼は叫んだ。

アーサー・ランスはわたしたちの前で、悠然と一礼した。

20 スタンガルソン嬢のふるまい

「ぼくのことは覚えていますよね？」とルルタビーユはこの紳士にたずねた。

「覚えているとも」とアーサー・ランスは答えた。「立食パーティーで会った少年だね（ルルタビーユは少年と言われたのが気に入らなかったのか、顔を真っ赤にさせた)。部屋の窓から姿が見えたんでね、ひと言挨拶しに来たんだ。きみはなかなか愉快な男だな」

そう言ってランスが手を差し出すと、ルルタビーユもにっこりして握手を受け、わたしをアーサー・ウィリアム・ランス氏に紹介し、いっしょに食べませんかと誘った。

「いや、スタンガルソン教授と昼食をすることになっているので」

アーサー・ランスはほとんど訛(なま)りのない、完璧なフランス語を話した。

「またお目にかかれるとは、思っていませんでしたよ。大統領官邸のレセプションのあと、一両日中に帰国される予定だったのでは?」

ルルタビーユもわたしもただの雑談を装っていたが、本当はアメリカ人の言葉を一言一句聞き逃すまいと、注意深く耳を傾けていた。

赤黒い顔、重たくたれさがった瞼(まぶた)、顔の痙攣(チック)、どれをとってもアルコール依存症の症状を示している。こんな惨めな男を、スタンガルソン教授はよく食事に誘ったりするものだ。この男は高名な科学者とどうして親しいんだろう?

数日後、わたしはフレデリック・ラルサンの口から、そのわけを知らされた。彼もランスが城に来ているのを不審に思い、調べてみたのだという。それによると、ランスがアルコール依存症になったのは十五年ほど前、ちょうどスタンガルソン父娘がフィラデルフィアをあとにしたころのことだった。スタンガルソン父娘はアメリカ在住当時、アーサー・ランスと知り合い親しくつき合っていた。ランスは新世界で最もすぐれた骨相学者のひとりで、ガルやラヴァーターといった先駆者たちの研究を、斬新な実験によって大きく進展させたのだった。彼がグランディエ城に招かれるほどスタンガルソン父娘と親しくなったのには、次のような経緯がある。あるとき、スタンガルソン嬢が乗っている馬車の馬が暴走を始めた。ランスはそれを命がけで止め、彼女を救ったのだ。そのあとアーサー・ランスとスタンガルソン嬢のあいだに、いっときほのかな友情がめばえたが、それは恋愛と言えるようなものではまったくなかった。

フレデリック・ラルサンはこんな話を、どこで仕入れてきたのだろう？　彼はそれを明かそうとしなかったが、信憑性には自信があるらしい。

アーサー・ランスが《望楼亭》へ挨拶に来たときこうした裏話を知っていれば、彼が城に来ていたからといってさほど不思議に思わなかったかもしれないが、いずれにせよこの新たな登場人物に対する関心はいやましたことだろう。歳は四十代半ばといったところ。彼はルルタビーユの質問に、自然な調子で答えた。

「スタンガルソン嬢が襲われたと聞いて、帰国を遅らせたんだ。出発前に、彼女が命に別状ないことを確かめたくてね。すっかり快復してから帰るつもりだ」

ランスはそこでルルタビーユの質問をはぐらかすかのように話題を変え、訊かれもしないのに事件について個人的な意見を述べ始めた。わたしが理解したところでは、フレデリック・ラルサンの見立てと大差なかった。つまりランスも、ロベール・ダルザックが事件に何らかの関わりがあると思っているらしい。はっきり名指しこそしなかったが、彼のご高説が何をほのめかしているのかは容易にわかった。ルルタビーユ君の活躍で、黄色い部屋の悲劇のもつれた糸が解きほぐされたのは知ってますよ、と彼は言った。城の廊下で起きた怪事件についても、スタンガルソン教授から聞いているという。その口ぶりから察するに、すべてロベール・ダルザックのしわざだと思っているようだ。こんな不可思議な事件が起きたとき、ちょうどダルザック氏が城にいなかったのは残念至極だと、ランスは何度も繰り返した。何を言いたいのかは、一目瞭然だ。そして最後にランスは、こう締めくくった。ジョゼフ・ルルタビーユ君に監視を依頼するとは、ダルザック氏も実にうまいことを思いついたものだ。ルルタビーユ君なら、いずれ必ずや犯人を見つけ出してくれるだろうと。彼はあからさまな皮肉をこめて最後のひと言を言うと、立ちあがって一礼し、店から出ていった。

　ルルタビーユは彼が遠ざかるのを窓から眺めていたが、やがてこう言った。

「妙な男だ」

　わたしはたずねた。

「彼は今晩、グランディエ城に泊まるんだろうか？」

　しかし驚いたことに、ルルタビーユはどうでもいいと答えただけだった。

　その日の午後をどうすごしたかに話を移そう。わたしたちは森を散歩し、ルルタビーユは聖女ジュヌヴィエーヴの洞窟に案内してくれた。わが友はそのあいだずっと気がかりな話題には触れず、あたりさわりのないことばかり話していた。こうして夜になった。驚いたことに、ルルタビーユはわたしが予想していたような準備にまるで入ろうとしない。あたりが真っ暗になったころ、わたしは彼の部屋で本人に確かめた。するとルルタビーユは、細工は流々、今度こそ犯人を逃さないと答えた。でも犯人は、廊下から忽然と消え失せたじゃないか。またそんなことが起きないとも限らない。そんなわたしの指摘にも、彼はこう答えただけだった。「そうかもしれない。今夜はぜひ、そうなってほしいものだ」と。わたしはそれ以上、たずねなかった。そんなことをしても無駄だし、かえって逆効果だと経験的にわかっていたからだ。ルルタビーユが言うには、朝から彼と門番夫婦の手で城に厳重な警戒態勢が敷かれているのだそうだ。城に近づく者がいれば、必ず彼のところに知らせが入るようになっている。外から誰もやって来なければ、内部の人間については心配ないとのことだった。

そのとき時刻は六時半。ルルタビーユが上着の内ポケットから取り出した懐中時計の針が、それを示していた。彼はさっと立ちあがると、わたしについてくるよう合図し、まるで警戒するふうもなく廊下を歩き始めた。足音を忍ばせることもなければ、静かにしていろと注意することもない。わたしたちは《直線廊下》を右に曲がって階段の踊り場を越え、そのまま左翼に入ってスタンガルソン教授の居室の前を過ぎた。廊下の端、望楼の手前の部屋が、アーサー・ランスが使っている寝室だった。その日の昼ごろ、前庭に面した部屋の窓に彼の姿があったので、それはわたしたちも知っていた。部屋のドアは廊下の突きあたりにあるので、《直線廊下》の反対側の端、先日ルルタビーユがジャック爺さんを配置した場所とは向かい合わせの位置関係になる。つまり部屋から出てドアを背にすると、左翼、踊り場、右翼と言う順番で《直線廊下》がすべて見渡せるわけだ。《曲がり廊下》は右翼側にしかなくて、この位置からは見えない。

「《曲がり廊下》はぼくが担当しよう。ぼくが指示を出したら、きみはここに待機してくれ」
ルルタビーユはそう言って、廊下に作りつけた三角形の狭い物入れにわたしを押しこんだ。物入れはドアの斜め左にあるので、そこからでも廊下で起きていることがすべて、ひと目で見渡せるし、ランスの部屋のドアを見張ることもできた。わたしの監視所となる物入れの扉には、ガラスの小窓がついていた。廊下はランプがすべて明々と灯っていてとても明るいが、物入れのなかは薄暗くて、スパイするには格好の場所だ。

だってそうだろう。これをスパイと呼ばずして、何と呼べばいいんだ？　下っ端刑事のやることじゃないか。わたしの大嫌いな仕事だ。スパイの真似ごとをするなんて性に合わないだけでなく、弁護士という仕事柄、そんな品位に欠けることをするわけにはいかない。もし弁護士会の会長に見られたら、もしわたしのふるまいが裁判所で知られたら、弁護士評議会に何て言われるだろう？　しかしルルタビーユは、わたしが彼の頼みを断わるかもしれないなんて考えてもみなかったようだ。わたしもたしかに断わらなかったのだけれど。なぜかというに第一には、彼に臆病者だと思われたくなかったから。それにもうひとつ、仕事以外でもあらゆる場で真実を追究したいと常々望んでいたから。そして最後には、もうわたしは抜き差しならないところまで来てしまったからだ。もっと早く立ち止まってみるべきだった。どうして躊躇(ちゅうちょ)しなかったんだろう？　好奇心が強すぎるのかもしれない。しかしわたしは今、ひとりの女性の命を救おうとしているのだ。そうした気高い志を禁じる法は、どんな職業規定にもない。

わたしたちは廊下を引き返した。スタンガルソン嬢の居室の前まで来ると、客間のドアがあいて執事が出てきた。夕食を運んできたのだろう（三日前からスタンガルソン教授は、娘といっしょに二階の客間で夕食をとっていた）。ドアが少しあいたままだったので、スタンガルソン嬢の姿がよく見えた。執事が下がると、彼女は床に何か落とした。スタンガルソン教授がそれを拾おうと身をかがめる。彼女はその隙に、手にした小さなガラス瓶の中身を父親のグラスにすばやく注いだのだった。

21　待ち伏せ

スタンガルソン嬢のふるまいにわたしは驚愕したが、ルルタビーユはさほど驚いた様子はなかった。わたしたちは彼の部屋に戻った。ルルタビーユはたった今目撃した場面については触れず、今夜の最終的な指示をしただけだった。まずは夕食をすませたあと、わたしは物入れに身を潜め、じっと事態を見守るのだ。

「先に何か気づいたら、ぼくに知らせてくれ」とわが友は言った。「犯人が《曲がり廊下》とは別の経路で《直線廊下》にやって来たら、きみのほうがぼくより先に気づくはずだ。きみは《直線廊下》をすべて見わたせるが、ぼくは《曲がり廊下》しか監視できないからね。知らせるには、《直線廊下》の窓にかかっているカーテンの留め紐をほどくだけでいい。物入れのすぐ手近にある留め紐を。そうすればカーテンがさっと窓をふさいで、そこだけ四角い影ができる。廊下は明るく照らされているから。きみは、物入れから手を伸ばせばいいだけだ。ぼくは《直線廊下》と直角につながる《曲がり廊下》にいる。だから《曲がり廊下》の窓から、四角く光る《直線廊下》の窓がずらりと並んでいるのが見える。そのうちひとつが暗くなれば、何かあったとすぐにわかる」

「それから？」

「ぼくは《曲がり廊下》の角にかけつける」

「こっちはどうすればいい？」

「ぼくの姿が見えたら、犯人のあとを追ってすぐに来てくれ。ぼくはすでに犯人の正面にいるから、そいつの顔が円のなかに収まるかどうか確かめられるだろう」

「理性の正しい側面によって描いた円にだね」とわたしはにやりとして言い添えた。

「何を笑ってるんだ？　そんな場合じゃないぞ……浮かれていられるのは今のうちだ。すぐに笑ってなんかいられなくなるからな」

「もし犯人に逃げられたら？」

「かまいやしないさ」とルルタビーユは平然と答えた。「どうしても捕まえたいわけじゃないからね。きみが踊り場に着く前に、犯人は階段を駆けおり、一階の玄関から逃げ出すだろう。だってきみは《直線廊下》の奥にいるんだから。ぼくは犯人の顔さえ見ればいい。あとは勝手に逃げていかせるさ。ぼくに必要なのは、犯人の顔を確かめることなんだ。そうしたらスタンガルソン嬢に二度と手出しできないよう、うまく始末をつける。なに、殺すまでもない。でも犯人を生けどりにしちまったら、それこそスタンガルソン嬢とダルザックはぼくを許さないだろう。ぼくだって二人に恨まれたくない。彼らは善良な人間だ。でもスタンガルソン嬢が父親のグラスに睡眠薬を注いだのを見ただろ？　あれは今夜、犯人との会話で父親が目を覚まさないようにするためだ。だからぼくが黄色い部屋と廊下の怪事件の犯人をふん縛ってスタンガルソン教授に差し出したって、スタンガルソン嬢は感謝感激してくれやしないさ。廊下の怪事件の夜、犯人が魔法みたいに消え失せたのは、たぶんよかったんだろう。あの晩、スタンガルソン嬢は犯人が逃げ去ったと知って、ぱっと顔を明るくさせた。それを見てわかったのさ。哀れなスタンガルソン嬢を救うには、犯人を捕まえるんじゃなく、何らかの方法で黙らせることが必要なんだって。でも人を殺すのは、簡単な話じゃない。それに、ぼくがそこまでしていいものか……むこうの出方次第で、やむを得ない状況になれば話は別だが。とはいえスタンガルソン嬢に何も打ち明けてもらえないまま犯人を黙らせるのは、容易な仕事じゃない。素手ですべての謎に立ち向かうようなもんだ。さいわいぼくは、もう見抜いている。というか、推理している。今夜やって来る男の顔さえ確認できればいいんだ。きっとその顔は……」

「……円に収まる」

「まさしく。だからぼくは顔を見ても、驚きはしないだろうよ」

「でも、きみはすでに顔を見ているじゃないか。スタンガルソン嬢の寝室に飛びこんだ晩に」

「でも、よく見えなかったからね……蠟燭は床に置いてあったし、顔はひげもじゃだったし」

「今夜はひげを生やしていないだろうと？」

「いや、きっと生やしているだろうが、廊下は明るいからね。それにもう、ぼくは……という
か少なくともぼくの脳はわかっているので、あとは目が確認すれば……」
「顔さえ見れば逃がしてもいいなら、どうして拳銃を用意するんだ？」
「それはきみ、ぼくにさとられていると、犯人のほうも気づいていたら、何があるかわからな
いからさ。用心に越したことはない」
「たしかに今夜、犯人は来るんだね？」
「間違いない。きみがそこにいるのと同じくらいにね。スタンガルソン嬢は今朝の十時半から、
巧みにお膳立てをしていた。今夜、看護係はいらない、二十四時間休んでいいと、もっともら
しい口実をつけて言い渡し、代わりに見張り役は父親にたのんだ。教授はこの新たな職務を大
喜びで引き受けた。ダルザックがあんな言葉を残して城をあとにするや、スタンガルソン嬢は
自分のまわりから人払いを始めた。とくればもう、疑問の余地はないさ。犯人はやって来る。
ダルザックが恐れたとおり、そしてスタンガルソン嬢の準備どおり」
「恐ろしいことだ！」
「そうだな」
「さっき見たスタンガルソン嬢のふるまいは、父親を眠らせるためだったと？」
「ああ」
「われわれ二人っきりで、今夜に備えるのか？」
「四人だ。念のため、門番夫婦にも見張ってもらうから。見張るだけなら彼らの手は借りなく

ともすむだろうが……あとで門番が役に立つかもしれない。殺すか殺されるかになったら」

「じゃあ、殺し合いになるかもしれないと？」

「むこうがその気なら、死人も出るだろう」

「どうしてジャック爺さんには知らせなかったんだ？　今回は、ジャック爺さんの手を借りないのか？」

「そういうことだ」とルルタビーユはぶっきらぼうに答えた。

　わたしはしばらく沈黙を続けたが、どうしてもルルタビーユの腹のうちが知りたくて、単刀直入にたずねた。

「どうしてアーサー・ランスには知らせないんだ？　彼なら手を貸してくれるのでは……」

「いやはや」とルルタビーユは不機嫌そうに言った。「きみはスタンガルソン嬢の秘密をみんなに知らせたいのか？　さあ、夕食にかかろう。そろそろ時間だ。今夜はフレデリック・ラルサンの部屋で夕食をとることになっている。ラルサンがまだロベール・ダルザックを追いかけまわしていなければね。今は出かけていても、夜には必ず戻ってくるはずだ。やつにも一泡ふかせてやろう」

　そのとき、隣の部屋で物音がした。

「ああ、帰ってきたようだ」ルルタビーユは言った。

「訊き忘れていたが、ラルサンの前では内緒なんだろ、今夜の計画は？」

「もちろんさ。ぼくたち二人で計画し、二人で実行するんだ」

「そして手柄も独り占め、いや二人占めってわけか」

ルルタビーユはにやりとした。

「そのとおり」

わたしたちはフレデリック・ラルサンの部屋へ行った。さっき戻ってきたところだと彼は言い、食卓につくようすすめた。こうしてわたしたちはラルサンの部屋で夕食を共にした。ルルタビーユもラルサンも上機嫌だった。二人とも自分なりに真実に到達したと半ば確信しているからだと、わたしには容易に想像がついた。ラルサンには、わたしが自分からルルタビーユに会いに来たことにした。彼に引き留められてこの時間になったが、十一時の汽車でパリに帰る予定だ。今夜のうちに《エポック》紙に届けねばならないルルタビーユの原稿を預かっていくが、そこにはグランディエ城で起きた主な事件が報じられていると。ラルサンはその説明を聞いて、騙されやしないぞというように笑ったが、自分に関わりのないことには余計な口を出さなかった。ラルサンとルルタビーユは言葉づかいからイントネーションのひとつひとつまで気をつけながら、アーサー・W・ランスが城に滞在していることについて延々と意見を交わしていた。アメリカでの過去やスタンガルソン父娘との関係は、二人とももっと詳しく知りたいところだった。しばらくするとラルサンは急に苦しげな顔をして、声をしぼりだすようにこう言った。

「ルルタビーユ君、わたしたちがグランディエ城でできることは、もうたいしてないんじゃないかな。そろそろ引きあげどきだろう」

「ぼくもそう思います、フレッドさん」

「それじゃあきみは、事件は解決したと？」

「ええ、そうです。事件は解決しました。もうこれ以上、調べるべきことはないでしょう」とルルタビーユは答えた。

「犯人の正体はわかったのか？」

「あなたはどうなんです？」

「わたしはわかっているさ」

「ぼくもです」

「それは同じ人物だろうか？」

「違うでしょうね。あなたが意見を変えていないなら」とルルタビーユは答えた。

それから彼は、力をこめてつけ加えた。

「ダルザックさんは誠実な方ですよ」

「絶対に？」とラルサンは問い返した。「わたしは逆だと思っているがね。それじゃあ、勝負だな」

「ええ、勝負です。敗けませんよ、フレデリック・ラルサンさん」

「若さは怖いものなしだな」ラルサンはそう言って笑った。

ルルタビーユもおうむ返しに答えた。

「怖いものなしです」

ラルサンはわたしたちにお休みを言おうと立ちあがった。ところが突然両手を胸にあて、ぐらりとよろめいた。真っ青な顔をして、倒れないようルルタビーユに寄りかかっている。

「これはいったいどうしたことだ？　毒を盛られたんだろうか？」

ラルサンはそう言って、怯えたような目でわたしたちを見つめた。どうしたんですかとたずねても、もう返事もできない状態だ。彼は肘掛け椅子に倒れこみ、それ以上何も聞き出すことはできなかった。わたしたちは心配でたまらなかった。ラルサンのこともさることながら、自分たちのこともだ。というのも、わたしたちはラルサンと同じ料理を食べたのだから。わたしたちはせっせと介抱したが、彼はもうつらそうな様子はなかった。ただ肩のうえで頭を重そうによじっているだけだ。瞼は重くたれ下がって目を隠している。ルルタビーユはラルサンの胸に耳をあて、心音を確かめた。

顔をあげたとき、わが友はさっきの動転ぶりとは打って変わって落ち着いていた。

「眠っているだけだ」と彼は言った。

わたしたちはラルサンの部屋を出てドアを閉め、ルルタビーユの部屋に戻った。

「睡眠薬だろうか？」とわたしはたずねた。「するとスタンガルソン嬢は今夜、全員を眠らせるつもりなのか」

「おそらく」とルルタビーユは答えたが、心ここにあらずというふうだった。

「でもわれわれだって……われわれだって同じ睡眠薬を飲んだはずでは？」とわたしは叫んだ。

「きみは何ともないのか？」

「ああ、まったく」

「眠気は？」

「全然だな」

「それじゃあ、この上等な葉巻でも吸いたまえ」

　ルルタビーユはダルザックからもらったハバナ産の高級葉巻をさし出し、自分はパイプに火をつけていつものようにぷかぷかとふかし始めた。

　このあとわたしたちはひと言も発せず、十時まで部屋にいた。ルルタビーユはゆったりと肘掛け椅子に腰かけ、もの思わしげに額に皺を寄せ、遠くを見つめながらとぎれなくパイプをふかしている。十時になると彼は靴を脱いで靴下だけになり、わたしに合図をした。同じようにしろという意味らしい。こうして二人とも靴を脱ぐと、ルルタビーユはほとんど聞き取れないくらい小さな声で言った。

「拳銃を」

　わたしは上着のポケットから拳銃を出した。

「撃鉄を起こしておけ」

　わたしは撃鉄を起こした。

　ルルタビーユはドアの前へ行き、そろそろと注意深くあけた。ドアはまったく音を立てなかった。曲がり廊下に出ると、ルルタビーユはまたわたしに合図をした。物入れで待機しろという意味だ。わたしが歩き始めると、ルルタビーユは駆け寄ってきてわたしを抱きしめ、それからまたそっと部屋に戻った。わたしはこの抱擁に驚き、少し不安な気持ちで《直線廊下》に入った。無事、踊り場を抜け、そのまま左翼側の《直線廊下》を進んで物入れの前に着く。なかに入る前に、窓にかかっているカーテンの留め紐を近くから確かめた。なるほど、指先で軽く引けば分厚いカーテンがさっとおり、四角い窓明かりが隠れる。それがあらかじめ決めておいたルルタビーユへの合図だった。アーサー・ランスの部屋から足音が聞こえ、わたしはドアの前で立ち止まった。あいつはまだ寝ていないらしい。なぜまだ城にいるんだろう？　そう言えば、夕食はスタンガルソン父娘といっしょではなかったし。スタンガルソン嬢が父親の飲み物に何か注ぎ入れたとき、彼は少なくとも食卓にいなかったはずだ。

わたしは物入れに身を落ち着けた。廊下はランプの光で昼間のように明るく、むこう端までまっすぐ目が届いた。これなら、何が起きようと見逃す心配はない。でも、何が起こるっていうのだ？　おそらく、とても重大なことだろう。ルルタビーユの抱擁が脳裏によみがえり、またしても不安がこみあげてきた。あんなふうに友達を抱きしめるのは、よほどの大事がひかえているか、危険を冒そうとしているときだ。それならこの先、危険が待ち受けているのか？　拳銃を握りしめ、じっと廊下を見守る。わたしはヒーローという柄ではないが、臆病者ではないつもりだ。

こうして一時間ほど過ぎたが、その間、特に変わったことはなかった。外では、九時ごろに降り始めた激しい雨が、すでにあがっていた。

午前零時か一時までは何も起きないだろう、とルルタビーユは言っていた。ところが十一時半前に、アーサー・ランスの部屋のドアがあいた。蝶番がかすかにきしむ音がする。どうやら内側から、注意深く押しあけているようだ。ドアはしばらくひらいたままになっていたが、その時間がわたしにはとても長く感じられた。ドアは部屋から廊下に向かってあくようになっていた。だから部屋のなかやドアの陰で何が起きているのか、わたしのいる位置からは見えなかった。とそのとき、庭でおかしな鳴き声がした。さっきも二度ばかり聞こえたが、さほど注意を払わなかった。夜中に屋根の雨樋をうろつく野良猫の鳴き声に、いちいち聞き耳を立てないように。しかし三度目の今回はやけに朗々と響いてきたので、神獣様の鳴き声について聞いた話が脳裏によみがえった。今までグランディエ城で事件が起きるたびに、神獣様の鳴き声がしたという。わたしは思わずぞくっとした。ドアが閉まりかけると、その裏に男の姿が見えた。こちらに背を向け、大きな包みのうえにかがみこんでいたので、最初は誰だかわからなかった。男はドアを閉め、包みを抱えて物入れをふり返った。それでわたしには男の正体がわかった。こんな時間にアーサー・ランスの部屋から出てきたのは森番の緑野郎だった。着ている服は最初にグランディエ城に来た日、《望楼亭》に面した街道で見かけたときと同じだった。そのあと、ルルタビーユとわたしが城を出たところで偶然出会ったときも、やはりこの格好だった。だから間違いない。あの森番だ。はっきり見分けられる。森番はなんだか不安そうな表情をしていた。これで四度目、外で神獣様の鳴き声がしたので、彼は廊下に包みを置いて、物入れから数えて二つ目の窓に近寄った。わたしは感づかれてはまずいと思い、じっとしていた。

森番は窓辺に立ってガラスに額を押しつけ、夜の庭を眺めた。三十秒ほどもそうしていただろうか。月明りに照らされた明るい夜だった。けれども突然、分厚い雲が月を覆ってしまった。森番は腕を二度ふりあげて、わけのわからない合図を送った。そして窓から離れ、包みを持って踊り場のほうへ廊下を進み始めた。

《何かあったら、留め紐をほどけ》とルルタビーユは言っていた。たしかに何かあったが、これがルルタビーユの予期していたことなんだろうか？　そこまではわたしにもわからない。ともかく指示されたとおり実行するだけだ。わたしは留め紐をほどいた。心臓がどきどきした。森番はすでに踊り場まで達している。ところが驚いたことに、そのまま右翼の《直線廊下》へ進むと思いきや、一階の玄関に続く階段をおり始めた。

どうしたらいいんだろう？　わたしは窓を覆ったカーテンを馬鹿みたいに見つめた。合図は送ったのに、《曲がり廊下》の角にルルタビーユは姿をあらわさない。何も起きないし、誰もやって来ない。わたしは当惑していた。そのあとの三十分が、一世紀にも思えた。《さらに何か起きたら、どうしたらいいんだ？》合図はもう送ってしまったのだから、もう一度送ることはできない。だからといって、今この廊下でわたしが何かしたら、ルルタビーユの計画を損なってしまうかもしれない。いずれにせよ、わたしには何の責任もないはずだ。わが友に予想外のことが起きたとしても、悪いのは彼自身だ。もうこれ以上、ルルタビーユに急を知らせることもできないのだから、わたしは覚悟を決めて物入れから出た。そして靴下のまま足音を忍ばせ、静寂に耳を澄ましながら曲がり廊下のほうへ歩き出した。

曲がり廊下には誰もいなかった。わたしはルルタビーユの部屋の前へ行った。何の音も聞こえない。そっとノックしてみたけれど、応答なしだ。わたしはノブをまわしてドアをあけ、なかに入った。すると目の前の床には、ルルタビーユが長々と横たわっていた。

22 意外な死体

わたしは名状しがたい不安に駆られながらルルタビーユのうえに身を乗り出したが、眠っているだけだとわかって心底ほっとした。さっきフレデリック・ラルサンが突然眠りこんでしまったときのように、不自然なほど深い眠りだった。ルルタビーユも睡眠薬を盛られたのだろう。わたしたちが食べた夕食のなかに、薬が入っていたのだ。でも、どうしてわたしは平気なのか？　きっと睡眠薬は、ワインか水のなかに混ぜてあったんだ。それですべて説明がつく。わたしは食事のとき、何も飲まないから。生まれつき太りやすい体質なので、禁酒療法をしているのだ。わたしはルルタビーユを力いっぱい揺すったが、なかなか目をあけようとしない。これは間違いなく、スタンガルソン嬢のしわざだ。

彼女は父親だけでなく、ルルタビーユのことも警戒していたに違いない。彼はなんでもお見通しだから、目を光らせているはずだと。そういえば執事が夕食を運んできたとき、おいしい白ワインだからと熱心にすすめていた。きっとあれはスタンガルソン父娘の食卓を経由してきたのだ。

こうして十五分以上が過ぎた。何としてでも目を覚まさせなくては。そのためには非常手段に訴えるのもいたしかたない。わたしはルルタビーユの顔に、水差しの水をかけた。彼はようやく目をあけた。とろんとして、焦点の定まらない目だった。それでも、第一段階は成功だ。わたしは仕上げにかかることにした。ルルタビーユの頬に往復びんたをお見舞いし、ぐいっと体を起こす。いいぞ！　腕のなかでルルタビーユは体を硬くし、「続けてくれ。でも音は立てるなよ」とささやいた。音を立てずにびんたを喰らわせ続けるなんて、できるわけない。わたしは彼の頰をぐいっとつねりながら、体を揺すった。するとルルタビーユは、ようやく自分の足で立った。うまくいったようだ。

「眠らされてしまった……」とルルタビーユは言った。「十五分くらいは必死に眠気と戦ったんだが。でももう目が覚めた。いっしょにいてくれ」

彼がそう言い終えないうちに、耳をつんざく恐ろしい悲鳴が聞こえた。城中に響きわたるような、まさに断末魔の叫びだった。

「しまった」とルルタビーユは唸り声をあげた。「遅すぎたか！」

ルルタビーユはドアに向かって走り出そうとしたが、まだ朦朧としているのか、転んで壁にぶつかった。わたしは拳銃を握って廊下に出ると、スタンガルソン嬢の居室に向かって無我夢中で走った。《曲がり廊下》と《直線廊下》の角まで来ると、スタンガルソン嬢の居室から男が逃げ出し、ひとっ飛びに踊り場へ行くのが見えた。

わたしは思わず引き金を引いた……銃声が大音響で廊下にこだまする。しかし男はものすごい勢いで、転げるように階段を駆けおりていく。わたしは走ってあとを追いながら、「待て、撃つぞ、待て」と叫んだ。ちょうど階段にさしかかったとき、左翼側の《直線廊下》の奥からアーサー・ランスが、「どうした？　何事だ？」とわめきながらやって来た。そしてわたしとランスはほとんど同時に、階段の下に着いた。玄関の窓はあいていて、逃げていく男の姿がはっきりと見えた。わたしたちはそちらの方向に向かって、無我夢中で銃を撃った。十メートルと離れていない。男がよろめくのを見て、すぐに倒れるだろうと思った。わたしたちもすでに窓から飛び出していた。しかし男は力を盛り返して、また走り始めた。わたしは靴下一枚だし、アーサー・ランスは裸足だった。銃弾が命中しなければ、捕まえられそうにない。わたしたちは残りの弾をすべて撃ち尽くした。それでも男は走り続けている……前庭の右側、右翼の端に向かって。しかしそちらは濠と高い鉄柵に囲まれているので、敷地の外に出るのは不可能だ。わたしたちに追われて逃げこめそうなところといえば、張り出し式の小部屋くらいだろう。森番が今、使っている部屋だ。

男は銃で撃たれて怪我をしているはずなのに、わたしたちは二十メートルも離されてしまった。突然、背後の頭上で廊下の窓があき、必死に叫ぶルルタビーユの声が聞こえた。

「撃て、ベルニエ、撃つんだ」

月に照らされた夜の闇を、再び稲妻が引き裂いた。

月明りのなかに、望楼のドアの前に立って銃を構える門番ベルニエの姿が見えた。

ベルニエは狙いを定め、引き金を引いた。人影が倒れる。しかし男は右翼の端で、ちょうど建物の隅を曲がろうとしているところだった。だから倒れるのは見えたものの、地面に横たわった男の体は外壁の陰に隠れて見えなかった。二十秒後、わたしとベルニエ、それにアーサー・ランスは城の陰に着くと、はたして足もとには男の死体があった。

ラルサンも騒ぎ声や銃声で深い眠りから覚めたらしく、二階部屋の窓をあけて、アーサー・ランスと同じ叫び声をあげた。

「どうした？　何事だ？」

わたしたちは犯人の謎めいた死体のうえに身を乗り出した。ルルタビーユもすっかり目覚めて、すぐにわたしたちのところへやって来た。

「死んでいるぞ！　死んでいる！」とわたしは大声で言った。

「まあ、いいだろう。城の玄関に運ぼう」とルルタビーユは答えた。

けれども彼はすぐに言い直した。

「いや、森番の部屋に置いたほうがいい」

ルルタビーユは森番の部屋をノックしたが……なかから返事はなかった。わたしはもちろん、驚かなかったけれど。

「留守のようだな。さもなければ、とっくに出てきているはずだ。それなら死体は玄関に運ぶしかないな」

わたしたちが死体に駆け寄ったときからずっと、どんよりした雲が月にかかっていて、あたりは真っ暗だった。だから死体に手を触れても、輪郭までは見分けられない。わたしたちは早く死体を眺めたくてしかたなかった。わたしたちは駆けつけてきたジャック爺さんの手も借りて死体を城の玄関に運び、階段の一段目に寝かせた。途中、傷口から流れ出た温かい血がついて、手がべとべとなのがわかった。

ジャック爺さんが調理場に走って、ランタンを手に戻ってきた。死体の顔にランプをかざすと、それは森番だった。《望楼亭》の主人が緑野郎と呼ぶ男。一時間前、包みを持ってアーサー・ランスの部屋から出てきた男だ。けれどもわたしが見たことを、みんなの前でルルタビーユに話すわけにはいかなかった。彼にだけそっと知らせる機会は、ほどなく訪れたけれど。

死体が森番だったとわかって、ジョゼフ・ルルタビーユとフレデリック・ラルサンはどんなに驚愕したことか——落胆したと言ってもいい——ここで触れないわけにはいかない。ルルタビーユとラルサン（彼は玄関でわたしたちに合流した）は死人の体を手で確かめ、顔と緑の服を見つめながら、互いにこう繰り返した。

「あり得ない……まったくあり得ない」

とうとうルルタビーユは、叫びださんばかりに言った。

「こいつの頭なんか、いっそ犬でも食わせちまえ」

ジャック爺さんは馬鹿みたいに嘆き悲しんでいた。これは何かの間違いだ、森番がお嬢様を殺そうとするはずがないと言って。彼を静まらせるのにひと苦労だった。わが子が殺されたって、こんなに悲嘆しやしないだろう。森番が死んだのを喜んでいると思われたくないばっかりに、大げさに嘆いて見せているのではないかとわたしは思った。というのも、ジャック爺さんが森番を毛嫌いしているのは周知の事実だったから。そこでわたしはふと気づいた。わたしたちみんなが裸足だったり靴下しか履いていなかったり、いかにも大慌てで駆けつけた格好なのに、ジャック爺さんだけはきちんと身なりを整えている。

ルルタビーユはまだ死体を丹念に調べていた。玄関のタイルにひざまずき、ジャック爺さんのランタンで照らしながら死体の服を脱がせ、胸をはだけさせる。胸は血まみれだった。

突然、彼はジャック爺さんの手からランタンをもぎとり、ぱっくりあいた傷口に近くから光をあてた。それからやおら立ちあがり、いつもとは違うぶっきらぼうで皮肉っぽい口調で言った。

「みなさんはこの男が拳銃や猟銃で撃ち殺されたと思っているようですが、死因は心臓をナイフで一突きされたことですよ」

わたしはまたしても、ルルタビーユの頭がおかしくなったのかと思い、死体のうえに身を乗り出した。するとどうだ、たしかに森番の死体には銃で撃たれた傷がひとつもなく、心臓の部分が鋭い刃物でぐさりと刺されているだけだった。

23 二つの手がかり

意外な発見がもたらした驚きからまだ覚めやらぬうちに、わが友はわたしの肩をたたいて言った。

「ついてこい」

「どこへ行くんだ？」とわたしはたずねた。

「ぼくの部屋さ」

「何をしに？」

「よく考えるためだ」

　正直言ってわたしは、よくだろうが何だろうが、ものを考えられるような状態ではなかった。悲惨な夜だった。筋のとおらない恐ろしい出来事が次々に起きた。片や森番の死体、片や生死の境をさまよっているスタンガルソン嬢。そのあいだにはさまれて、ルルタビーユはよくもまあ考える気になんかなれるもんだ。わたしはそう思ったけれど、ルルタビーユは戦場の真ん中に立つ大将軍のごとく冷静に考えた。部屋に入るとドアを閉め、わたしに肘掛け椅子をすすめ、自分はその正面にゆったりと腰かける。そしていつものようにパイプに火をつけた。わたしは彼が考えているのを眺めながら、眠りこんでしまった。目を覚ますと、朝になっていた。懐中時計を見ると、午前八時だった。ルルタビーユはもういなかった。目の前の肘掛け椅子は空っぽだ。立ちあがって伸びをしていると、ドアがあいてルルタビーユが入ってきた。その顔つきから、わたしが眠っているあいだにも時間を無駄にしなかったらしいとわかった。

「スタンガルソン嬢は？」わたしは真っ先にたずねた。

「容態はよくないな。でも、まだ希望はある」

「きみはいつ部屋を出ていったんだ？」

「夜が明けるとすぐに」

「じゃあ、ひと仕事してきたんだな？」

「しっかりとね」

「何か見つけたのか？」

「二種類の足跡を。こいつは注目に値する。ちょっと頭を悩まされたが……」

「もう悩まされちゃいないと？」

「まあな」

「その足跡から、何かわかったのか？」

「ああ」

「森番の意外な死体に関することかい？」

「そうさ。だからあの死体は、もう意外でも何でもない。今朝、城のまわりを歩いてみたら、二種類の足跡がくっきりと残っていた。昨晩、二人の人間がいっしょに並んで歩いてついた足跡がね。今、『いっしょに』と言ったのは、まさにそのとおりだからなんだ。もし一方の足跡が、もう一方の足跡のあとから同じ道をたどってついたものだったら、多少は重なってしまうはずだけれど、まったくそうなってはいなかった。ひとりがもうひとりの足跡を踏みつけているところは皆無だってことさ。言うなれば、並んでおしゃべりしながら歩いているような足跡なんだ。この二種類の足跡は、前庭の真ん中あたりでほかの足跡とは違う道筋を取り始める。

前庭から出て、ナラ林のほうへ向かうんだ。ぼくも前庭から離れて、自分が歩いてきた道筋を眺めていたら、そこにフレデリック・ラルサンがやって来た。ぼくが何をしているのかと、彼はすぐさま関心を示した。この二種類の足跡は、注目に値したからね。黄色い部屋の事件で見つかったドタ靴と高級靴の足跡と同じだったんだ。ただし黄色い部屋の事件では、ドタ靴の足跡は池の畔まで来ると消えてしまい、そこから高級靴の跡が続いていたのだけれど。そこでぼくとラルサンは、二種類の足跡はひとりの人間のものだと結論づけた。ひとりの人間が、靴を履き替えただけなのだと。しかし今回は、ドタ靴の跡と高級靴の跡が並んでいっしょについている。となると、これまでずっと信じていた前提が揺らぎだす。ラルサンも同じことを考えたらしかった。こうしてぼくたちは足跡のうえに身を乗り出し、獲物を待ち伏せている猟犬みたいに鼻をクンクンいわせてたというわけさ。

ぼくは紙で作った足跡の型を、財布から取り出した。第一の型はラルサンが見つけたジャック爺さんの靴の足跡に合わせて切り抜いたもの、つまりドタ靴の足跡だが、これは目の前にある足跡のひとつとぴったり合致した。そして第二の型、つまり高級靴の足跡も、もうひとつの足跡と合致したけれど、つま先のところにわずかな違いが見られた。高級靴の新たな足跡は池の畔にあった足跡と、つま先だけは異なっていたんだ。となると、この足跡は同じ人物のものとは限らないし、別の人物のものだとも断言できない。単に前とは違う靴を履いていただけかもしれないからね。

ぼくとラルサンは二種類の足跡をたどってナラ林を抜け、最初の調査で来たのと同じ池の畔に出た。しかし今回、足跡はそこで止まらず、小道を通ってエピネーへ向かう本街道まで続いていた。そこは最近、舗装されたので、足跡はもうついていなかった。ぼくたちはお互い何も言わず、城に戻った。

　前庭まで来たところでラルサンと別れたけれど、二人とも同じことを考えていたらしく、ジャック爺さんの部屋の前でまたばったり会ってしまった。老召使いはベッドに寝ていた。椅子のうえには衣類が山積みになって、見るも悲惨な状態だ。そしてもうひとつ気づいたのは、靴が泥だらけだということだった。ぼくたちにはすでにお馴染みの靴とよく似た短靴だ。ジャック爺さんが靴をこんなに汚したり、服をびしょ濡れにさせたのは、庭の端から玄関まで死体を運ぶ手伝いをしたり、調理場にランタンを取りに行ったせいじゃない。だってそのとき、雨は降っていなかったんだから。雨が降ったのはその前とあとだ。

　ジャック爺さんの顔ときたら、そりゃもうひどいありさまだった。疲れきっているのがよくわかる。しょぼしょぼした目で、初めっから怯えたようにぼくたちを見つめていたよ。

　昨夜はあれからどうしたのかと、ぼくたちはジャック爺さんにたずねた。すると爺さんは、まずこんなふうに答えた。執事が呼びに行った医者が到着したあと、すぐに寝てしまったと。しかしぼくたちが証拠をあげて、嘘をついていると厳しく問いただすと、たしかに城から出たと認めた。もちろん理由をたずねたが、頭痛がするので外の空気にあたろうとしただけで、ナラ林より遠くへは行っていないという返答だった。そこでぼくたちは、爺さんがたどった道筋を本人に言ってやった。まるで歩いていくのを見ていたみたいに正確にね。するとジャック爺さんはがばっと体を起こし、震え始めた。

『それにあんたはひとりじゃなかった』とラルサンが叫んだ。

するとジャック爺さんはたずねた。

『じゃあ見たのかい?』

『見たって、誰を?』

『もちろん、黒い幽霊さ』

そしてジャック爺さんは、黒い幽霊の目撃談を始めた。それはここ数日、午前零時の鐘が鳴るころ城の庭にあらわれ、木々のあいだを驚くほどするするとぬっていくのだという。まるで木の幹をとおり抜けるかのように。月明りに照らされた幽霊に部屋の窓から気づき、思いきって追いかけたことも二度ほどあったそうだ。一昨日の晩はもう少しで追いつくところだったのに、望楼の角で見失ってしまったとか。そして昨晩も、さっき起きたばかりの新たな事件のことで頭がいっぱいになりながら城の外へ出たら、前庭の真ん中に忽然と黒い幽霊があらわれた。ジャック爺さんは慎重にあとをつけ、少しずつあいだを詰めていった。ナラ林と池を迂回して、エピネー街道の端まで来たところで、またしても幽霊は消えてしまった。

『幽霊の顔は見なかったのか?』とラルサンがたずねた。

『ああ、黒いベールしか見えなかった』

『城の廊下で騒動があったとき、どうしてすぐに飛び出してこなかったんだ?』

『怖くてできなかったんだ。幽霊を追いかけるのだって、やっとのことで』

『ジャック爺さん、あなたは追いかけたんじゃない』とぼくは厳しい口調で言った。『幽霊といっしょにエピネー街道まで行ったんだ。仲よくいっしょにね』

『ちがう！』とジャック爺さんは叫んだ。『大雨が降り始めたんで、わたしは部屋に戻った。黒い幽霊がどうなったかはわからない』

けれども爺さんは、ぼくと目を合わせようとしなかった。

ぼくたちは爺さんを部屋に残し、外に出た。

『共犯者だろうか？』ぼくは口調を変えてそうたずね、ラルサンの真意を探ろうと真正面から顔を見つめた。

ラルサンは両手で天を仰いだ。

『さて、どうだか……こんな事件だからな、何があってもおかしくないさ。二十四時間前だったら、共犯者なんかいないと断言しただろうが……』

そしてラルサンは立ち去った。すぐに城を出て、エピネーに向かうと言い残してね」

ルルタビーユは話を終えた。

「それで？」とわたしはたずねた。「今の話からどんな結論が導き出せるんだ？　ぼくにはさっぱりわからないが。お手あげだね。きみは何を知っているんだ？」

「すべてさ」とルルタビーユは叫んだ。「何もかもだ」

彼がこんなに顔を輝かせるのを見たのは初めてだった。彼は立ちあがって、わたしの手を力いっぱい握った。

「だったら、説明してくれよ」とわたしは頼んだ。
「さて、スタンガルソン嬢の容態を確かめに行こう」ルルタビーユはそう答えただけだった。

24　ルルタビーユは犯人の両面を知っている

スタンガルソン嬢は二度にわたって殺されかけた。残念ながら、二度目は一度目よりも重傷だった。あの悲劇の夜、犯人は彼女の胸をナイフで三度も刺したのだ。そのせいで、スタンガルソン嬢は長いあいだ生死の境をさまようこととなった。ようやく生の力が勝り、不幸なスタンガルソン嬢が今度もまた血塗られた運命を逃れたかと思われた。彼女は日々、五感の機能を回復していったが、理性の働きだけはなかなかもとに戻らなかった。恐ろしい悲劇の話に少しでも触れると、たちまち錯乱してしまう。森番の死体が見つかった翌日、ロベール・ダルザックはグランディエ城で逮捕されたが、それよって穿たれた深い心の傷に彼女の理性は埋もれてしまったのだと言っても、決して誇張ではないだろう。

ロベール・ダルザックは朝の九時半ごろ、城に戻ってきた。彼が庭を横ぎり走ってくるのが見えた。髪をふり乱し、服も泥だらけでひどいありさまだ。顔は死人のように真っ青だった。わたしとルルタビーユは廊下の窓に肘をかけていた。ダルザックはわたしたちに気づき、絶望的な叫び声をあげた。

「遅すぎたか！」

ルルタビーユは大声で返事をした。

「彼女はまだ生きています……」

一分後、ダルザックはスタンガルソン嬢の寝室に入った。ドア越しに、彼がすすり泣く声が聞こえた。

「これも運命か！」ルルタビーユはわたしのかたわらで、うめくように言った。「なんて無情な神々に、この不幸な家族は魅入られてしまったんだろう。もしぼくが眠らされなければ、スタンガルソン嬢を救うことができたろうに。犯人を永遠に黙らせ……森番も死なずにすんだろうに」

そのあとダルザックは、またわたしたちのところにやって来た。彼は涙に暮れていた。ルルタビーユは彼に一部始終を説明した。彼とスタンガルソン嬢を救うため、準備万端整えていたこと。犯人の顔を確かめたあと、どうやって二度と近づけないようにするつもりだったのか。睡眠薬のせいで、どうして彼の計画が流血の事件に終わるはめになったのかを。

「ああ、あなたがぼくを本当に信頼してくれたなら」とルルタビーユは小さな声で言った。「あなたがスタンガルソン嬢に、ぼくを信頼するよう言ってくれたなら。なのにここでは、誰もが警戒し合っている。娘は父親を、婚約者は婚約相手を信用しようとしない。犯人が近づけないよう万全を尽くしてほしいとあなたがぼくに言ったとき、スタンガルソン嬢のほうは殺される準備に余念がなかったんです。ぼくは意識が朦朧として……遅れを取ってしまった。ほとんど這うようにして寝室に着いたときには、あたりは血の海でした。そのなかに彼女が横たわっているのを見て、いっきに目が覚め……」

ダルザックに求められて、ルルタビーユはそのときのことを語った。わたしたちが犯人を追っているあいだに、ルルタビーユは倒れないよう壁につかまりながら、被害者の寝室へ向かった。控えの間のドアはあいていた。なかに入ると、スタンガルソン嬢が目を閉じ、なかばテーブルに寄りかかるようにしてぐったりと倒れていた。胸から流れ出た血で、ガウンは真っ赤だった。まだ睡眠薬の影響で頭がぼんやりしていたせいで、ルルタビーユは恐ろしい悪夢のなかを歩いているような気がした。彼はほとんど無意識に廊下へ戻り、窓をあけた。そしてわたしたちに、犯人を撃ち殺せと叫んだのだった。スタンガルソン嬢の寝室に引き返すと、誰もいない居間を抜け、ドアが半開きになっていた客間に入って、ソファに横たわっているスタンガルソン教授を揺さぶり起こした。少し前にわたしがルルタビーユにしたように。スタンガルソン教授は怯えたような目をして体を起こすと、ルルタビーユに引っぱられて寝室へ行き、娘の姿を見て恐ろしい悲鳴をあげた。教授もそこで、いっきに眠気が吹き飛んだのだった。二人はふらつきながらも力を合わせ、被害者をベッドに寝かせた。

それからルルタビーユは、わたしたちのもとに駆けつけた。犯人がどうなったか確かめるために。しかしスタンガルソン嬢の寝室を出る前に、彼はテーブルの近くで足を止めた。大きな荷物が床に置いてある。何だろう、この荷物は？　包んだ布がひらきかけていた。なかを覗いてみると、それは書類や写真の束だった。《新型の差動蓄電式検電器……重量の計測が可能な物体と、重量を測れないエーテルとの中間的な物質の基本的な特性》と書かれているのがわかる。いやはやまったく、なんと謎めいて皮肉な運命だろう。娘が殺されかけたちょうどそのとき、研究の成果を記録した書類がスタンガルソン教授のもとに戻ってくるなんて。教授はもうそんなものどうでもいいと思ったのか、翌日すべてを火に……火に投じてしまったのだった。

恐ろしい事件があった翌朝、マルケ予審判事と書記、憲兵隊が再びやって来て、わたしたちは全員、訊問された。もちろん、ほとんど昏睡状態にあるスタンガルソン嬢だけは別だったけれど。わたしとルルタビーユはあらかじめ口裏を合わせ、話していいと思うことしか話さなかった。わたしが物入れのなかに身を潜めていたことや、睡眠薬の件については何も言わなかった。わたしたちは事件を予測していたらしい、スタンガルソン嬢は犯人を待っていたらしいと疑われるようなことは、いっさい口にしなかった。スタンガルソン嬢は犯人の名を、決して明かそうとしない。その秘密は命がけで守ろうとしているのだから、そんな犠牲を無駄にする権利はわたしたちにないはずだ。アーサー・ランスは平気な顔で――あんまりけろりとしているので、呆気にとられたほどだ――昨晩十一時ごろ自分の寝室で、最後に森番と会った話をした。森番は翌朝一番でサン＝ミシェル駅に運ぶランスの荷物を取りに来たのだという。そしてしばらく二人で、狩りや密猟についておしゃべりしたのだと。たしかにアーサー・ウィリアム・ランスは翌朝グランディエ城を離れ、いつものように歩いてサン＝ミシェルまで行く予定だった。そこで森番が朝、あたりを見まわりに行くついでに、荷物を持っていってもらうことにしたのだ。森番がランスの部屋から出てきたときに持っていた包みがそれだったのだ。

少なくともわたしはそう思った。というのもスタンガルソン教授の供述が、ランスの話を裏づけていたから。教授はさらにこうつけ加えた。昨晩は友人のアーサー・ランスと夕食を共にしなかった。ランスは午後五時ごろやって来て、そろそろ城を発つことにするとスタンガルソン父娘に暇を告げた。体調が思わしくないので夕食はとらず、部屋でお茶を飲むだけにするそうだったと。

門番のベルニエはルルタビーユの指示で、こう供述した。昨晩は森番に、密猟者狩りを手伝うよう言い渡された（死人に口なしだ）。ナラ林のほど近くで待ち合わせをしたけれど森番がいっこうにやって来ないので、ベルニエは迎えに行ったのだと。望楼のあたりまで来て、前庭の小さな門を抜けたとき、反対側から城の右翼に向かって全速力で逃げていく男が見えた。と同時に、逃げた男の背後から拳銃の銃声が響いた。ルルタビーユが廊下の窓から顔を出した。ルルタビーユはベルニエに気づき、彼が猟銃を持っているのを見て撃てと叫んだ。銃はいつでも撃てるようになっていた。ベルニエは逃亡者に向けてすぐさま一発お見舞いした。手ごたえは充分で、てっきり仕留めたと思った。ところがルルタビーユが死体を裸にしてみたら、銃弾の跡はどこにもなく、代わりにナイフで心臓を一突きされているというではないか。いったいどういうことなんだ。まったくわけがわからない。われわれは逃げていく男を後ろから銃撃した。死体がその男でないとするなら、逃亡者はどこかにいたことになる。しかしわれわれが庭の隅へ駆けつけ、死体のまわりに集まったとき、ほかに何者かが潜んでいるような場所はなかった。生きていようが死んでいようが、われわれの目につかないはずはない。

こんなベルニエの供述に対し、予審判事は言い返した。わたしたちが庭の隅にいたとき、あたりは真っ暗だったはずだ。森番の顔が見分けられず、玄関まで運んで確認しなければならなかったのだからと。しかし、ベルニエも負けていなかった。たとえ暗くて何も見えなくても、庭の隅はとても狭いので、ほかに死体が（いや、生きていてもかまわないが）転がっていれば、少なくとも踏んづけていただろう。死体を別にしても五人の人間がその場にいたのだから、別の死体に気がつかなかったとは思えない。庭の隅に面しているドアは、森番の部屋のものだけ。けれどもドアには錠前がかかっていて、鍵は森番のポケットにあった。

ベルニエの言いぶんは論理的だが、よく考えると筋が通らない。すでにナイフで刺し殺されている男を、さらに銃で撃ち殺したわけもあるまいに。予審判事はこの点に、いつまでも拘泥(こうでい)しなかった。彼はわたしたちが逃亡者を仕留め損ね、代わりにこの事件とは無関係の死体を見つけたのだと思っているらしい。昼になるころには、もう誰の目にも明らかだった。予審判事にとって、森番の死体は別の事件なのだ。彼はただちにそれを立証しようとした。この新たな事件は、森番の素行(そこう)と関わっているのではないか。あの男はあちこちの女に手を出し、最近では《望楼亭》の主人の細君とも関係をもっているらしい。胡散臭(うさんくさ)いやつだと、判事はここ数日思っていたところだった。しかも夫のマチュー親父は、森番をぶっ殺してやると公言していたそうだ。こうして午後一時、マチュー親父はリューマチに苦しんでいるさなか、細君の抗議にもかかわらず逮捕され、厳重な監視のもとコルベイユに護送されたのだった。マチュー親父の家から、有罪を裏づけるような証拠は何も見つからなかった。しかし荷車引きたちの証言によれば、マチュー親父は事件の前日も脅迫めいた言葉を口にしていたという。森番を殺したナイフが自宅の藁布団から見つかったとしても、これ以上の証拠にはなるまい。

次々に起こる不可解で恐ろしい事件に、わたしたちはただ唖然とするばかりだった。そんななか、皆の驚愕が頂点に達するような出来事があった。朝、予審判事と顔を合わせるやどこかに出かけていたフレデリック・ラルサンが、駅員の制服を着た男を連れて城に戻ってきたのだ。

そのときわたしたちは玄関で、マチュー親父の有罪無罪についてアーサー・ランスと議論していた（少なくともわたしとランスは夢中で話していた。というのもルルタビーユは心ここにあらずという感じで、われわれの議論にはまったく無関心だったから）。予審判事と書記官は、わたしたちが初めてグランディエ城に着いた日にロベール・ダルザックが通してくれた緑色の小サロンにいた。ジャック爺さんは予審判事に呼び出され、先ほどこの小サロンに入っていった。ロベール・ダルザックはスタンガルソン教授や医者たちといっしょに、二階の寝室でスタンガルソン嬢につき添っている。フレデリック・ラルサンが駅員の男といっしょに玄関に入ってきた。わたしとルルタビーユは、それが前にも見かけた金色の山羊ひげの駅員だとすぐにわかった。「おや、エピネー＝シュール＝オルジュの駅員じゃないか」とわたしは言って、フレデリック・ラルサンの顔を見た。ラルサンは笑いながら、「そのとおり。エピネー＝シュール＝

オルジュの駅員だ」と答えた。そして小サロンのドアの前にいた憲兵に声をかけ、予審判事に取次ぐようたのんだ。ほどなくジャック爺さんが出てきて、ラルサンと駅員がなかに通された。十分ほどたったろうか、ルルタビーユがやきもきしていると、小サロンのドアがあいて予審判事が憲兵を呼んだ。小サロンに入った憲兵は、すぐに出てきて階段をのぼった。しばらくすると、二階から憲兵が戻ってきた。そして小サロンのドアをあけ、呼びかけた。

「予審判事殿、ロベール・ダルザック氏はおりてこようとしません」

「何！　おりてこないだと！」とマルケ判事は叫んだ。

「ええ、スタンガルソン嬢があんな状態ですから、枕もとを離れたくないと言って」

マルケ判事と憲兵は二階に向かった。予審判事はフレデリック・ラルサンと駅員にもついてくるよう合図した。わたしとルルタビーユもあとについた。

こうして控えの間の前まで来ると、マルケ判事はドアをノックした。小間使いが顔を出した。若い下働きのシルヴィーだ。色褪(いろあ)せた金髪が、やつれた顔にばさりと垂れている。

「スタンガルソン教授はおられるかな？」と予審判事はたずねた。

「はい」

「話があると伝えてくれ」

シルヴィはスタンガルソン教授に取次ぎに行った。

教授がやって来た。泣いていたらしく、ひどいありさまだった。

「まだ何かご用なんですか？」と彼は予審判事にたずねた。「こんなときだというのに、少しはそっとしておいていただけませんか」

「教授」と予審判事は言った。「今すぐどうしてもロベール・ダルザック氏と話さねばならないんです。お嬢様の寝室から出てくるよう、彼を説得してくれませんか。さもないと、司法の名のもとに無理にでもなかに入らざるを得ません」

教授は何も答えなかった。ただ予審判事と憲兵、それにいっしょに来たわれわれを、じっと見つめているだけだ。死刑囚が死刑執行人を眺めるような目で。やがて教授は奥の寝室に戻った。

すぐにロベール・ダルザックが出てきた。すっかりやつれた、真っ青な顔をしている。フレデリック・ラルサンの背後に駅員の姿があるのに気づくと、彼はさらに顔を歪(ゆが)め、怯えたような目をした。そして思わず小さなうめき声を漏らした。

わたしたちは皆、苦しみに満ちた恐ろしい表情を見て取り、憐れみの気持ちが湧き上がるのを禁じ得なかった。ロベール・ダルザックの破滅を決定づける何かが起きたのだと、わたしたちは感じた。フレデリック・ラルサンだけはただひとり、ついに獲物を捕えた猟犬さながら、喜びに顔を輝かせている。

マルケ判事は、金色の山羊ひげを生やした若い駅員をダルザックに示しながら言った。

「この男を知ってますね？」

「知ってます」とダルザックは答えた。震え声になるまいと、空(むな)しい努力をしている。「エピネー＝シュール＝オルジュの駅員ですね。オルレアンの」

「彼の証言によれば、あなたはエピネーで汽車を降りられたそうですが……」

「昨晩、十時半にね。ええ、そのとおりです」とダルザックは言い添えた。

沈黙が続いた。

「ダルザックさん」予審判事は悲壮感にあふれた口調で言った。「ダルザックさん、あなたは昨晩、何をしにエピネー＝シュール＝オルジュへやって来たんですか？　スタンガルソン嬢が殺されかけた場所から数キロのところへ」

ダルザックは黙ったままだった。がっくりとうなだれ、目を閉じている。苦しい胸のうちを隠そうとしているのか。あるいは目のなかに、何か秘密が露わになることを恐れているのか。

「ダルザックさん、昨晩、何時にどこで何をしていたのか教えていただけますか」マルケ判事はさらに迫った。

ダルザックは目をあけ、最後の気力をふり絞るかのように言った。

「それはできません」

「よくお考えくださいよ。そうやって頑(かたく)なに拒み続けるなら、あなたを拘束せねばならなくなりますが」

「話すわけにはいかないんです」

「ダルザックさん、法の名において、あなたを逮捕します」

予審判事がそう言うが早いか、ルルタビーユはさっとダルザックに近づき、話しかけようとした。しかしダルザックは、何も言うなと身ぶりで制した。憲兵もダルザックのほうへやって来る……とそのとき、絶望の叫びが響いた。

「ロベール！　ロベール！」

それはスタンガルソン嬢の声だった。胸をえぐるようなその悲鳴に、わたしたちの誰もが震えあがった。このときばかりは、ラルサンも顔を青ざめさせた。ダルザックはと言えば、スタンガルソン嬢の呼び声に応えて寝室に飛んでいった。

予審判事、憲兵、ラルサンも、ダルザックのあとから寝室に向かった。わたしとルルタビーユは入り口のところにいた。何とも痛ましい光景だった。スタンガルソン嬢は死人のように真っ青な顔をして、父親と二人の医者が止めるのも聞かずにベッドのうえで体を起こし、ロベール・ダルザックのほうに震える両手を伸ばしている。けれどもラルサンと憲兵が、すでにダルザックを押さえつけていた。スタンガルソン嬢は目を大きく見ひらき……そしてすべてを察した。何かつぶやいたのだろうか、真っ青な唇がかすかに動いた。けれども言葉は声にならなかった。それは誰にも聞こえないまま、消え去ってしまった。スタンガルソン嬢は倒れこみ、そのまま意識を失った。ダルザックはすぐさま寝室の外へ引っぱり出された。ラルサンが迎えに行った馬車を待って、わたしたちは玄関にいた。わたしたちは皆、感情が高ぶっていた。マルケ判事は目に涙をためている。誰もが憐れみの気持ちでいっぱいなのだ。ルルタビーユはその機に乗じてダルザックに言った。

「身の証を立てないんですか？」

「そうです」とダルザックは答えた。

「だったらぼくが、あなたの無実を証明します」

「できやしないさ」と哀れなダルザックは、作り笑いを浮かべて言った。「わたしやスタンガルソン嬢にできなかったことが、きみにできるわけがない」

「いえ、できますよ」

ルルタビーユの声は妙に落ち着き、自信に満ちていた。彼は言葉を続けた。

「できますとも、ダルザックさん。だってぼくは、あなたより事情に通じているんですから」

「そんなはずあるものか」とダルザックは怒ったように言った。

「ご心配いりません。あなたを助けるのに必要なことしか、知らないことにしておきますから」

「何ひとつ知ってはいけないんです。もしきみが、わたしに感謝を求めたいならね」

ルルタビーユは首を横にふり、ダルザックのすぐそばに歩み寄った。

「これから話すことを、よく聞いてください」と彼は小声で言った。「そうすれば、あなたも信頼してくれるはずだ。あなたは犯人の名前しか知りませんよね。スタンガルソン嬢も**犯人の半面しか知りません。でもぼくは両面を知っている。犯人の全体像がわかっているんですよ、ぼくは**」

ロベール・ダルザックは目を見ひらいて、何を言っているのかさっぱりわからないという顔をした。そうこうするうちに、フレデリック・ラルサンが馬車を走らせ戻ってきた。ダルザックと憲兵が馬車に乗り、ラルサンはそのまま御者席についた。こうしてダルザックはコルベイユへ運ばれていった。

25　ルルタビーユ、旅に出る

その晩、わたしとルルタビーユはグランディエ城を発った。なにはともあれ、ほっとしていた。これ以上、あそこにいてもしようがない。こんなに謎だらけの事件はお手あげだ、とわたしは言った。するとルルタビーユは親しげにわたしの肩をたたき、グランディエ城で調べるべきことはもう何もないと打ち明けた。すべて調べつくしたと。パリに着いたのは八時ごろだった。二人とも、くたくただった。急いで夕食をすませ、明日わが家で会う約束をして別れた。

翌日、ルルタビーユは時間どおりにわたしの部屋にやって来た。イギリス製らしいチェックの三つ揃いスーツ、腕に抱えたロングコート。旅行に出るのだと彼は言った。頭にハンチングをかぶり、手には大きなバッグをさげている。旅行に出るのだと彼は言った。

「どれくらい行ってるんだ?」とわたしはたずねた。

「一、二か月ってところかな。状況次第だ」と彼は答えた。

わたしはあえてそれ以上たずねなかった。

「昨日、スタンガルソン嬢は気を失う前、ダルザックに何て言おうとしたのかわかるかい?」

「いや、声は聞こえなかったじゃないか……」

「聞こえたさ、ぼくにはね。彼女は『話して』と言ったんだ」

「じゃあ、ダルザックは話すだろうか?」

「それはないな」

できればもっと話を続けたかったが、ルルタビーユはわたしの手を強く握ると、元気でと言った。わたしはこうたずねるのがやっとだった。

「きみがいないあいだに、再びスタンガルソン嬢が襲われる心配はないのか?」

「それなら大丈夫。ダルザックが捕まった以上はね」と彼は答えた。

そんな奇妙な言葉を残して、ルルタビーユは去っていった。次に彼に再会したのは、ダルザックの審議が行なわれている重罪裁判所でだった。彼はそこで証言台に立ち、不可解な事件を解明したのである。

26 ジョゼフ・ルルタビーユはいつ戻るのか

翌年の一月十五日、つまりは今ここにお伝えした恐ろしい事件の二か月半後、《エポック》紙の一面トップに次のようなセンセーショナルな記事が載った。

本日、セーヌ＝エ＝オワーズの陪審員団が、司法年報にある最も奇怪な事件のひとつを審議するために招集される。これほど多くの不可解な謎に満ちた裁判は、ほかに例がないだろう。しかし検察はためらわず、ひとりの男を重罪裁判所の被告人席にすわらせることにしたのだった。彼を知る人々みんなから愛され、敬われている人物。フランス科学界の希望たる少壮学者。日々仕事に打ちこみ、真っ正直に暮らしている男、ロベール・ダルザック氏である。ダルザック氏逮捕のニュースがパリに流れるや、抗議の声がいたるところからいっせいにあがった。ソルボンヌ大学は予審判事の暴挙に屈することなく、ロベール・ダルザック氏の無実を信じるとの声明を発表した。スタンガルソン教授も、これは司法の過誤にほかならないと断言した。もし被害者であるスタンガルソン嬢が話せるなら、彼女は夫に選んだ男を返してほしいと、必ずやセーヌ＝エ＝オワーズの十二人の陪審員に求めることだろう。それなのに今、ダルザック氏は検察官の手によって死刑台に送られようとしているのである。願わくはスタンガルソン嬢が、グランディエ城の恐るべき謎によっていっとき失われた正気を一刻も早く取り戻さんことを。愛する男の命が死刑執行人の手によって奪われてしまったと知り、彼女が再び正気をなくすようなことになっていいものか？　この疑問はまさに今日、われわれが対峙しようとしている陪審員団に向けられている。

というのもわれわれは、善良なる十二人の人々に忌まわしい司法過誤を犯させまいと決意を固めているからだ。なるほど、被告人の有罪を裏づけるかのような、恐ろしい偶然の一致は多々あった。怪しげな足跡、被告人自身の沈黙、空白の時間、アリバイの不在。それらが検察の誤解を招いた。ほかに真実が見つけられなかったので、ここにあるのが真実だと思いこんでしまったのだ。ロベール・ダルザック氏にかけられた嫌疑は、一見反論の余地がないように思われた。だからフレデリック・ラルサン氏ほど経験豊かで洞察力に富み、強運の警察官が目をくらまされたのは無理もない。今までのところ、予審の結果はすべてロベール・ダルザック氏の有罪を示している。しかし今日、われわれは陪審員の前で彼を弁護しよう。なぜなら、われわれは法廷に光をもたらそう。グランディエ城の謎をすべて照らし出す光を。

どうしてもっと早く話さなかったかと言えば、われわれが守ろうとしている利害そのものが、そうすることを求めていたからである。読者諸氏は覚えておられるだろう。オーベルカンフ通りの左足やユニヴェルセル銀行の金庫破り、造幣局の金塊事件について報じた記事を。そこで無名の一記者が行なったセンセーショナルな調査のおかげで、われわれはまだフレデリック・ラルサンが驚くべき慧眼ですべてを解明しないうちから、真実を予見していた。その調査を行なった者こそわが社で最年少、弱冠十八歳の記者ジョゼフ・ルルタビーユである。彼は明日、華々しい名声に包まれていることだろう。グランディエ城の事件が起きたとき、われらが青年記者はすぐさま現場に駆けつけ、扉という扉をこじあけて、新聞記者たちがすべて締め出されていた城のなかに見事入りこんだ。そしてフレデリック・ラルサンに伍して、真実を追ったのだった。ルルタビーユは名探偵がはまったミスに驚愕し、彼を迷路から救い出そうと空しい努力をした。名探偵フレッドは青年記者の忠告に耳を傾けようとはしなかった。その結果、ロベール・ダルザック氏がどうなったのか知ってのとおりだ。

しかしここでフランス国民に、全世界の人々に知っていただかねばならない。ロベール・ダルザック氏が逮捕されたその晩、ジョゼフ・ルルタビーユは本紙編集長のオフィスにやって来て、こう言ったのである。「ぼくはこれから旅に出ます。どれくらいのあいだ行っているかはわかりません。もしかしたら、このまま帰ってこないかも……ダルザック氏が重罪裁判所の被告人席に立つ日までにぼくが戻らなかったら、証人訊問がすべて終わったあと、法廷でこの手紙をあけてください。そのためにロベール・ダルザック氏の弁護士と、あらかじめ話し合っておくといいでしょう。ダルザック氏は無実です。この手紙に、真犯人の名前が書かれています。証拠はまだそろっていませんが、それは今から見つけてきます。でも、どうしてその人物が犯人なのかは、反論の余地なく説明されています」と。こうしてわが社の記者は旅立ち、何の知らせもないまま月日がたった。しかし一週間前、ひとりの見知らぬ男が編集長を訪ねてきて、こう言ったのである。「必要な場合には、ジョゼフ・ルルタビーユの指示に従ってください。あの手紙には真実が書かれています」男は名乗ろうとしなかった。

そして今日、一月十五日、いよいよ裁判がひらかれることとなった。ジョゼフ・ルルタビーユはまだ戻っていない。もう二度と、彼に会うことはできないのだろうか。マスコミの世界にも、義務に殉(じゅん)じたヒーローは何人もいる。あらゆる義務のなかで最も重要な、職業的義務に殉じた者が。すでにルルタビーユは、殉死しているのかもしれない。だとしたら、彼の無念を晴らそうではないか。本紙編集長は今日の午後、ルルタビーユの手紙を携えてヴェルサイユの重罪裁判所に出向くつもりである。真犯人の名前が記された手紙を」

記事の冒頭には、ルルタビーユの写真が掲げられていた。

*

この日、《黄色い部屋の謎》事件の裁判傍聴にヴェルサイユへ向かったパリの住民たちは、サン゠ラザール駅の信じがたい混雑ぶりを覚えていることだろう。汽車の席はすべて売り切れ、急遽臨時列車を出さねばならないほどだった。《エポック》紙の記事に誰もが仰天し、好奇心を掻き立てられて、議論にいっそう熱が入った。ジョゼフ・ルルタビーユ支持派とフレデリック・ラルサン狂信者とのあいだで、乱闘騒ぎが起きることすらあった。というのもおかしな話だが、人々の熱狂は無実の人間が裁かれるかもしれないことより、黄色い部屋の謎解きに抱く関心に向かっていたからだ。それぞれが自説を展開し、それが正しいと言い張って譲らない。フレデリック・ラルサンと同じ見立てをする者にとれば、この名探偵の眼力(がんりき)に疑問を呈するなどもってのほかだった。ラルサンとは意見を異にする者たちは皆、まだわからないルルタビーユの説こそ自分の解釈に一致しているはずだと主張した。ラルサン派とルルタビーユ派は《エポック》紙を手に、ヴェルサイユ裁判所の階段まで、さらには傍聴席につくまで、議論と小競(こぜ)り合いを続けた。警官隊も特別に配備された。裁判所に入りきれなかった群衆が夕方まであたりを取り囲み、警官隊も整理しきれないほどだった。彼らはニュースを待ちかまえ、荒唐無稽な噂にもすぐに飛びついた。スタンガルソン教授その人が娘の殺害未遂を告白し、公衆の面前で逮捕されたなどという話が流れてきたことすらあった。まったく、正気の沙汰じゃない。苛立ちは最高潮に達した。人々はまだルルタビーユを待っている。彼を知っている、顔を見ればわかると言う者もいた。群衆と裁判所を隔てる通路を、通行証を持ってすり抜けていく若い男がいると、たちまち人だかりができた。押し合いへしあいし、叫び声があがる。「ルルタビーユだ！　来たぞ、ルルタビーユが！」《エポック》紙に載った顔写真に多少なりとも似た証人は、歓呼の声で迎えられた。《エポック》紙の編集長が到着したのを合図に、またしても人々が集まった。拍手喝采（かっさい）する者もいれば、口笛で野次る者もいる。群衆のなかには女性もたくさんいた。

＊

重罪裁判所の審理はロクー裁判長のもとで進められた。彼は司法官特有の偏見に満ち満ちていたけれど、根は誠実な人間だった。証人が呼び入れられる。当然のことながら、わたしもそのうちのひとりだった。グランディエ城の謎に多少なりとも関わった者たちは、すべてこの場に召喚（しょうかん）されていた。スタンガルソン教授は十歳も老けこんでしまい、見る影もなかった。ラルサンやジャック爺さんの姿もあれば、アーサー・W・ランスのあいも変わらぬ赤ら顔も見える。マチュー親父は手錠をかけられ、両側に見張りの憲兵がついて入廷した。マチューの細君は涙ぐんでいる。門番のベルニエ夫婦や二人の看護係、執事、城の使用人たち、第四十郵便局の職員、エピネーの駅員、スタンガルソン父娘の友人たち、ロベール・ダルザックの弁護側証人もいる。さいわいわたしは最初に訊問されるなかに入っていたので、裁判の様子をほとんどすべてこの目で見ることができた。

法廷が大入り満員だったのは言うまでもない。傍聴に集まった弁護士が通路の階段にまであふれ、赤い法服姿の判事たちの後ろには、近隣の検事たちが並んでいた。両側に憲兵がついて、ロベール・ダルザックが被告人席にのぼった。その堂々として落ち着いた様子に、同情にも増して称賛の声が彼を迎えた。ダルザックは担当弁護士のアンリ＝ロベールに顔を近づけた。アンリ＝ロベールはさっそく書類に目を通し始めている。彼を補佐するのは、当時まだ新人弁護士だった第一秘書のアンドレ・エスだった。

スタンガルソン教授が被告人のもとへ歩み寄り、握手をするのではないかと期待が集まっていたけれど、証人たちは全員法廷の外に呼び出され、そうしたセンセーショナルな場面が演じられることはなかった。陪審員は席についた。アンリ＝ロベール弁護士と《エポック》紙の編集長がすばやく言葉を交わすのを、彼らは興味深そうに眺めた。編集長は傍聴席の最前列にすわった。どうしてほかの証人といっしょに、専用の控室（ひかえしつ）に行かないのかと首をかしげている者もいた。

起訴状の朗読はいつものように、何事もなく終わった。そのあとダルザックに長い訊問がなされたが、それについてここで詳しく述べることはしない。彼の陳述はとても自然であると同時に、とても不可解だった。答えられる部分に関しては、なんら不自然なところがないのに、黙秘を続ける事柄は恐ろしい疑惑を生じさせかねない。彼の無実を信じている者から見ても、そこは腑に落ちなかった。わたしたちがわかっていることについても話そうとしないのは、彼にとって不利だった。そんなふうに黙っていては、心証を悪くするだけだ。裁判長や検察官がそう諭しても、ダルザックは意に介さなかった。こんなときに黙っているのは、自殺行為だとまで言われたけれど。

「それならそれでもかまいません。でも、わたしは無実です」と彼は答えるのだった。

アンリ＝ロベール弁護士はこの事態を逆手に取り、彼の名声を高めた巧みな弁舌で、被告人がいかに高潔な人物であるかを印象づける作戦に出た。被告人が沈黙を守っていることこそその証左だ、それはヒロイックな心の持ち主だけが自らに課す精神的な義務なのだと言って。いかに有名弁護士とはいえ、彼の弁論に納得したのはダルザック氏を知る人々だけで、残りはまだ心を決めかねていた。途中、休廷したあと、証人が次々と入廷したが、ルルタビーユがやって来る気配はなかった。ドアがあくたび、みんないっせいにそちらをふり返り、すぐに《エポック》紙の編集長に目を移すものの、編集長はその場で平然としている。ついに彼がポケットを探り、手紙を取り出すのが見えた。それに続き、ざわめきが法廷内に広がった。

わたしはここで裁判のなりゆきを、逐一(ちくいち)語るつもりはない。事件の展開はすでにじっくりお話ししてきたので、謎に包まれた出来事の数々をあらためて読者にお聞かせするにはおよばないだろう。それゆえこの忘れがたい一日で最もドラマチックな瞬間へと、いっきに話を進めることにしよう。それはアンリ＝ロベール弁護士が《望楼亭》の主人マチュー親父に、いくつか質問をしているときのことだった。二人の憲兵にはさまれたマチュー親父は、森番を殺してなどいないと証言台で証言していた。細君も呼ばれて、夫と対面した。彼女はすすり泣きながら、自分が森番の愛人だったこと、夫が二人の関係を疑っていたことを認めた。しかし夫は森番を殺してなどいない、と彼女は断言した。アンリ＝ロベール弁護士はその点について、ただちにフレデリック・ラルサンの話を聞きたいと要請した。

「休廷時間中に少しばかりフレデリック・ラルサンと話したのですが」と弁護士は言った。「森番殺しはマチュー親父のしわざではなく、別の可能性もあり得ると言っていました。ですから、フレデリック・ラルサンの推理を聞く必要もあるかと」

フレデリック・ラルサンがやって来て、自説を滔々と述べた。

「わたしが思うに、マチュー親父はこの事件に無関係でしょう。それはマルケ判事にも言いました。でもマチュー親父は、森番を殺してやると公言していたとか。それで予審判事は、彼が犯人だと思いこんでしまったのです。わたしはスタンガルソン嬢が襲われた事件と、森番が殺された事件とは結びついていると考えています。スタンガルソン嬢を襲った犯人は、前庭を逃げていくとき後ろから銃で撃たれました。弾は命中して、犯人は殺されただろうとみんな思っていました。しかし実のところ、犯人は右翼の裏に曲がろうとして、よろめいただけだったのです。そこで犯人は森番に出くわしました。森番は犯人の行く手を妨げようとしたのでしょう。犯人はスタンガルソン嬢を襲ったときのナイフを、まだ手にしていました。それで森番の心臓を一突きし、殺したのです」

なるほど、単純明快な説明だ。グランディエ城の謎に熱中していた多くの人々が、同じように考えていただけに、みんな大きくうなずいていた。賛同のつぶやきが、あちらこちらから聞かれた。

「それでは犯人はどうなったのかね？」と裁判長がたずねた。

「もちろん隠れていたんですよ、裁判長。真っ暗な庭の片隅に。そして人々が死体を運んでいったあと、ゆっくり逃げていったんです」

とそのとき、立ちあがった聴衆の奥から若々しい声があがった。皆が呆気にとられているなかで、その声はこう言った。

「森番が心臓を刺されたところまでは、フレデリック・ラルサンの言うとおりでしょう。でも犯人が庭の隅から逃げた方法については、賛成できませんね」

みんないっせいにふり返った。守衛が駆けつけ、静粛にするよう命じた。声をあげたのは誰か、すぐに退去しなさい、と裁判長は苛立ったように言った。しかし先ほどの澄んだ声が、またしても法廷内に響きわたった。

「ぼくですよ、裁判長。ぼくです、ジョゼフ・ルルタビーユです」

27　ジョゼフ・ルルタビーユ、栄光に包まれあらわれる

法廷中が恐ろしい大混乱に陥った。卒倒しそうな女たちの叫び声がする。もはや司法の尊厳などどこにもなく、ただ上を下への大騒ぎだ。皆がジョゼフ・ルルタビーユを見ようとした。裁判長は全員退廷を命じると叫んだが、誰ひとり聞く者はいない。そうこうするうちにもルルタビーユは傍聴席の柵を飛び越え、肘で人々を掻き分けながら編集長のそばまで行った。編集長は感極まったように彼を抱擁した。ルルタビーユはその手から自分の手紙を受け取り、すばやくポケットにしまうと、さらに証言台の前まで進んだ。押し合いへし合いしながらも、紅潮した顔には晴れやかな笑みが浮かび、二つの丸い大きな目には知性の輝きが宿っていた。旅立ちの朝に会ったときと同じイギリス製のスーツ姿で――すっかりよれよれになっていたけれど――腕にロングコート、手にはハンチングを持っている。

「申し訳ありません、裁判長。大西洋航路便が遅れたものですから。今、アメリカから戻ってきました。ジョゼフ・ルルタビーユです」

どっと笑いが湧きあがった。誰もが彼の到着を喜んでいた。心にのしかかっていた重しが、取り払われたような気分だった。ようやく一息ついた。きっと彼は真実をもたらすに違いない。真実が明らかになるんだ。

けれども裁判長はかんかんだった。

「ああ、きみかね、ジョゼフ・ルルタビーユというのは」と裁判長は言った。「法廷を侮辱したらどうなるか、教えてやろう。きみの罪状は追って審議するが、裁判長の裁量により、とりあえずきみの身柄は司直の手で預かることにしよう」

「裁判長、それこそぼくの望むところです。この身を司直にゆだねること。そのためにやって来たのですから。ぼくが入ってきたせいで、法廷が大騒ぎになってしまったのはあやまります。ぼくほど司法を尊んでいる人間もいないでしょう、裁判長。でも、あんなふうに入るほか……」

そう言ってルルタビーユは笑いだした。するとみんなも笑った。

「連れていけ」と裁判長は命じた。

するとアンリ＝ロベール弁護士が発言を求め、ルルタビーユは正義感に駆られているだけだと助け舟を出した。彼は不可思議な事件が続いた一週間、ずっとグランディエ城に滞在していた貴重な証人だ。しかも被告人の無実を証明し、真犯人の名前を明かすと言っているのだから、その証言を聞かないわけにはいかない。弁護士はそう裁判長を説得した。

「きみは真犯人の名前を明かすというのかね？」裁判長は気持ちが傾きかけていたけれど、まだ信じられずにたずねた。

「もちろんですよ、裁判長。そのために来たのですから」

やんやの喝采が法廷を包んだが、静粛に（せいしゅく）という守衛の大声ですぐに静寂が戻った。

「ジョゼフ・ルルタビーユ氏は正式に召喚された証人ではありませんが、裁判長の裁量により喚問をお認めいただけるよう望みます」

「いいだろう。彼の話を聞くことにしよう」と裁判長は言った。「しかし、まず先に……」

そこで次席検事が立ちあがり、こう指摘した。

「彼には真犯人だという人物の名を、ただちに明かしてもらったほうがいいでしょう」

裁判長は提案を受け入れたものの、皮肉っぽい保留をつけることも忘れなかった。

「ジョゼフ・ルルタビーユ君の供述に、次席検事が重要性を認めると言うなら、わたしとしては証人が犯人の名をただちに明かすことに異存はありませんな」

法廷は水を打ったように静まり返った。

ルルタビーユは黙ったまま、気の毒そうにロベール・ダルザックを見つめている。ダルザックは審理の開始から初めて、苦悩に満ちた不安そうな表情を見せた。

「さあ、ルルタビーユ君」と裁判長はうながした。「犯人の名前を言いなさい。みんな待っているんだ」

ルルタビーユはおもむろにチョッキのポケットを探り、大きな懐中時計を取り出して時間を確かめた。

「裁判長、犯人の名は六時半になるまで申しあげることができません。まだたっぷり四時間あります」

法廷内から驚きと落胆のつぶやき声が聞こえた。「われわれを馬鹿にしているのか！」傍聴に集まった弁護士のなかには、そう大声で不満を漏らす者もいた。

裁判長は呆気にとられたような顔をした。アンリ＝ロベール弁護士とアンドレ・エス第一秘書は困惑している。

「冗談はもうたくさんだ。証人控室に下がっていなさい。これ以上、勝手な真似はさせんからな」

するとルルタビーユは甲高い声を張りあげて抗議した。

「裁判長、聞いてください。嘘は言いません。六時半になって犯人の名前を明かしたとき、ど、う、して、そ、れ、ま、で、黙、っ、て、い、な、け、れ、ば、な、ら、な、か、っ、た、の、か、わかっていただけるはずです。誠意をもってお約束します。ルルタビーユを信じてください。とりあえずは森番殺しについてご説明しておきましょう。フレデリック・ラルサン警部はグランディエ城でぼくの仕事ぶりを見ていましたから、ぼくがどれほど丹念にこの事件を調べたか保証してくれるでしょう。そりゃまあ、ぼくはラルサン警部の意見に反対で、ロベール・ダルザック氏を逮捕したのは間違いだった、無実の人間を逮捕してしまったと主張していますがね。でもぼくの真剣な思いは、彼もよくわかっているはずだ。それにぼくがいくつもの重要な発見をして、彼の捜査を助けたことも」

この言葉を受けて、フレデリック・ラルサンはこう言った。

「裁判長、ジョゼフ・ルルタビーユ君の推理を聞くのも面白いでしょう。わたしの考えとは違っているそうだから、ますますもって興味深い」

名探偵の発言は賛同の声で迎えられた。ラルサンは正々堂々と一騎打ちを受けて立とうというのだ。二つの知性が火花を散らすさまは、すばらしい見ものに違いない。彼らは同じひとつの悲劇的事件をめぐり、激しい戦いを繰り広げた末、二つの異なった結論に至ったのだった。

　裁判長が黙ったままなので、フレデリック・ラルサンは続けた。

「スタンガルソン嬢を襲った犯人が、森番の心臓をナイフで一突きしたというところまでは、わたしとルルタビーユ君の意見は一致していたんですよね。けれども、どうやって犯人が庭の隅から逃げたのかについては異論があるとか。だったらルルタビーユ君がそれをいかに説明するのか、ぜひ知りたいものですな」

「たしかに、そこはぜひお聞きいただきたいところです」とわが友は言った。

　傍聴席にまたしても笑いが起き始めた。裁判長は間髪を入れず、こんなことが繰り返されるなら躊躇（ちゅうちょ）なく閉廷すると威嚇（いかく）した。

「そもそも」と裁判長はつけ加えた。「こんな事件だというのに、何がおかしくて笑っているのか理解できんね」

「それはぼくもです」とルルタビーユは言った。

　わたしの前にいる人々は吹き出さないよう、口にハンカチを突っこんでいた。

「よろしい」と裁判長は言った。「フレデリック・ラルサン警部が言ったことは、きみも聞いただろう。それじゃあ、犯人がどうやって庭の隅から逃げたと思うのかね？」

＊

　ルルタビーユはマチュー親父の細君に目をやった。細君は彼を見て、悲しげに微笑（ほほえ）んだ。

「マチュー夫人は森番に好意を抱いていたことを、包み隠さず告白してくれましたから……」

「このあばずれめ！」とマチュー親父が叫んだ。

「彼を退廷させなさい」と裁判長が命じる。

マチュー親父は法廷内から連れ出された。

ルルタビーユは話を続けた。

「マチュー夫人が自ら告白したことですから、間違いはありません。彼女はしばしば深夜、望楼の二階にある礼拝室だった部屋で、森番と密会していたのです。とりわけマチュー親父がリューマチで寝たきりになってからは、密会も頻繁になっていました。

痛み止めのモルヒネ注射でマチュー親父が静かに眠っていれば、そのあいだの数時間、細君のほうは家を空けられます。こうしてマチュー夫人は深夜、黒いショールをかぶってできるだけ顔を隠し、城を訪れていました。気味の悪い幽霊のようなその姿に、ジャック爺さんは夜ごと震えあがっていました。マチュー夫人はアジュヌー婆さんの飼い猫の陰気な鳴き声を真似て、密会の合図にしていました。アジュヌー婆さんというのはサント＝ジュヌヴィエーヴ＝デ＝ボワ村に暮らす魔女のような老婆です。合図があるとすぐに森番は望楼から下におり、愛人のために隠し戸をあけてやりました。少し前から望楼の改修が始まりましたが、密会は相変わらずその部屋で続けられました。森番にあてがわれた臨時の部屋は右翼の端にあって、執事や料理係の一家と薄い壁一枚で区切られているだけだったからです。

庭の隅で事件が起きたとき、マチュー夫人はちょうど森番と別れたところでした。もちろん森番は、まだぴんぴんしていました。マチュー夫人と森番は密会を堪能して、いっしょに望楼から外に出たのでした。それは翌朝、前庭に残っていた足跡を調べてわかったことですがね、裁判長。ぼくは門番のベルニエに、猟銃を持って望楼の裏を監視するよう命じておきました。それについては、本人の口から説明してもらってもかまいません。ベルニエのいる位置からは、前庭で何が起きているかはわかりませんでした。彼は銃声を聞きつけて前庭に出ると、逃げていく人影に向けて自分も銃を撃ったのです。同じころ、森番とマチュー夫人は前庭の静かな暗闇のなかにいました。二人はお休みの言葉を交わすと、マチュー夫人はあいている正門へ向かい、森番は右翼の端にある、庭に張り出した自分の部屋に戻っていきました。

森番がドアの前に着いたとき、拳銃を撃つ音がしました。彼はふり返り、不安になって引き返しました。右翼の角を曲がりかけると、人影が飛びかかってきました。森番は心臓を一突きされ、絶命したのです。彼の死体はすぐに回収されました。駆けつけた人々は彼のことを、スタンガルソン嬢を襲った犯人だと思っていましたが、実は殺された被害者だったのです。その間、マチュー夫人はどうしていたのでしょう？　どかどかと人がやって来て、銃声が鳴り響いたのに驚いて、彼女は前庭の闇のなかで縮こまっていました。庭は広いし、もう正門近くまで来ていたので、そのままそっと外へ出ることもできたでしょう。けれども彼女はそうしませんでした。庭にとどまって、死体が運ばれるのを見ていたのです。不安で胸がいっぱいだったのも無理ありません。嫌な予感がしたのでしょう、彼女は城の玄関へ引き返し、ジャック爺さんのカンテラに照らされた階段に目をやりました。愛人の死体が寝かされているのを見て、彼女は逃げ出しました。それでジャック爺さんも、はっと気づいたのかもしれません。彼はすぐに追いかけました。黒い幽霊のせいで、幾晩も眠れない夜をすごしていたからです。

ジャック爺さんはその晩、事件の前に神獣様の鳴き声で目を覚まし、窓から黒い幽霊を目撃して急いで服を着ました。だからぼくたちが森番の死体を玄関に運んだとき、彼はきちんとした格好でやって来たのです。彼は今夜こそ幽霊の顔をしっかり確かめてやろうと必死に追いかけ、取り押さえました。ジャック爺さんとマチュー夫人は昔からの知り合いでした。彼女は夜の逢引きのことを打ち明け、この窮地を救ってほしいとたのみました。なにしろ愛人の死体を目にしたばかりですからね、マチュー夫人は見るも哀れな状態だったことでしょう。ジャック爺さんは気の毒に思い、彼女につき添い送っていきました。ナラ林を抜け、庭を出て池の畔をまわり、エピネー街道まで。そこから彼女の家までは、ほんの数メートルです。ジャック爺さんは城に戻りました。森番の愛人としては、事件の晩に自分も城にいたなどと知られたくないでしょう。捜査のごたごたに巻きこまれるだけですから。ジャック爺さんはそう思って、このドラマティックなエピソードをできるだけ隠そうと画策しました。その夜は、ただでさえいろんなことがありましたしね。それから」とルルタビーユはつけ加えた。「わざわざマチュー夫人とジャック爺さんに訊問して、今の話を確認するにはおよびません。事態はこのとおりだったとぼくにはわかっています。なんなら、ラルサン刑事に思い出してもらいましょう。ぼくがどうやって見抜いたか、彼もよくわかっているはずです。事件の翌朝、ぼくが二種類の足跡を調べていたのを見ていましたから。並んで続いていく二種類の足跡、あれはジャック爺さんとマチュー夫人のものだったのです」

　ここでルルタビーユは、まだ証人台にいるマチュー夫人をふり返り、慇懃(いんぎん)に一礼した。

「マチュー夫人の足跡は、犯人の高級靴の足跡と驚くほどよく似ています」とルルタビーユは続けた。

　マチュー夫人はぶるっと体を震わし、警戒するようにルルタビーユを見つめた。彼は何を言い出すのだろう？　いったいどういうつもりなんだ？

「マチュー夫人はきれいな足をしていらっしゃいます。すらりとして、女性にしては少し大きめで。つま先を別にすれば、犯人の足跡にそっくりです……」

　傍聴席が少しざわめいたが、ルルタビーユはそれを身ぶりで制した。まるで傍聴席を管理するのも、今や自分なのだとばかりに。

「いえ、誤解しないでください。だからって、たいした意味はありません。こうした個々の外的な手がかりに基づいて推理を組み立て、その全体像をとらえようとしなければ、いつなんどき司法過誤を引き起こさないとも限らない。そう言いたかっただけです。ロベール・ダルザック氏の足跡だって犯人とそっくりですが、彼は無実なんですから」

　再び傍聴席がざわめいた。

　裁判長がマチュー夫人にたずねる。

「事件の夜の経緯は、今の話のとおりだったのかね？」

「はい、裁判長」と彼女は答えた。「まるでルルタビーユさんが後ろから見ていたみたいに」

「では犯人が右翼の端まで逃げていくのを目撃したと?」

「ええ、そうです。一分後、森番の死体が運ばれていくのも見ていました」

「それなら犯人はどこへ行ったんだ? 前庭にいたのはあなただけなのだから、当然犯人を見ているはずだ。犯人のほうはあなたがいるのを知らずに、逃げるチャンスだと思って……」

「わたしは何も見ていません」とマチュー夫人はうめくように答えた。「ちょうどそのとき月が隠れてしまい、あたりが真っ暗になったので」

「だったら犯人はどうやって逃げたのか、ルルタビーユ君に説明してもらうことにしよう」と裁判長は言った。

「そうこなくちゃ」間髪をいれずに答えるルルタビーユの口調があまりに自信満々だったので、裁判長も思わずにっこりした。

ルルタビーユはさっそく説明し始めた。

「庭の隅に駆けこんだ犯人が、ぼくたちに気づかれずにそこから逃げ出すのは、普通のやり方では不可能でしょう。たとえ目に見えなくとも、体はあたりますから。あそこは庭の端っこにある四角いちっぽけな空き地で、まわりは濠と高い鉄柵に囲まれています。犯人がいたなら、ぶつかるなり踏みつけるなりしているはずだ。つまりあそこは濠と柵とぼくたちで、実質的に四方がふさがれ、黄色い部屋とほとんど同じ密室状態だったんです」

「だったら、説明したまえ。犯人がその四角い空き地に入ったなら、どうしてきみたちは気づかなかったんだ? さっきからもう三十分も、そのことだけをたずねているんだが」

ルルタビーユはまたもやチョッキのポケットから懐中時計を取り出し、悠然と眺めた。

「裁判長、あと三時間半、おたずねになり続けてもけっこうですが、それについても六時半まで答えられませんよ」

今度は聴衆のざわめきに、不満や反感を感じられなかった。みんなルルタビーユを信頼し始めたのだ。なるほど、こいつは信じられる。まるで友達と待ち合わせするみたいに、裁判長に証言時間を指定するのも愉快じゃないか。

裁判長はといえば、腹を立てたものかどうかしばらく迷った末、みんなと同じようにこの若者を面白がることにした。ルルタビーユのくったくない態度に、裁判長も感化されてきたのだろう。それにルルタビーユは、マチュー夫人が事件のなかで演じた役割を明らかにし、彼女の行動を逐一説明した。だから裁判長のロクー氏としても、彼の話を真剣に受けとめねばならないという気になってきた。

「ルルタビーユ君、それなら好きにしたまえ。だが六時半まで、法廷から出ていてもらうからね」

ルルタビーユは裁判長に一礼すると、大きな頭を揺すりながら証人控室のドアへ向かった。

＊

ルルタビーユはきょろきょろとこちらを見まわした。わたしが目に入っていないようだ。そこでわたしは傍聴席を埋め尽くす人々を掻きわけ、ルルタビーユとほぼ同時に出口に達した。

わたしに気づいたときの感激ぶりといったらなかった。ぱっと輝いた顔の表情が、それを雄弁にあらわしている。彼は大喜びでわたしの手をつかみ、ぶんぶんと揺さぶった。

「何をしにアメリカへ行ったのかはたずねないことにしよう」とわたしはわが友に言った。

「どうせ裁判長に答えたのと同じように、六時半までは話せないんだろうから」

「いや、いや、そんなことはないさ、サンクレール。アメリカに行ったわけならすぐに説明するとも。きみは友達だからね。ぼくは犯人のもう一面がなんという名前なのか、その正体を突きとめに行ったんだ」

「驚いたな、もう一面の正体だって？」

「そのとおり。最後にグランディエ城をあとにしたとき、ぼくは犯人の二面をとらえていた。そのうち片方の正体はわかっていたんだ。だからもう片方が何者かを調べにアメリカまで行ったのさ」

　わたしはたちはこのとき、証人控室に入るところだった。証人たちは皆、ルルタビーユを囲んで大歓迎した。ルルタビーユも、とても愛想がよかった。もっともアーサー・ランスに対してだけは、はっきりと冷たい態度を示したけれど。フレデリック・ラルサンが控室に入ってくると、ルルタビーユは駆け寄って握手をした。指の骨が折れそうなほど力強い、何か激しい思いがこめられた握手だった。こんなに好意を示すところを見ると、ルルタビーユはラルサンに対する勝利を信じているに違いない。ラルサンも自信たっぷりに微笑み、どうしてアメリカへ行ったのかとたずねている。するとルルタビーユも愛想よく彼の腕を取り、旅の土産話(みやげばなし)を披露した。やがて彼らはわたしから離れ、二人だけで何か真剣な話を始めた。わたしは遠慮して近づかないようにした。それに傍聴席に引き返し、証人喚問の続きも聞きたかったし。けれども席に戻ると、みんな目の前のやり取りにたいして関心を示していないことに気づいた。六時半が待ち遠しくてしかたないのだ。

＊

六時半のベルが鳴ると、ジョゼフ・ルルタビーユが再び法廷内に通された。証言台につく彼を、傍聴人たちがどんなに熱い目で追ったかは筆舌に尽くしがたい。皆、思わず息を呑んだ。ロベール・ダルザックは死人のように真っ青な顔で、被告人席から立ちあがった。

裁判長は重々しい口調で言った。

「きみには宣誓を求めないことにしよう。正式に召喚されたわけではないからね。しかし、きみが今からここで述べることがいかに重大な意味を持つかは、言うまでもないだろう……」

それから裁判長は、威嚇するようにこう続けた。

「重大というのは……きみにとってだ。それに、ほかのみんなにとっても」

けれどもルルタビーユは平然として裁判長を見やった。

「わかっています、裁判長」

「けっこう。さっきは犯人が逃げこんだ庭の隅について話していたんだったな。犯人がそこからどうやって姿をくらましたのか、犯人は何者なのか、きみは六時半になったら説明すると約束した。さあ、ルルタビーユ君、もう六時三十五分だが、まだ何も聞かされちゃいないぞ」

「では、ご説明しましょう」とわが友は切り出した。かつて経験したことがないほど厳かな静寂が、あたりを包んでいる。「先ほども言ったとおり、庭の隅はほとんど密室状態でした。追手が気づかないうちにあそこから逃げ出すのは、犯人にとって不可能だ。それは動かしがたい真実です。だから**ぼくたちが庭の四角い片隅にいたとき、犯人もまだそこにいっしょにいたんです！**」

「しかしきみたちは犯人を見なかった。そう検察当局は主張しているが……」

「でもぼくたちはみんな、犯人を見ているんですよ、裁判長」とルルタビーユは叫んだ。

「なのに捕まえなかったのか！」

「それが犯人だと気づいていたのは、ぼくだけでしたから。そしてぼくは、どうしても犯人を捕まえるわけにいかなかったんです。そもそものときは、証拠もありませんでしたし。わが理性のほかはね。ええ、犯人はここにいる、みんな見えているんだと教えてくれるのは、ぼくの理性だけだったんです。ぼくはじっくり時間をかけて、今日、重罪裁判所の法廷に、反論の余地のない証拠を準備してきました。それにはみなさんも、必ずや満足していただけるでしょう」

「だったら、さあ、言いたまえ。犯人の名前を」と裁判長は急かした。

「庭の隅にいた者たちのなかに犯人は含まれています」とルルタビーユはのんびりと答えた。

法廷内はもう、しびれを切らし始めた。

「誰なんだ、さあ名前を！」とあっちでもこっちでもつぶやく声がする。

ルルタビーユは、いつ張り倒されるかもしれないような、のんびりとした口調で答えた。

「その話は、もう少しあとにしましょう、裁判長。それにはしかるべき理由があって……」

「名前を、名前を」と人々は繰り返した。

「静かに！」と守衛が金切り声をあげる。

裁判長が言った。

「今すぐ名前を言いたまえ。庭の端にいた者というと、まずは死んだ森番が思い浮かぶが、彼なのかね、犯人は？」

「いいえ、裁判長」

「それなら、ジャック爺さんでは？」

「いいえ、裁判長」

「門番のベルニエ？」

「いいえ、裁判長」

「サンクレール氏？」

「いいえ、裁判長」

「ではアーサー・ランス氏？　あとはアーサー・ランス氏ときみ自身しか残ってないが。まさかきみが犯人じゃないだろうが」

「違いますよ、裁判長」

「それじゃあきみは、アーサー・ランス氏が犯人だと言うのかね？」

「いいえ、裁判長」

「わからんな。何が言いたいんだ？　庭の隅には、もう誰も残っていないぞ」

「そんなことありませんよ、裁判長。たしかに庭の隅には、もう誰もいません。庭の下にもね。でもうえには、ひとりいたんです。二階の窓から庭の隅に身を乗り出していた人物が」

「フレデリック・ラルサンか」と裁判長は叫んだ。

「フレデリック・ラルサンです」ルルタビーユは響きわたるような声で答えた。

それから彼は、抗議の声をあげている聴衆をふり返って、思いがけなく強い調子でこう言い放った。

「そう、フレデリック・ラルサンこそ犯人だったのです！」

仰天、驚愕、憤慨、疑念がいっきに噴出し、法廷内は騒然となった。大胆不敵にもこんな告発をあえて口にするルルタビーユに対する称賛も、一部ながら含まれていた。裁判長はもう、静粛を求めようともしなかった。先を早く知りたい人々が、しっと大きく息を鳴らすと、騒ぎは自ずと収まってきた。すると被告人席にすわりこんだロベール・ダルザックの声がはっきりと聞こえた。

「まさかそんな！　頭がどうかしている……」

そこで裁判長が言った。

「ルルタビーユ君、きみはフレデリック・ラルサンが犯人だというのか。この告発は重大ですぞ。被告人のロベール・ダルザック氏でさえ、きみの正気を疑っているくらいだ。これが狂気の沙汰ではないというなら、証拠を見せたまえ」

「証拠ですか、裁判長。証拠をご所望なんですね」とルルタビーユは鋭い声で言った。「それならフレデリック・ラルサンを呼んでください」

「フレデリック・ラルサンを」と裁判長が守衛に命じた。

守衛が証人控室に向かい、ドアをあけてなかに入った。皆の目がその小さなドアを注視している。やがて守衛が出てきて、法廷の真ん中まで進んだ。

「裁判長、フレデリック・ラルサンはいません。四時ごろ控室を出たまま、まだ戻ってこないそうです」

するとルルタビーユが勝ち誇ったように叫んだ。

「これこそぼくの証拠です」

「説明したまえ。それがどうして証拠になるんだ?」裁判長がたずねる。

「まさしく反論の余地がない証拠ですよ。おわかりになりませんか、ラルサンは逃げたのです。二度と戻ってこないでしょう。もうフレデリック・ラルサンに会うことはないんです」

法廷の奥からさざめきが起こった。

「きみは司法を愚弄しているのか。ラルサンが犯人だと言うなら、どうして彼がこの法廷にいるうちに、面と向かって告発しなかったんだ?　そうすれば、少なくとも彼の答えは聞けたものを」

「これこそ、完璧な答えじゃないですか、裁判長。彼は答えない、これからもずっと答えることはないでしょう。ぼくはラルサンが犯人だと告発し、そして彼は逃げた。これが答えだと思いませんか？」

「どうも信じられんな。きみの言うとおり、ラルサンが逃げたとは思えないのだが。どうして逃げるんだ？　ラルサンは、きみに告発されると予想していなかったのでは？」

「彼はわかっていましたよ、裁判長。だってさきほど、ぼくが自分で教えましたから」

「何だって！　きみはラルサンが犯人だと思いながら、逃げる機会を与えたっていうのか？」

「そうです、ぼくはそうしました」とルルタビーユは胸を張って答えた。「ぼくは司法の人間ではありません。警察の人間でもない。ぼくは一介の新聞記者です。ぼくの仕事は誰かを逮捕させることじゃない。自分なりのやり方で真実に仕えること、それがぼくの使命です。あなたがたはご自分たちのやり方で、社会秩序を守ればいい。それがあなたがたの使命なんですから……でも、人を死刑台に送るのはぼくの役目じゃありません。裁判長、あなたが正義の人ならば――もちろん、そうでしょう――ぼくの考えは間違っていないとお認めになるはずだ。ぼくはさっき、こう言いましたよね。《六時半になって犯人の名前を明かしたとき、どうしてそれまで黙っていなければならなかったのか、わかっていただけるはずです》と。必要な時間を、あらかじめ計算しておいたんです。まずはフレデリック・ラルサンに、ぼくの意図を告げる。彼が四時十七分の汽車に乗ってパリまで行けば、あとは安全に逃げおおせるだろう。パリに着くまでに一時間。パリで足跡をすべて消し去るのに一時間十五分。ざっと見積もって、六時半まで待てばいいってね。もうフレデリック・ラルサンは見つからないでしょう」ルルタビーユはロベール・ダルザックのほうをじっと見つめながら言った。「彼はとても悪賢い男ですから。これまでもずっと司法の手を逃れてきた……あなたがたは長年、追い続けてきたけれど。そんじょそこらの警察では、とうてい彼に太刀打ちできません。そりゃまあ、ぼくにはかないませんでしたが」そう言ってルルタビーユは、心の底から愉快そうに笑った。もっとも笑っているのは彼ひとりで、ほかのみんなはとうていそんな気分ではなくなっていたけれど。「あの男は四年前からパリの刑事部に入りこみ、フレデリック・ラルサンの名で知られていました。しかし彼には、あなたがたもご存じの、もうひとつ別の名前があるのです。裁判長、フレデリック・ラルサンは何とバルメイエだったのです！」

「バルメイエだって！」と裁判長は叫んだ。

「バルメイエ」とロベール・ダルザックも席から立ちあがって言った。「バルメイエ……それじゃあ、本当だったのか」

「どうです、ダルザックさん。これでもまだ、ぼくの頭がおかしいとお思いですか」

バルメイエ、バルメイエ、バルメイエ！　法廷はもう、その名前であふれ返っていた。裁判長はいったん休廷を命じた。

＊

休廷のあいだも、皆の興奮は収まるどころではなかった。とんでもない名前が飛び出してきたのだから。バルメイエとはね！　まったくもって、すごいやつだよ、ルルタビーユは。バルメイエとはね！　でも、たしか数週間前に、死んだという噂が流れたはずだが。それじゃあバルメイエは、うまいこと生きのびたってわけか。これまでもずっと、うまく警察の手を逃れてきたように。バルメイエの名だたる悪行の数々を、あらためてここに挙げるにはおよばないだろう。彼は二十年間にわたり新聞の裁判記事や三面記事に話題を提供し続けた。読者のなかには黄色い部屋の事件を忘れていたという方もおられようが、バルメイエの名はしっかり記憶に焼きついていたはずだ。バルメイエはいかにも上流人士然とした悪党である。彼ほど紳士らしい紳士もいないし、彼ほど指先が器用なマジシャンもいない。そして今風の言い方をするなら、彼ほど大胆で恐るべき無法者（アパッチ）もいないだろう。庶民が仰ぎ見る上流社会に入りこみ、誰にも真似できない鮮やかな手並みで、名家の誇りとお偉方たちの金を掠め取る。いざとなればナイフで一突き、羊の骨で一撃することもためらわない。そう、彼は決して躊躇しない。どんな無謀な企てだって、さらりとやってのけるのだ。いったん司法の手に落ちても、公判の朝、彼を重罪裁判所に護送する看守の目に胡椒を投げて逃走してしまう。あとでわかったことだが、逃走の日、刑事部の敏腕刑事たちが彼のあとを追っているころ、当の本人は変装をするでもなく、コメディー＝フランセーズ劇場の初日公演をのんびり鑑賞していたという。のちにバルメイエはフランスを離れ、アメリカで犯行を続けることになる。稀代（きだい）の怪盗は、ある日オハイオ州警察に捕まったが、翌日にはまた脱走してしまった。バルメイエのことを語り始めたら、本が一冊書けてしまうだろう。そんな男が名探偵フレデリック・ラルサンとして、世にもてはやされていたのだ。それを暴いたのが、弱冠十八歳のルルタビーユだった。しかも彼はバルメイエとしての過去を知りながらわざと逃がし、この悪党がまたしても社会を笑いものにすることを許したのである。しかしわたしは最後の点についても、ただルルタビーユに感服するばかりだった。というのもわたしには、彼の意図がよくわかっていたから。彼は最後までロベール・ダルザック氏とスタンガルソン嬢のためを思い、悪党の口を封じたままその魔手を遠ざけようとしたのだ。

こんな驚くべき事実にまだみんな呆然としていていたが、気の短い連中は早くもこう叫んだ。「犯人はフレデリック・ラルサンだったとしても、彼がどうやって黄色い部屋から抜け出したのかはまだわからないぞ」と。こうして審理が再開した。

＊

すぐさまルルタビーユが証言台に呼ばれ、訊問——たしかにそれは供述というより訊問と呼ぶにふさわしかった——が始まった。

裁判長。「ルルタビーユ君、きみはさっき、犯人が庭の隅から逃げるのは不可能だと言った。なるほど、フレデリック・ラルサンはきみたちの頭上で、窓から身を乗り出していたのだから、まだ庭の隅にいたうちに入るだろう。だが窓辺に立つには、庭の隅からそこまで行かねばならない。じゃあ、どうやって行ったんだ？」

ルルタビーユ。

「普通のやり方では逃げ出せない、と言ったんです。つまり犯人は、普通ではないやり方をしたってことです。前にも言いましたが、庭の隅はほとんど密室状態でした。黄色い部屋のほうは、完全な密室ですがね。ぼくたちが森番の死体を眺めているあいだに、外壁をよじのぼってテラスに飛び乗れば、すぐうえにある窓から曲がり廊下に入れます。あとはわきの寝室に駆けこみ、窓をあけてぼくたちに声をかけるだけです。そんな曲芸も、バルメイエにはお茶の子さいさいです。この推理を裏づける証拠だってありますよ、裁判長」

そう言ってルルタビーユは上着のポケットから小さな袋を取り出し、口をひらいた。なかにはボルトが入っていた。

「裁判長、見てください、このボルトを。これとぴったり合う穴が、張り出しテラスを支える突起部分にまだ残っていますよ。ラルサンはあらゆる事態を予測して、自分の部屋のまわりにいろいろな逃げ道を準備しておきました。いざというとき慌てないための仕掛けをね。そのひとつが、前もって外壁に打ちこんだこのボルトというわけです。こうしてラルサンは片足を城の縁石に、もう片方の足をボルトにかけ、片手を森番の部屋に入るドアの蛇腹飾り（じゃばらかざ）に、もう片方の手をテラスにかけて、宙に消えました。彼ほど身軽なら、わけないことです。それに睡眠薬で眠らされたのも、ただのお芝居でした。あの晩、ぼくたちはラルサンといっしょに夕食をとりました。そして食事のあと、彼は突然眠気に襲われたようなふりをしたんです。そうすれば、ぼくが彼と夕食をとっていたときに睡眠薬を飲まされたからといって、疑われずにすみますから。ラルサンもぼくと同じ目に遭ったのなら、疑いはほかに向くでしょう。というのもぼくのほうは、本当に眠らされてしまったんですから。いやはや、ラルサンが盛った睡眠薬でね。もしぼくがそんな情けない状態でなければ、あの晩ラルサンをスタンガルソン嬢の寝室に入らせず、不幸な事態を招かずにすんだのに」

うめき声が聞こえた。それはダルザックが耐え切れずに漏らした、苦しみの声だった。

「もうおわかりでしょう」とルルタビーユは続けた。「ぼくは寝室が隣だったので、とりわけあの晩、ラルサンにとって邪魔者だったんです。あの晩、ぼくが警戒していたことは、彼もわかっていたでしょうから。少なくとも、そうではないかと思っていたはずです。もちろんぼくに疑われているとまでは、予想だにしていなかったけれど。でも部屋を出てスタンガルソン嬢の寝室へ行くとき、ぼくに感づかれるかもしれません。だからぼくが部屋で眠りこみ、友人のサンクレールがわきでせっせと揺さぶっているタイミングをみはからって、スタンガルソン嬢の部屋に向かったのです。そして十分後、スタンガルソン嬢の悲鳴が響きました」

「それじゃあきみは、どうしてフレデリック・ラルサンを疑うにいたったのかね？」

「《理性の正しい側面》に導かれてですよ、裁判長。だからぼくは彼のことを、そっと見張っていたんです。でもあいつは恐ろしく手ごわい男で、まさか睡眠薬を飲まされるとはぼくも思っていませんでした。ええ、そう、理性の正しい側面によって、彼が犯人だとわかったんです。でも、明白な物的証拠が必要でした。言うなれば、《理性の側面で見抜いたのちに、目を凝らして見定める》わけです」

「きみの言う《理性の正しい側面》とは、どういうものなんだ？」

「ああ、裁判長、理性にはふたつの側面があります。正しい側面と、間違った側面です。しっかりとしたよりどころになるのは片方だけ、正しい側面です。何をしようが何を言おうが、どんなときにも決して揺るがなければ、それが正しい側面だとわかります。廊下の怪事件の翌日、ぼくはすっかり自己嫌悪に陥っていました。自分は惨めったらしい最低の人間だと。理性をどこから、どうやって働かせたらいいのかわからず、ただ目の前にある偽りの足跡のうえに身を乗り出しているだけで。そんなとき、突然ぼくは理性の正しい側面に導かれ、二階の廊下へ駆けあがったのです。

そこでぼくははたと気づきました。ぼくたちが追っていた犯人は、普通のやり方だろうが普通でないやり方だろうが、この廊下から逃げ出すことはできなかったはずだと。そこでぼくは理性の正しい側面によって円を描き、そのなかに問題を設定しました。そして心のなかで、円のまわりに黒々とこう書いたのです。犯人は円の外に存在し得ないのだから、円のなかにいると。それじゃあ、円のなかには誰が見えるだろう？　理性の正しい側面はこう示しています。絶対そこにいるはずの犯人のほかには、ジャック爺さん、スタンガルソン教授、フレデリック・ラルサン、それにぼくです。つまり犯人を含め、五人の人物がいたことになる。ところが円のなかに、というか廊下に目をやると、四人しか見あたらない。しかし五人目の人物は、円の外へ出ることはできなかった。つまり円のなかには、**ひとり二役をしている者がいた。本来の自分のほかに、犯人の役も演じていた者が！**　どうしてそのことに、もっと早く気づかなかったのか？　それはひとり二役が、ぼくの見えないところで演じられたからにほかならない。だとしたら、円のなかにいる四人の人物のなかでぼくが気づかないうちに、誰が犯人と二役を演じることができただろう？　犯人と二人別々に、ぼくの目の前にいた者のはずはない。ぼくは廊下でスタンガルソン教授と犯人を同時に目にしている。ジャック爺さんと犯人、ぼく自身と犯人もだ。それならスタンガルソン教授もジャック爺さんもぼくも、犯人ではあり得ない。そもそもぼくが犯人なら、自分でわかっているはずです。そうですよね、裁判長。でもぼくは、フレデリック・ラルサンと犯人を同時に見ただろうか？　いや、見ていないぞ！　犯人がぼくの視界から消えてからラルサンが姿をあらわすまで、二秒ほど間があった。手帳にも書いておいたとおり、犯人はぼくやスタンガルソン教授、ジャック爺さんよりも二秒早く二つの廊下がつながる地点に着いていたから。ラルサンのことだから、それだけの時間があれば曲がり廊下を走りながらさっとつけひげを取り、まるで犯人を追っているかのようにすぐに引き返して、ぼくたちと激突するくらいたやすいだろう。バルメイエは同じような離れ業を、ほかにもたくさんやってのけていますからね。変装なんて、彼には朝飯前なんです。スタンガルソン嬢の前には赤ひげであらわれ、郵便局の職員の前にはダルザック氏そっくりの茶色いあごひげであらわれるというようにね。彼は何としてでもダルザック氏を陥れてやろうと、心に決めていたんです。こうしてぼくは理性の正しい側面によって、同時に見なかった二人の人物を結びつけることができました。いや、ひとりの人物の二つの面と言ったほうがいいかもしれません。つまりフレデリック・ラルサンと、ぼくが追いかけた謎の男という。そしてこれまで捜し続けた、謎に満ちた驚くべき犯人の姿を浮かびあがらせたのです。

この発見はぼくにとって衝撃的なものでした。何とか気持ちを落ち着けようと、これまで間違いのもとだった目に見える手がかり、外的な証拠をあらためて検討してみることにしました。そうすれば、理性の正しい側面によって描かれた円のなかにきっちりと収まるはずです。

フレデリック・ラルサンが犯人だという考えがそれまで思い浮かばなかった主な外的要因として、あの晩どんなことがあっただろう？

1　ぼくはスタンガルソン嬢の寝室で謎の男を目撃したあと、フレデリック・ラルサンの部屋に駆けつけた。すると寝不足で腫れぼったい目をしたラルサンが出てきた。

2　テラスに梯子がかかっていた。

3　ぼくはフレデリック・ラルサンを《曲がり廊下》の奥に配置し、これからスタンガルソン嬢の寝室に飛びこんで犯人を捕まえるつもりだと言った。そしてスタンガルソン嬢の寝室に戻ってみると、謎の男はまだそこにいた。

第一の要因は、頭を悩ませるほどのことではありません。ぼくがスタンガルソン嬢の寝室で謎の男を目撃し、梯子をおりていったとき、彼はそこでやるべき用事を終えていたのでしょう。だからぼくが城に戻るあいだに、彼もラルサンの部屋に引き返してすばやく服を脱いだ。こうしてぼくがドアをノックしたとき、眠そうな目をしたラルサンが顔を出したというわけです。

第二の要因である梯子の件も、さして難しい問題ではありません。もし犯人がラルサンなら、城に侵入するのに梯子など要らなかったはずです。彼はぼくの隣室で寝ていたのですから。しかし梯子は犯人が外から入ってきたように見せかけるためのものだったのです。それがラルサンの計画には必要でした。というのも、その晩ダルザック氏は城にいなかったからです。それにあの梯子は、ラルサンが逃げるのにも役立つでしょう。

　しかし第三の要因には、ぼくもすっかり目をくらまされてしまいました。ぼくはラルサンを《曲がり廊下》の奥に配置したあと、城の左翼にあるスタンガルソン教授とジャック爺さんの部屋へ寄りました。そのあいだにラルサンがどうしてスタンガルソン嬢の部屋に戻ったのか、説明がつかなかったのです。だってそれは、とても危険な行為ですからね。途中で捕まるかもしれないことは、彼にもわかっていたはずです。そして実際に捕まりかけました。さっさと自分の持ち場に戻るつもりが、その暇がなくなってしまってね。つまり彼には、どうしてももう一度スタンガルソン嬢の寝室へ行かねばならない理由があったはずです。しかもそれは、ぼくが引きあげてから急に思いついたことでしょう。さもなければ、ぼくに拳銃を貸したりしなかったでしょうから。ぼくはジャック爺さんを直線廊下の奥に配置したとき、当然ラルサンはまだ《曲がり廊下》の奥で持ち場についているものと思っていました。ジャック爺さんには詳しい説明をしませんでしたから、彼も自分の持ち場につくために二つの廊下が交わるところを通るとき、ラルサンが持ち場にいるかどうかを確かめてみませんでした。ジャック爺さんはそのとき、ぼくの命令を早く実行することしか考えていなかったのです。それではラルサンがもう一度スタンガルソン嬢の寝室へ行かざるを得なくなった突発的な理由とは、いったい何だったのでしょう？　彼の行動を暴露するような、目に見える証拠にほかなりません。きっと彼は何か大事なものを、スタンガルソン嬢の寝室に忘れてきてしまったのです。何だろう？　彼はそれを見つけたのだろうか？　ぼくは床に置いてあった蠟燭と、背中を丸めている男の姿を思い出し、寝室の掃除をしているベルニエの細君に捜索を頼みました。そして彼女は鼻眼鏡を見つけました。この鼻眼鏡です、裁判長」

ルルタビーユは小さな袋から、わたしたちが前にも見た鼻眼鏡を取り出した。

「この鼻眼鏡を見たとき、ぼくは不安になりました。ラルサンが鼻眼鏡をかけているところを、一度も見たことがなかったからです。彼が鼻眼鏡をかけていなかったのは、それが必要なかったからだ。どうしても自由に動きまわりたいときは、鼻眼鏡などかけていないほうがいい。だとすると、この鼻眼鏡にはどういう意味があるのだろう？　これは円のなかに収まらない。でも、老眼鏡だとしたら話は別だぞとぼくは心の内で叫びました。そういやラルサンが読んだり書いたりしているところは、見たことがなかったじゃないか。きっと彼は老眼なんだ。彼が老眼かどうかは、刑事部に確かめればわかるだろう。もしそうだとしたら、この鼻眼鏡にも見覚えのある者がいるはずだ。廊下の怪事件のあと、スタンガルソン嬢の寝室からその鼻眼鏡が見つかったら、ラルサンにとっては一大事だ。彼が寝室に戻った理由も、これで説明がつく。はたしてラルサン＝バルメイエは老眼でした。この鼻眼鏡もたしかに彼のものだと、刑事部で確認が取れるでしょう。

ぼくのやり方がどういうものか、これでおわかりいただけたでしょうか、裁判長」とルルタビーユは続けた。「ぼくは外的な要因から真実を求めようとは思いません。理性の正しい側面が示してくれる真実に反しないように求めるだけです。

しかしラルサンが犯人だなんて、そうやすやすと受け入れられることではありません。真実だという確信を得るために、今回に限って何か裏づけになるものが欲しくなりました。だからといって、彼の顔を確かめようとしたのは間違いでした。ぼくはその報いを受けたのです。廊下の怪事件以来、ぼくが理性の正しい側面に全幅の信頼を置かなかったことで、手痛いしっぺ返しを喰らったのです。わが理性が犯人はラルサンだと指し示しているのだから、そのほかの証拠を見つけようなどとしなくてもよかったのに。そのせいで、またしてもスタンガルソン嬢は襲われてしまい……」

ルルタビーユはそこで言葉を切り、感極まって洟をかんだ。

*

「だがラルサンは、何をしにスタンガルソン嬢の寝室へ行ったんだね？」と裁判長はたずねた。

「どうして二度も、彼女を殺そうとしたんだ？」

「スタンガルソン嬢に激しく横恋慕していたからですよ、裁判長」

「たしかに、それも一因だろうが……」

「ええ、動かしがたい理由です。彼は熱烈に恋していた……そんな激情が嵩じて、どんな犯罪も辞さない覚悟だったんです」

「スタンガルソン嬢はそれを知っていたのですか？」

「ええ。でも自分をつけ狙う男がフレデリック・ラルサンだとは、もちろんわかっていませんでしたが。さもなければ、ラルサンを城に泊まりこませたはずはありません。それに廊下の怪事件のあと、ぼくたちといっしょにスタンガルソン嬢の枕もとへ行くこともできなかったでしょう。そういえば彼はいつももの陰にいて、ずっと下を向いていました。あれはなくした鼻眼鏡を捜していたんです。スタンガルソン嬢を襲ったときは変装し、ぼくたちの知らない名前を名乗っていたのでしょう。彼女はもう、わかっているかもしれませんが」

「それじゃあ、ダルザックさん」と裁判長はたずねた。「あなたはそれについて、スタンガルソン嬢から打ち明けられていたのでは？　どうして彼女は誰にも話さなかったのですか？　そうしていれば、司法当局は犯人の足跡（そくせき）を追うことができました。あなただってもし無実ならば、こうして被告人席に立たされる苦しみを味わわずにすんだでしょうに」

「スタンガルソン嬢はわたしに何も話しませんでした」とダルザックは言った。

「それじゃあルルタビーユ君の言ったことは、本当だと思われますか」裁判長はなおもたずねた。

　しかしロベール・ダルザックは、平然とこう答えた。

「スタンガルソン嬢はわたしに何も話しませんでした……」

「森番殺しの夜、犯人が盗んだ書類をスタンガルソン教授に返したことについては、どう説明するのかね？」と裁判長は、ルルタビーユをふり返ってたずねた。「それに犯人は鍵のかかっていたスタンガルソン嬢の寝室に、どうやって忍びこんだのだろう？」

「ああ、二つ目の質問については、簡単に答えられますよ。ラルサン＝バルメイエのような男ならば、必要な鍵は手に入れるか、合鍵を作っていたはずです。書類に関して言うならば、ラルサンはもともと盗むつもりはなかったんだと思います。彼はスタンガルソン嬢のあとを始終そっとつけまわし、ロベール・ダルザック氏との結婚を邪魔しようと機会を窺っていました。そしてある日、二人がルーヴ百貨店にいたとき、スタンガルソン嬢が失くすか置き忘れたかしたハンドバッグをくすねました。ハンドバッグのなかには、頭部が銅製の鍵がありました。ラルサンはそれがどんなに大切な鍵か知りませんでした。スタンガルソン嬢が新聞に載せた三行広告で、彼はそれを知ったのです。そして三行広告に書かれていたとおり、スタンガルソン嬢に局留め郵便で手紙を送りました。そのなかでラルサンは、待ち合わせをしようと持ちかけたのでしょう。ハンドバッグと鍵を持っているのは、しばらく前から彼女を追いかけまわしている男であることを明かして。けれども返事は来ませんでした。第四十郵便局で確かめると、手紙はすでにスタンガルソン嬢の手に渡っていました。ラルサンは郵便局に行くとき、外見や服装をできるだけダルザック氏に似せました。スタンガルソン嬢を手に入れるためなら、どんなことでもする覚悟でいたのです。**けれども彼女はダルザック氏を愛しています。ラルサンはダルザック氏を憎み、何が何でも破滅させるため、犯人に仕立てあげようとしたのです。**

何が何でも、とぼくは今言いましたが、ラルサンはまだ殺人までは考えていなかったと思います。ともあれ彼はダルザック氏に変装して、スタンガルソン嬢を陥れる準備をしていました。それにラルサンはダルザックとほとんど同じ背丈ですし、足のサイズもほぼ同じです。だから必要とあらば、ダルザック氏の足跡を写し取り、それに基づいてそっくりの靴を作るのは難しくなかったでしょう。ラルサン＝バルメイエにはたやすいことです。

というわけで、手紙の返事もなければ待ち合わせの約束もできなかったけれど、ポケットには大事な小さな鍵がまだ入ったままでした。よし、スタンガルソン嬢が来てくれないなら、こちらから出向こう、とラルサンは思ったのです。計画は前々から練ってありました。グランディエ城や離れについても調べてあります。こうしてあの日の午後、スタンガルソン父娘が散歩に出かけている隙に、彼は玄関ホールの窓から離れに忍びこみました。離れには誰もいなかったので、時間はたっぷりありました。戸棚を確かめると、そのうちひとつはまるで金庫のように厳重で、小さな鍵穴まであいています。ふむふむ、こいつは面白い。頭部が銅製の鍵は、まだポケットに入っていました。そこで彼はふと思い立ち、ものは試しと鍵を鍵穴に挿しこんでみると、見事扉があいたのです。中身は書類でした。でも、こんな特注の戸棚にしまいこんであるということは、よほど大切な書類に違いない。扉をあける鍵も、必死に取り返そうとしていたようだし。よし、よし、これは脅迫の種に使えそうだ。スタンガルソン嬢をわがものにするのに役立つかも……ラルサンはそう思って書類を一まとめにし、玄関ホールわきの洗面所に運んでおきました。離れに忍びこんだときから森番殺害の夜までのあいだに、ラルサンは書類に目を通す時間がありました。さて、これをどうしよう？　こんなものを手もとに置いておくと、かえって面倒なことになりかねない。彼はそう思ってあの夜、書類を城に持っていったのです。二十年間にわたる研究の成果である書類を返せば、スタンガルソン嬢に少しは感謝されるのではないかという期待があったかもしれません。あんな男のことですから、何を考えたかわかったものじゃありません。理由はともあれ書類を返して、彼としては厄介払いしたつもりだったんです」

ルルタビーユはここで咳をした。わたしにはその咳の意味がよくわかった。説明不足は百も承知だが、どうしてラルサンはスタンガルソン嬢に対してあんなに恐ろしいふるまいに出たのか、その真意を隠しておくのはひと苦労だ。ルルタビーユの論証はあまりに不十分で、聴衆も納得がいっていないようだった。裁判長もきっとそう思うはずだと察したのだろう、ルルタビーユは抜け目なくこう叫んだ。

「それではここで、黄色い部屋の謎解きにかかるとしましょう」

椅子を動かす音やざわめき、しっ、静かにと沈黙をうながす声があちこちから聞こえた。みんな話の続きを聞きたくて、うずうずしている。

「でも、ルルタビーユ君」と裁判長が言った。「きみの推理によるならば、黄色い部屋の謎はもうすべて解き明かされているのではないかね。犯人の名前だけロベール氏からラルサンに変えれば、あとは前にフレデリック・ラルサン自身が説明したのと同じで。黄色い部屋の前にいるのがスタンガルソン教授ひとりだけになったとき、ドアがあいたんだ。娘の部屋から出てきた男を、教授はそのまま逃がした。スキャンダルにならないよう、娘の懇願に負けて……」

「いいえ、違います、裁判長」とルルタビーユは力いっぱい否定した。「お忘れですか、スタンガルソン嬢は頭に大怪我を負っていたんですよ。懇願なんてする力は残っていません。ドアを閉めて錠前や差し錠をかけることだってできなかったはずです。それにスタンガルソン教授は、いまだ生死の境をさまよっていた娘さんの命にかけて誓ったじゃないですか。ドアは決してあかなかったと」

「でも、きみ、これしか説明のしようがないじゃないか。黄色い部屋は金庫みたいに閉じられていたんだ。きみの表現を借りるなら、普通のやり方だろうと普通でないやり方だろうと、犯人がそこから出るのは不可能だったのだから。人々が部屋に入ったとき、犯人は見つからなかった。それなら、どうにかして逃げたはずだ」

「逃げる必要なんか、まったくなかったんです、裁判長」

「何を言ってるんだ？」

「犯人は逃げる必要なんかなかった。だってそこにはいなかったんですから」

法廷内がざわめいた。

「どういうことだ、いなかったっていうのは？」

「だから、いなかったんですよ。いるはずないんだから、いなかったということです。つねに理性の正しい側面を、よりどころにしなくてはいけないんです」

「だが、犯人がいた痕跡がたくさん残っていたじゃないか」と裁判長は言い返した。

「そう考えるのが、理性の間違った側面なんです。正しい側面は、われわれにこう教えてくれる。スタンガルソン嬢が部屋にこもったときから、ドアが押し破られたときまで、犯人はこの部屋から逃げ出すことは不可能だった。そして犯人は部屋のなかにいなかったのだから、ドアが閉まったときから押し破られるまでのあいだずっと、犯人はなかにいなかったと」

「でも、犯人の痕跡は？」

「ああ、裁判長、それもまた、目に見える手がかりです。目に見える手がかりにたよっていると、たくさんの司法過誤を犯すことになります。だってそれはいいようにわれわれを操り、好き勝手なことを言わせますからね。何度でも繰り返しますが、目に見える手がかりに基づいて推理するのではなく、まず最初に理性を働かせねばいけないんです。しかるのちに、その手がかりが理性の円のなかに収まるかどうかを検証する……ぼくが手にしているのは、否定しがたい真実だけが入ったとても小さな円です。犯人は黄色い部屋のなかにいなかったという真実だけが。それなのに、どうしてみんな犯人が部屋にいたと思いこんでしまったのでしょう？　それは犯人がそこにいた痕跡が残っていたからです。でもそれは、もっと前のことだったかもしれません。ええ、犯人はもっと前に部屋に入り、そして出ていったに違いありません。理性がそう語っているのです。犯人が部屋にいたのはもっと前だったと。それでは部屋に残っていた痕跡と、われわれが知っている事件の概要をふり返り、その痕跡がもっと前のものだったとしても矛盾はないか確かめてみましょう。**スタンガルソン嬢が部屋にこもってから、スタンガルソン教授とジャック爺さんがドアを破ってなかに入るまでの時間より前のことだったとしても、筋が通るかどうかを。**

《ル・マタン》紙に載った事件の記事を読み、パリからエピネー＝シュール＝オルジュへ向かう汽車のなかで予審判事さんから話を聞いて、黄色い部屋が厳密な意味での密室だったことは間違いないとぼくは思いました。だとしたら犯人は、スタンガルソン嬢が午前零時に部屋に入る前に、部屋から姿を消していたことになります。

けれども外的な手がかりは、ぼくの推理とははっきり対立していました。ほかに誰もいない部屋でスタンガルソン嬢が殺されかけるはずはないし、あたりに残っていた痕跡から自殺未遂とも思えません。だとしたら犯人は、その前に部屋に来たんです。それならどうしてスタンガルソン嬢は、犯人がいなくなってから殺されかけたのか？ というか、犯人がいなくなってから殺されかけたように見えたのか？ そこでぼくは、事件を二つの段階に分けて考えることにしました。その二つの段階は、数時間の間隔を置いて互いにはっきり区別されるものです。第一段階は、スタンガルソン嬢が実際に殺されかけたとき。しかし彼女は、それを誰にも言いませんでした。第二段階は、スタンガルソン嬢が悪夢にうなされたとき。実験室にいた人たちは、その声を聞いて事件だと思いこんでしまいました。

そのとき、ぼくはまだ黄色い部屋に足を踏み入れていませんでした。スタンガルソン嬢の傷はどんな様子なんだろう？ 首を絞められた痕と、こめかみに恐ろしい一撃の痕が残っていたそうですが……首を絞められた痕のほうは、頭を悩ますにはおよびません。前からついていたものだとしても、襟飾りやら襟巻やら、隠す方法はいくらでもありますから。事件を二つの段階に分けるとなると、スタンガルソン嬢は第一段階で起きた出来事をすべて隠していた、と言わざるを得ません。そうするからには、そうとうのっぴきならない事情があったのでしょう。だって父親にも、すぐに打ち明けなかったのですから。賊に襲われたことは、否定のしようがありません。しかし事件があったのは真夜中、第二段階のときだったと、予審判事に説明することになりました。そうせざるを得なかったのです。さもなければ父親に、『何を隠しているんだ？　こんな傷を負わされながら、どうして黙っていたんだ？』と言われたでしょう。

というわけで、首のまわりについた男の手の痕は隠すことができました。けれども、こめかみの大きな傷はどうしたのでしょう？　まったく、わけがわかりません。部屋からは凶器らしき羊の骨が見つかったというから、なおさらです。こんな重傷をとても隠せやしないだろうに。けれどもこの傷は、第一段階で負ったもののはずです。誰か襲いかかってくる者がいなければ、できやしないでしょうから。もしかしたら、みんなが言うほど傷は大きくないのかもしれないと、ぼくは想像しました。結局それは間違いだったのですが、小さい傷なら、真ん中から二つに分けて、左右に垂らした髪形で隠せると思ったのです。

スタンガルソン嬢に拳銃で撃たれ、怪我をした犯人の手形が、部屋の壁に残っていました。犯人が撃たれたのは第一段階、つまり部屋にいるときにでした。当然のことながら、犯人が部屋にいた痕跡はすべて第一段階に残されたものです。羊の骨、黒い足跡、ベレー帽、ハンカチ、壁やドア、床についた血痕……スタンガルソン嬢はこの事件について何も知られたくないと思っていたのに、こうした痕跡がそのままになっていたのは、彼女に消し去る暇がなかったからです。だとすれば、事件の第一段階は第二段階とさほど時間的に離れていなかったはずです。

もし第一段階のあと、つまり犯人が逃げ去り、スタンガルソン嬢が急いで実験室に戻って、仕事中の父親と顔を合わせたあと、ほんの少しのあいだでももう一度黄色い部屋に入ることができたなら、床に散らばっている羊の骨とベレー帽、ハンカチくらいは急いで片づけたでしょう。けれども彼女はそうせず、父親のそばを離れませんでした。つまり第一段階のあと、彼女は午前零時まで黄色い部屋に入らなかったのです。しかし十時に、部屋に入った者がいました。ジャック爺さんです。彼はそこで毎晩、鎧戸を閉めたりランプに火を灯したりしていました。スタンガルソン嬢は実験室の机で、仕事に精を出すふりをしていました。彼女はそちらに気を取られて、ジャック爺さんが部屋に行く時間なのを、忘れていました。だから慌ててふり返り、部屋の支度はいいからと部屋に入らないように言ったのです。そのことは《ル・マタン》紙の記事にもはっきり書かれています。結局ジャック爺さんは部屋に入ってしまいましたが、何にも気づきませんでした。なかはほとんど真っ暗だったからです。スタンガルソン嬢はその二分間、ひやひやのしどおしだったことでしょう。もしかしたら彼女は、犯人が部屋にいた痕跡がそんなにたくさん残っているとは思っていなかったのかもしれません。きっと第一段階のあと、首についた指の痕を隠すのに精いっぱいで、ほかに気をつける余裕もなく部屋から出たのです。もし羊の骨やベレー帽、ハンカチが床に散らばっているとわかっていたら、夜中に部屋に戻ったときに片づけていたでしょうからね。彼女はそれらが目に入らないまま、ランプの薄明りのなかで服を脱ぎ、興奮と恐怖で疲れ果ててベッドに入ったのです。この部屋に戻るのをできるだけあとまわしにしていたのも、恐ろしかったからこそです。

　ここらでいよいよ、悲劇の第二段階に入らねばなりません。**部屋にいるのはスタンガルソン嬢ひとりだけ。犯人の姿はありません。**ここでも理性が描いた円のなかに、外的な手がかりが自然な形で収まるように入れてみなければなりません。

　これまで挙げたほかにも、説明すべき外的な手がかりがあります。拳銃の銃声は第二段階で聞こえたものです。それに『助けて、人殺し』という叫び声も発せられました。これについて理性の正しい側面は、何を教えてくれるでしょう？　まずは叫び声について。部屋に犯人はいないのだから、その代わり悪夢にうなされたのだと考えざるを得ません。

　家具が倒れる大きな物音も聞こえたそうです。あとは想像するしかないのですが、スタンガルソン嬢は眠りについて、その日の夕方に体験したおぞましい場面を、夢に見たのでしょう。悪夢のなかに血まみれの幻が、くっきりと浮かびあがっています。襲いかかってくる犯人の姿が脳裏によみがえり、彼女は『助けて、人殺し』と叫びました。そして寝る前、ナイトテーブルのうえに置いておいた拳銃をやみくもに手探りしました。けれども手が力いっぱいナイトテーブルに激突して、ひっくり返してしまったのです。拳銃も床に転がり、その拍子に弾が発射されて天井にめりこみました。天井に撃ちこまれていたあの銃弾は暴発によるものだろうと、ぼくは初めから予想していました。あの銃弾のおかげで、事故の可能性がいっそう高まりました。スタンガルソン嬢は悪夢を見たのだという仮説にも、うまく合致(がっち)します。こうなれば、彼女が襲われたのがもっと前だったのは疑問の余地はありません。銃弾はそれを裏づける論拠のひとつなのです。けれどもスタンガルソン嬢は驚異的な精神力で、今、何者かに襲われたかのように見せかけたのです。悪夢、銃声……スタンガルソン嬢は恐慌をきたして目を覚まし、起きあがろうとしました。けれども体から力が抜けて、床に転がってしまいました。家具をひっくり返して、ぜいぜい喘ぎながら。それでも『助けて、人殺し』と叫んで、ついには気を失いました。

でも証言によれば、あの晩、第二段階で、銃声は二発聞こえたんですよね。ぼくの説（テーズ）でも――これはもう仮説（イポテーズ）ではありませんから――銃弾は二発撃たれています。でもそれぞれの段階で一発ずつで、第二段階で二発ではありません。つまり第一段階では犯人を傷つけるのに一発、第二段階では悪夢の最中に一発というふうに。それじゃあ拳銃は、たしかに夜、二発撃たれたんだろうか？　銃声がしたのは、家具が倒れる大きな音の最中でした。スタンガルソン教授は訊問のなかで、まず鈍い銃声が一度聞こえ、そのあと響きわたるような銃声がもう一度聞こえたと証言しています。もしかして、鈍い銃声というのは大理石のナイトテーブルが床に倒れる音だったとしたら？　この説明は、必ずや正しいものであるはずです。門番のベルニエ夫婦は離れの近くにいたのに、銃声は一発しか聞こえなかったと言っているのを知り、自分の考えが正しかったと確信しました。ベルニエ夫妻は予審判事に、はっきりそう証言しています。

こうしてぼくは事件の第二段階がどう展開したのかをほぼあとづけたところで、初めて黄色い部屋に入ってみたのでした。ところでこめかみの傷は予想以上に大きく、推理の円にうまく収まりませんでした。だとするとそれは第一段階において、犯人が羊の骨で殴った傷ではなかったのです。あれほどの傷は、とうてい隠せるものではありません。スタンガルソン嬢は二つ分けの髪形で隠したのだろうと思っていたのも、間違いだったようです。だとするとそれは必然的に、第二段階で悪夢のさなかにできた傷だということになります。ぼくはそれを黄色い部屋で確かめようと思い、黄色い部屋から答えを得ることができました」

ルルタビーユはまたあの小さな袋から、四つに折りたたんだ小さな白い紙切れを取り出した。それから紙をひらいて、何か目に見えないものを親指と人差し指でつまみあげ、裁判長の前に持っていった。

「裁判長、これは髪の毛です。血がついた金髪、スタンガルソン嬢の髪です。横倒しになった大理石製ナイトテーブルの角にこびりついていました。大理石の角も血痕で汚れていました。いやまあ、四角い小さな赤い染みにすぎませんが、とても重要な意味があります。恐慌をきたしたスタンガルソン嬢が、ベッドから起きあがろうとして下に転げ落ち、大理石の角に思いきりぶつかったことを教えているんですから。彼女はこめかみに怪我をし、この毛が抜けてナイトテーブルに張りついたのです。真ん中分けこそしていませんでしたが、彼女が額にたらしていた髪です。スタンガルソン嬢は鈍器のようなもので殴られたのだ、と医者は言っていました。現場には羊の骨が落ちていたので、すぐに予審判事はそれが凶器だろうと疑いました。でも、大理石製ナイトテーブルの角だって、立派な鈍器です。医者も予審判事も思いつかなかったようですが。ぼくだって理性の正しい側面に導かれ、もしやと疑わなかったら、気づかなかったでしょう。

またしても拍手喝采が法廷を包みかけた。しかし、すぐにルルタビーユが話を続けたので、あたりはたちまち静まり返った。

「犯人の名前は数日後にようやくわかりました。あとは事件の第一段階がどの時点で起きたのかを、はっきりさせるだけです。スタンガルソン父娘の訊問調書から、ぼくはそれを突きとめました。スタンガルソン嬢の証言には、予審判事の日を欺くための嘘も混じっていましたが、あの日、何時に何をしたかは正確に答えていました。こうしてぼくたちは、犯人が五時から六時のあいだに離れに入ったとわかりました。スタンガルソン父娘が再び仕事に取りかかったのが、六時十五分だったとしましょう。だとすると事件の第一段階は、五時から六時十五分のあいだということになります。いや、五時からスタンガルソン父娘はいっしょに散歩に出かけています。けれども事件が起きたのは、教授が近くにいないときのはずだ。だから、教授が娘と離れ離れになった隙を探さねばなりません。ぼくはその隙を、教授も立会いのもと、スタンガルソン嬢の寝室で行なわれた訊問の調書から見つけ出しました。そこにはスタンガルソン父娘が六時ごろ散歩を終え、離れに戻ってきたと書かれていました。スタンガルソン教授はこう言っています。『ちょうどそのとき森番があらわれ、ちょっといっしょに来てほしいとわたしに言いました』と。教授と森番は何か話し合いをしました。森番はスタンガルソン教授に、木の伐採だか密猟だかのことで相談したようでスタンガルソン嬢はその場にいませんでした。彼女は先に実験室に入っていたのです。しばらくして教授は森番と別れ、スタンガルソン嬢のところに向かいました。『娘はすでに仕事にかかっていました』と教授は言っています。

だからこの数分間のあいだに、事件は起きたのです。それはもう間違いありません。スタンガルソン嬢が離れに戻るのが目に見えるようです。黄色い部屋に入って帽子を置き、ふと前を見ると、彼女をつけまわしている悪党が立っている。悪党は少し前に離れに忍びこみ、そこで待っていたのです。彼は今夜ひと仕事するために、お膳立てを整えてきたのでしょう。履き心地の悪いジャック爺さんの靴は、さっさと脱いでしまった。そのあたりの経緯については、予審判事に説明してあります。書類を盗んだことは、さっき申しあげたとおりです。ジャック爺さんが玄関ホールと実験室の掃除に戻ってくると、彼はベッドの下に隠れました。その時間が、どんなに長く感じられたことか。ジャック爺さんが出ていくとベッドの下から抜け出し、また実験室を歩きまわりました。玄関ホールへ行って庭に目をやると、日暮れと言ってもまだ明るかったので、スタンガルソン嬢がひとりきりで離れに戻ってくるのが見えたのです。それでてっきり父親は別の場所にいるものと、思いこんでしまいました。さもなければ今ここで、彼女を襲おうとは考えなかったでしょう。彼女がひとりだと思ったのは、スタンガルソン教授と森番が小道の曲がり角で話していたからでした。そこは木立の陰になっていて、犯人から見えなかったのです。そこで犯人は、さっそく計画を組み立てました。今、離れでスタンガルソン嬢と二人きりになれれば、屋根裏部屋でジャック爺さんが寝ている夜中よりもゆっくりことを運べる。犯人はまずは玄関ホールの窓を閉めました。だからまだ離れに近づいていなかったスタンガルソン教授にも森番にも、銃声が聞こえなかったのです。

犯人は黄色い部屋に引き返しました。スタンガルソン嬢がやって来ます。そのあとは、あっという間の出来事だったに違いありません。スタンガルソン嬢は悲鳴をあげた……いや、あげようとした。男は彼女の喉を押さえる……絞め殺してしまいそうなほど。しかしスタンガルソン嬢は手探りで、ナイトテーブルの引き出しから拳銃を取り出した。男の魔手が迫っているのを感じて、用意しておいたのです。ラルサン＝バルメイエの手が、恐ろしげな羊の骨を彼女の頭上にふりあげる。彼女は引き金を引いた。銃弾が男の手にあたり、羊の骨が床に転がる。男の手から噴き出した血で、凶器の棍棒は真っ赤に染まっていた。男はよろめいて、壁に手をついた。赤い指の跡が、壁に点々と残る。男は次の一発を恐れて逃げ出した。

男が実験室を走り抜けるのが見える……物音も聞こえる。男は玄関ホールで何をしているのだろう？　窓から飛び出るのに、手間取っているらしい。ようやく男は外に出た。スタンガルソン嬢は窓に走り寄り、ぴたりと閉めた。父親に見られただろうか？　銃声を聞かれただろうか？　危険が去った今、心配なのは父親のことだけだった。彼女は気力をふりしぼり、すべてを隠すことにした。まだその時間があるならば……スタンガルソン教授が戻ってきたとき、黄色い部屋のドアは閉まっていて、彼女は実験室の机に身を乗り出し、すでに仕事にかかっていました」

ルルタビーユはそこまで話すと、ダルザックをふり返った。

「あなたは真実をご存じのはずです」と彼は大声で言った。「これが事件のなりゆきだった。そうですよね？」

「わたしは何も知りません」とダルザックは答えた。

「あなたは心の強い人だ」ルルタビーユは腕組みをしながら言った。「でももしスタンガルソン嬢が正気を取り戻し、あなたが起訴されているとわかったら、約束はもう守らなくてもいいとおっしゃるでしょう。彼女が打ち明けたことを、すべて話していいと。自らこの場に飛んできて、きっとあなたを弁護することでしょう……」

ダルザックはじっと黙ったまま、微動だにしなかった。そして悲しげにルルタビーユを見つめている。

「でも、しかたありません」とルルタビーユは続けた。「スタンガルソン嬢はここにおられないのだから、ぼくが代わりにそうするしかありません。でも、いいですか、ダルザックさん、スタンガルソン嬢を救い、正気に戻す最もよい、たったひとつの方法は、あなたの嫌疑を晴らすことなんです」

最後の言葉は万雷の拍手喝采で迎えられた。法廷を包む熱狂を、裁判長が静めようとすることすらなかった。ロベール・ダルザックの無実は認められた。陪審員たちを眺めるだけで、それはわかる。彼らがダルザックの無実を確信していることは、顔つきにはっきりとあらわれていた。

そこで裁判長が叫んだ。

「しかし、まだわからないことがある。スタンガルソン嬢は殺されかけてもなお、こんな重大犯罪をどうして父親に隠していたんだね？」

「ああ、そのことですか、裁判長」とルルタビーユは言った。「それはぼくにもわかりません。ぼくにとってはどうでもいいことです」

裁判長はロベール・ダルザックにあらためて問いかけた。

「あなたはまだ、話す気はないんですか？　スタンガルソン嬢の命が狙われているとき、あなたがどこで、何をしていたのかを？」

「何もお話しできません」

裁判長に目で説明を求められ、ルルタビーユは口をひらいた。

「ロベール・ダルザック氏の行動に空白時間があるのは、スタンガルソン嬢の秘密と密接に結びついていると考えられます。どうしても秘密を守らねばならない。ダルザック氏はそう思っているのです。ラルサンは三度におよぶ犯行に際し、ダルザック氏に疑いが向けられるよう準備万端整えていました。それぞれの犯行時、口外がはばかられる場所、隠しごとを疑われるような場所でダルザック氏と待ち合わせをしていたんです。ダルザック氏のことだから、スタンガルソン嬢の秘密に関わることは何ひとつ、明かさないでしょう。そんなことをするくらいなら、罪をかぶったほうがいいと思っているはずだ。ラルサンはそんな卑怯（ひきょう）な手を使う、ずる賢いやつなんです」

裁判長はルルタビーユの勢いに気おされながらも、まだ興味深そうにたずねた。

「その秘密とは、どういうものなんだね？」

「ああ、それはぼくにも言えません」ルルタビーユは裁判長に一礼をして答えた。「でも、これまでわかったことだけで、ロベール・ダルザック氏を無罪放免するのに充分だと思いますが。万が一ラルサンが戻ってきたら厄介ですが、まあ、そんなことはないでしょう」とルルタビーユは言って、愉快そうに高笑いした。

するとみんなも、いっしょに笑った。

「もうひとつ、訊きたいことがあるのだが」と裁判長は言った。「たしかにきみの説(テーズ)どおり、ラルサンはロベール・ダルザック氏に濡れ衣を着せようとしたのだろうが、だったらジャック爺さんにも疑いが向くような工作をしたのには、どんな思惑があったんだね？」

「警察官らしい思惑ですよ。それまで集めた証拠をきっぱり捨てることで、機転がきくところを見せようとしたんです。こいつはなかなか効果的だ。やつはよくこの手を使って、自分に疑いがかかるのを免れてきました。ひとりの無実を証明し、それから別のひとりを告発する。考えてもみてください、裁判長。こんなに巧妙な事件ですから、ラルサンは前々からじっくり準備していたはずです。やつはあれこれ下調べをして、人から何からすべて把握していました。やつがどうやって情報を仕入れたのか、興味がおありなら話しますが、刑事部の科学捜査研究所がスタンガルソン教授に実験の依頼をするときの、連絡係をしていたこともあるくらいなんです。そうやってやつは事件の前から、二度ほどあの離れにも入ったことがありました。もちろんそのときは変装していたので、あとでジャック爺さんに気づかれることはありませんでした。ラルサンは隙を見てジャック爺さんの古いドタ靴とぼろぼろのベレー帽をくすねました。エピネー街道で炭焼きをしている友人にあげようと、ジャック爺さんがハンカチにくるんで用意していたものです。黄色い部屋の事件が起きたとき、ジャック爺さんは現場に残された靴跡やベレー帽、ハンカチが自分のものだと気づきましたが、知らないふりをすることにしました。

自分が疑われかねない証拠品ですからね。ぼくたちがそれについてたずねたとき、ジャック爺さんが大慌てだったのは、そういうわけなんです。実に単純明快だ。ラルサンを問いつめると、白状しました。いや、むしろ嬉々として話してましたね。だってやつは悪党ですが——もはやその点は、どなたにも異論はないでしょう——芸術家でもあるんです。それが彼のやり方、いかにも彼らしいやり方なんです。彼はユニヴェルセル銀行の事件でも、造幣局の金塊事件でも、同じ手を使いました。こいつはぜひとも再捜査をしてもらわねば。バルメイエ＝ラルサンが刑事部に入って以来、無実の人間が何人も、監獄にぶちこまれているんですから」

28 もちろん、ときには考えが至らないこともある

興奮の渦が巻き起こった。ざわめきや喝采がそこかしこから聞こえる。アンリ＝ロベール弁護士は補足の捜査を行なうため、審理を次回に持ち越すよう求めて意見陳述を終えた。検察官もそれに同意し、審理は延期となった。翌日、ロベール・ダルザックは仮釈放され、マチュー親父はただちに免訴となった。フレデリック・ラルサンの行方は杳(よう)として知れなかった。ダルザックは無実が証明され、いっとき彼を脅やかした恐ろしい厄災から晴れて解放された。スタンガルソン嬢を見舞った彼の胸には、希望が宿った。きっと彼女は手厚い看護のもとで、いつの日か正気を取り戻すだろう。

ルルタビーユはと言えば、もちろん一躍時の人となった。ヴェルサイユの裁判所を出るや、彼を讃えて胴あげが始まるほどだった。世界中の新聞がこぞって彼の功績を報じ、写真を載せた。今まで有名人を数多くインタビューしてきた彼が、今度は有名人としてインタビューされる側になったのだ。

わたしたちはヴェルサイユのレストラン《愛煙犬》で楽しく夕食をとったあと、いっしょにパリへ戻った。わたしは汽車のなかで、ルルタビーユを質問攻めにした。食事のあいだも口もとまで出かかっていたのだけれど、ルルタビーユは食べながら仕事の話をするのが嫌いだとわかっていたので、ぐっとこらえていたのだ。

「いやまったく」とわたしは切り出した。「ラルサンの一件には驚かされたよ。きみのすばらしい頭脳にふさわしい事件だったな」

ところがルルタビーユはわたしをさえぎり、もってまわった話し方はするなと言った。わたしのように頭のいい人間が、情けない愚か者になり下がるのを見るのは忍びない。わたしが彼のことを手放しに称賛するのがいけないのだと。

「それじゃあ、本題に入ろう」とわたしは少しむっとして言った。「さっきの話からでは、きみが何をしにアメリカへ行ったのかわからないんだが。それにぼくの理解が正しければ、きみはグランディエ城を去るとき、フレデリック・ラルサンについてなにもかも見抜いていたようだが、それじゃあラルサンが犯人だということもわかっていたのか？　やつがどうやって犯行におよんだのかも、もうすべてわかっていたと？」

「完全にね。ところできみは」とルルタビーユは話の矛先をそらした。「きみは何も気づいちゃいなかったのか?」

「そうさ」

「信じられないな」

「でもきみは、いつだって自分の考えを後生大事に隠して、何も明かしてくれないじゃないか。ぼくが拳銃を二挺持ってグランディエ城に駆けつけたとき、きみはもうラルサンを疑っていたのか?」

「ああ、廊下の怪事件の真相が大体つかめたところだったんでね。でも、どうしてラルサンがスタンガルソン嬢の寝室に引き返したのかは、老眼鏡の鼻眼鏡が見つかるまでわかっていなかったけれど。要するにぼくの疑念は、まだ数学的な論理にすぎなかった。ラルサンが犯人だなんて、あまりに突拍子もない考えだから、目に見える証拠が見つかるまでは飛びつかないようにしようと心に決めていたんだ。とはいえその考えは、いつも胸に引っかかっていた。だから彼のことを話すぼくの口調に、きみはぎょっとしたこともあっただろうな。ぼくはもう彼が誠実だとも、ただミスを犯しただけだとも言わなくなった。彼のやり方はだめだと批判したときも、きみは警察官としてのラルサンを思い浮かべただろうが、ぼくがあげつらっていたのは犯罪者かもしれない男のことだったんだ。ほら、ダルザックに不利な証拠の山を数えあげたとき、ぼくはこう言った。『こうした経緯からすると、ラルサンの推理は一見筋が通っているようだ。でもそんな仮説、ぼくは間違いだと思っている。フレデリック・ラルサンは迷走しているんだ』と。しかしそのあと、きみが啞然とするような口調で続けたはずだ。『そもそもその仮説が本当に惑わそうとしているのは、フレデリック・ラルサンなのだろうか？　そこさ、そこなんだよ、問題は！』ってね。

『そこなんだよ、問題は！』という言葉を聞いて、きみは考えてみるべきだったんだ。あの言葉には、ぼくの疑念がすべてこめられていたのさ。『その仮説が本当に惑わそうとしているのは』とはどういう意味か？　その仮説は彼を惑わすのではなく、ぼくたちを惑わすためのものだということさ。あのときききみははっとすることもなく、何もわかっていないようだった。ぼくはほっとしたよ。だって鼻眼鏡が見つかるまでは、ラルサンが犯人だなんて突拍子もない仮説にすぎないと思っていたからね。でも鼻眼鏡が見つかって、ラルサンがスタンガルソン嬢の寝室に戻った理由がわかると、見てのとおりぼくは飛びあがって大喜びした。ああ、あのときの興奮は忘れられないな。ぼくは部屋を走りまわり、こう叫んだ。やったぞ！　ラルサンを出し抜いてやる！　みんながあっと驚くような方法で！と。この言葉は、犯人であるラルサンに向けたものだったんだ。その晩、ダルザックからスタンガルソン嬢の寝室を見張るよう頼まれて、ぼくは十時までラルサンとゆっくり夕食をとった。ほかに何といって策は講じなかったけれど、目の前に犯人がいるんだから心配はない。あのときだって、きみは気づいてもよかったんだぜ。ぼくが恐れているのは、あの男だけだってね。今夜また、犯人が来るかもしれないと話していたとき、ぼくは言ったじゃないか。ああ、フレデリック・ラルサンは、夜には必ず戻ってくるはずだと。

しかしもうひとつ、犯人はフレデリック・ラルサンだと、もっと早くからきっぱりと名指ししている大事なことがあった。ぼくたちはそれに気づくことができたはずだし、気づくべきだった。でも二人とも、見すごしてしまったんだ。

ステッキの話を覚えているだろ？

論理的な人間は理詰めで犯人を割り出すが、観察眼の鋭い人間ならステッキの件から犯人はラルサンだと見抜いただろう。

予審のときにダルザックの有罪を裏づける証拠として、ラルサンがステッキの一件を持ち出さなかったのには、正直ぼくもびっくりしたよ。あのステッキは事件の夜、ダルザックによく似た外見の男が買ったものだった。だからさっき、ラルサンが汽車に乗って姿をくらます前に、本人に確かめてみたんだ。どうしてステッキを利用しなかったのかって。すると彼は、そんなつもりは初めからまったくなかったって言うんだ。あのステッキでダルザックを陥れようなんて考えたこともない。だからエピネーの居酒屋で嘘を見破られたときは、大慌てだったってね。ほら、彼はあのステッキをロンドンでもらったと言っていたが、刻印されている店名はパリの店だった。あのときぼくたちは、〈ラルサンは嘘をついている。彼はロンドンにいた。パリのステッキをロンドンで手に入れたはずはない〉と考えたが、本当は〈ラルサンは嘘をついている。彼はロンドンにいなかった。彼はあのステッキをパリで買ったのだから〉と考えるべきだったんだ。ラルサンは嘘つきだ。ラルサンは事件のときパリにいた。それが彼を疑う出発点になったはずなのに。きみがカセット商会で調べたところによると、あのステッキを買ったのはダルザックによく似た服装の男だった。けれどもダルザック自身が、ステッキなんか買っていないと断言している。また第四十郵便局の一件から、ダルザックによく似た男がパリに出没していることもわかっている。それなら事件の夜、ダルザックに変装してカセット商会へステッキを買いにやって来た男は何者なんだろう。しかもそのステッキは、今ラルサンが手にしている。どうして、そう、どうしてぼくたちは、ちらとも思ってみなかったのだろう？　今ラルサンが持っているステッキを、ダルザックに変装して買った男が、もしラルサン自身だったらと……たしかに彼はれっきとした刑事部の警察官だからして、そんな仮定にはそぐわない。でもラルサンはやけに執拗に、ダルザックに不利な証拠を集めているじゃないか。あの哀れな男を、びっくりするくらい猛然と追いかけている。それに気づいたとき、ぼくたちはラルサンの嘘にもっと驚いてもよかったんだ。パリでしか買えないステッキをロンドンで手に入れたなんて、とても重大な嘘なのだから。本当はパリで買ったのなら、ロンドンにいたこと自体嘘になる。警察の上司もふくめ、みんなは彼がロンドンにいると思っていたが、その実パリでステッキを買ってるじゃないか。それならどうしてあのステッキを、ダルザックの周辺で見つかった証拠品として利用しなかったのだろう？　答えは単純だ。単純すぎて、思いつかなかったくらいさ。ラルサンがあのステッキを買ったのは、スタンガルソン嬢に撃たれて手に傷を負ったあと、**体がふらついたりしないためだった。それにいつもステッキを握っていれば、手をひらいて傷を見られずにすむからね。**ざっとまあ、ラルサンはそんなふうに説明していたよ。彼がステッキを常に手放さないのは奇妙だって、ぼくも何度かきみに言ったはずだ。彼はいっしょに夕食をとっているときも、ステッキを置くとすぐに右手でナイフをつかみ、今度はそれを握りっぱなしだった。ラルサンが犯人かもしれないと思い始めたとき、やつのこうした奇妙なふるまいを思い出したが、それを役立てるには遅きに失したってところだな。ラルサンがぼくたちの前で突然眠りこんだふりをしたとき、ぼくは彼のうえに身を乗り出し、気づかれないようにすばやく手をひらを確かめた。でも、かすり傷の痕を隠す小さな絆創膏が張ってあるだけだった。この傷は銃で撃たれたものじゃないと言われても、否定はできそうもない。それでもぼくは、あのとき思ったよ。理性の円に入る外的な証拠がまたひとつ見つかったって。銃弾は手のひらをかすっただけだったが、大量の出血があったと、さっきラルサンは言っていた。

ラルサンが嘘をついたとき、ぼくたちがもっと慧眼を発揮して、もっと脅威を与えていれば、きっと彼は疑いをそらすため、ぼくたちが想像していたような話を持ち出していただろう。あのステッキはダルザックの周辺から見つかったものだという話をね。ところがその後、事件が慌ただしく展開したせいで、ステッキのことはぼくたちの頭から吹き飛んでしまった。とはいえぼくたちは気づかないうちに、ラルサン＝バルメイエを不安がらせていたようだ」

「でも」とわたしはさえぎった。「ラルサンはダルザックを陥れるためにステッキを買ったわけじゃないなら、どうしてダルザックそっくりの格好をしていたんだ？　ベージュ色のオーバーだとか、山高帽だとか」

「犯行のすぐあとだったからさ。黄色い部屋でスタンガルソン嬢を襲ったあと、ラルサンは急いでダルザックに変装した。悪事を働くときはいつもそうしていたようにね。どうしてかって、それはきみもよく知ってのとおりさ。

パリに戻ったラルサンは、手の怪我をどうやって隠そうかと思案していた。オペラ通りを歩いているとき、ステッキを買えばいいと思いつき、その場で実行した。それが午後八時のことだった。とまあ、こんな経緯で、ダルザックによく似た男が買ったステッキが、今なぜかラルサンの手にあるという事態にあいなったのさ。なのにぼくときたら、事件は午後八時より前に起きたことを見抜いていながら、そしてダルザックは無実だとほとんど確信していながら、ラルサンが怪しいとは思わなかったんだからな！　でもまあ、ときにはそんなことも……」

「ときにはそんなこともあるさ」とわたしは言った。「どんなに頭がよくたって……」

皆まで言うな、とルルタビーユは制した。わたしはもっとたずねようとしたが、彼はもう聞いていなかった。見ればいつのまにか眠りこんでいる。パリに着いたとき、彼を起こすのにひと苦労だった。

29　スタンガルソン嬢の秘密

続く数日間にも、ルルタビーユが何をしにアメリカへ行ったのかをたずねる機会があった。けれども彼の答えは、ヴェルサイユから戻る汽車のなかでした説明とさして変わらなかった。そのことを持ち出すと、いつのまにか話をそらしてしまう。

ようやくある日、彼はこう話し始めた。

「ラルサンの正体を突きとめねばならなかったからさ」

「なるほど」とわたしは答えた。「でも、どうしてアメリカへ？」

するとルルタビーユはパイプをふかしながら、わたしに背を向けた。これはスタンガルソン嬢の秘密に関わることに違いない。スタンガルソン嬢とラルサンのあいだには、何か恐ろしい秘密があった。それが何なのかはルルタビーユにもわからなかったが、そもそもの発端は彼女がフランスにやって来る前の、アメリカ時代にあったのだろう。ルルタビーユはそう考えて、アメリカ行きの船に乗った。むこうでラルサンの正体を突きとめ、やつの口を封じるのに必要な証拠を手に入れようと。こうしてルルタビーユは、フィラデルフィアへ旅立ったのだった。

それではスタンガルソン嬢とロベール・ダルザック氏が沈黙せざるを得なかった秘密とは、いかなるものだったのか？　あれから長い年月が過ぎ、今ではスタンガルソン教授もすべてを知ったうえで、許している。それにスキャンダルめいた新聞記事も出たあとなので、一部始終を明らかにしたほうがいいだろう。もとより長い話ではないし、これで無責任な憶測も一掃される。この悲しい事件で終始一貫犠牲者だったスタンガルソン嬢を非難する心ない人も、決して珍しくなかったから。

そもそもの発端は、スタンガルソン嬢が父親といっしょにフィラデルフィアで暮らしていたころにさかのぼる。彼女は父親の友人宅でひらかれたパーティで、ひとりのフランス人男性と知り合った。彼は慇懃で才気に富み、やさしい愛の言葉でスタンガルソン嬢の心を捉えた。それにとても金持ちだという噂だ。男はスタンガルソン教授に、お嬢さんと結婚させてほしいと申し出た。教授はジャン・ルーセルと名のるこの男について調べた結果、胡散臭い男だとわかった。もうお気づきだろう。ジャン・ルーセルとは、フランスで指名手配されアメリカに逃れてきた犯罪王バルメイエの数多い変名のひとつにほかならなかった。しかしスタンガルソン教授も、そこまでは予想していなかった。もちろん、娘もだ。スタンガルソン嬢がそれを知ったのには、次のような経緯があった。スタンガルソン教授はルーセルに娘はやらんと言い渡しただけでなく、自宅への出入りも禁止した。しかしうら若きマティルドはそれが不満で、父親に対する反発を露わにした。彼女はジャンに夢中で、こんなにハンサムで魅力的な人はいないと思っていたのだ。スタンガルソン教授は娘が頭を冷やすようにと、オハイオ川の岸辺にあるシンシナティの町に住む伯母の家に預けることにした。しかしジャンは、すぐさまマティルドのところに飛んで行った。スタンガルソン嬢は父親をとても敬愛していたが、結局伯母の目を欺いてジャン・ルーセルと駆け落ちすることにした。アメリカの法律がゆるいのをいいことに、さっさと結婚してしまおうと二人は心に決めていた。こうして二人はそこからほど近いルイスヴィルに逃げた。ある日、二人が住む家のドアをノックする者がいた。それはジャン・ルーセルを捕まえに来た警官だった。ルーセルは抵抗し、マティルドは大声をあげたが、逮捕を免れることはできなかった。そして彼女は警察から、夫がかの悪名高きバルメイエだったことを知らされたのだった。

マティルドは絶望の果てに自殺を試みるも、結局死にきれずにシンシナティの伯母のもとに戻った。伯母は彼女を見て大喜びした。この一週間ずっと、マティルドを捜し続けていたのだ。スタンガルソン教授にはまだ知らせていないという。父親には何も言わないよう、マティルドは伯母にたのんだ。伯母も自分が軽率だったばっかりにこんな重大事になってしまったと責任を感じていたので、姪の頼みを聞き入れた。こうしてマティルド・スタンガルソン嬢は一か月後、愛に傷ついた心を抱え、悔い改めて父親のもとに帰ったのだった。今はただ、忌まわしい夫バルメイエの名を二度と聞かずにすむように、自らの過ちが許されるようにと願うばかりだった。これからはひたすら仕事に専念し、父親につくすことで、良心に恥じない人間になろうと決心した。

マティルドはこの誓いを守った。やがてバルメイエが死んだという噂が流れた。それにもう充分、過ちの報いは受けてきたはずだ。ロベール・ダルザックにすべてを告白したうえで、信頼できる友と結ばれる至上の喜びに身をまかせようと思った矢先、運命がジャン・ルーセルを、若き日の悪夢バルメイエをよみがえらせた。ロベール・ダルザックとは結婚させない、今でもおまえを愛しているとバルメイエは言ってきた。なんたることか、彼は本気だった。スタンガルソン嬢は迷わずロベール・ダルザックに打ち明け、ジャン・ルーセル＝フレデリック・ラルサン＝バルメイエから来た手紙を見せた。そこには、結婚したばかりの二人がルイスヴィルで借りた小さな司祭館での暮らしを想起させる言葉が書かれていた。《司祭館の魅力も庭の輝きも、何ひとつ失われてはいない》と。悪党はお金ならいくらでもある、マティルドを昔の家に連れて帰るとまで言った。こんな不名誉が父親に知られたら生きていけない、死んだほうがましだと、スタンガルソン嬢はダルザックに訴えた。そこでダルザックは、何としてでもバルメイエを黙らせねばと心に誓った。脅してもいい、力づくでもいい、いざとなったら罪を犯してでも。しかしダルザックにそんな力はなかった。正義感に燃えるルルタビーユの助けがなければ、破滅していただろう。

恐ろしい怪物を前にして、スタンガルソン嬢に何ができただろう？　彼女は身の危険を感じ、警戒をし始めた。やがて黄色い部屋に、バルメイエが姿をあらわした。ひと思いに殺そうと銃を撃ったが、残念ながらしとめ損ねてしまった。こうしてスタンガルソン嬢は見えない敵の、格好の餌食となった。バルメイエは死ぬまで彼女を脅かし続けるだろう。知らないうちに家に入りこみ、かつての愛を名目にしつこく言い寄ってくる。一度目は、第四十郵便局に送られた手紙だった。また会おうという誘いを拒否した結果が、黄色い部屋の事件だ。二度目は、郵便で手紙が送られてきた。回復しかけのスタンガルソン嬢は寝室でその手紙を読み、小間使いのいる居間へ避難した。バルメイエは手紙のなかで、何日何時に部屋に行くと予告していたからだ。彼女の体調からして、そちらから出向いてこられないだろうが、スキャンダルになりたくなければ準備を整えておくようにと。バルメイエがどんなに大胆不敵で恐るべき男かは、マティルドもよくわかっていたので、彼に寝室をあけ渡したのだ。それが廊下の怪事件の経緯だった。三度目は彼女のほうから待ち合わせの手筈を整えた。覚えているだろうが廊下の怪事件の晩、ラルサン＝バルメイエはスタンガルソン嬢の寝室をあとにする前に手紙を書き、テーブルのうえに置いていった。そのなかで彼は、のちほど日時を指定するから今度こそ実のある待ち合わせをするよう要求していた。そうすれば父親の書類を返してやる、もし彼女がまたも逃げるようなら、書類は燃やしてしまうと脅して。盗まれた書類はバルメイエが持っている。スタンガルソン嬢はそれを疑わなかった。あの男はまたしても、いつもの悪い癖を出したのだろう。というのも彼女は、フィラデルフィアで大事な研究成果が父親の引き出しから盗まれたのも、バルメイエのしわざだと前から疑っていたからだ。そして自分自身も、知らないうちにその共犯者になっていたのだろうと。あの男のことはよくわかっている。もしここで彼の意に逆らったら、科学の未来がかかった長年の努力の成果が灰燼に帰すだろう。だからスタンガルソン嬢は、もう一度彼に会うことにした。かつて夫だった男と対峙し、あきらめるよう説得するのだ。その結果どうなったかは、想像に難くない。マティルドは懇願し……ラルサン＝バルメイエは激高する……彼はマティルドにダルザックをあきらめるよう求め、彼女はダルザックへの愛を叫ぶ。男はマティルドに襲いかかる……その罪を別な男に着せ、死刑台にのぼらせてやると心に決めて。名探偵ラルサンの仮面をかぶってうまく立ちまわれば、難しいことじゃない。それに今回もうひとりの男は、アリバイを主張することができないだろうから。そちらの面でも、ラルサン＝バルメイエの細工は流々だった。彼が使った手は、ルルタビーユが見抜いたとおりとても単純なものだった。

ラルサン＝バルメイエはマティルドを脅したのと同じように、ダルザックを脅迫した。同じ武器、同じ秘密を利用して……彼は手紙のなかで、強い調子で迫った。もし相応の金を払うならば、交渉に応じる用意がある。昔の恋文を渡して、自分は姿を消すと。ダルザックは秘密を暴露すると脅され、指定された待ち合わせ場所に翌日さっそく出向かねばならなかった。マティルドも決められたとおり、男が来るのを待つことにした。ラルサン＝バルメイエがマティルドを襲ったころ、ダルザックはエピネーの駅に降りた。そこで彼はラルサン＝バルメイエの共犯者に無理やり足止めを喰らわされ——この人間離れした奇怪な共犯者には、いずれまた出会う日があるだろう——時間を無駄にする羽目になった。のちにダルザックは取り調べのなかで、答えに窮することになる。犯行時刻の直前、近くの駅にいたのが目撃されているのに、その後の足取りがつかめないのだ。こうして彼は、死刑を宣告されるだろう。

これがラルサン＝バルメイエの目論見だった。しかしわれらがジョゼフ・ルルタビーユのことだけは、彼の計算に入っていなかった。

黄色い部屋の謎が解明された今、ルルタビーユがアメリカで行なった調査のあとを逐一たどる必要もないだろう。ルルタビーユがどんな男かは、よく知ってのとおりだ。左右に突き出た広い額の奥に宿る人並外れた情報収集能力を駆使して、スタンガルソン嬢とジャン・ルーセルの恋の逃避行を追ったのは想像に難くない。フィラデルフィアに着くと、彼はさっそくアーサー・ウィリアム・ランスについて調べた。彼がわが身の危険も顧みずにスタンガルソン嬢を救ったという話は本当だったが、その見返りに何を期待していたかもわかった。彼がスタンガルソン嬢と結婚するという噂が、フィラデルフィアの社交界に流れたこともあったという。ランスのふるまいは、決して慎み深いとは言い難かった。スタンガルソン嬢がヨーロッパに移ったあとも、うんざりするほどしつこく言い寄り続け、傷心を口実に自堕落な生活を送っていた。

そんなわけでルルタビーユは、アーサー・ランスにまったく好感が持てなかった。だからこそ裁判のとき、証人控室であんなに冷たい態度を取ったのだ。ともあれランスは、ラルサン＝スタンガルソン事件とは無関係だとわかった。そこにジャン・ルーセルという名前が浮上した。そいつはいったい何者だ？　この男はマティルドのあとを追うように、フィラデルフィアからシンシナティへ行っている。ルルタビーユはシンシナティでスタンガルソン嬢の年老いた伯母を見つけ、話を聞くことができた。バルメイエ逮捕の一件で、いっきにすべてが明らかになった。ルイスヴィルへ行って、司祭館を訪れることもできた。昔懐かしいコロニアル様式の、こぢんまりしたきれいな建物で、たしかにいまだに魅力的だった。そこでルルタビーユはスタンガルソン嬢の足跡から離れ、バルメイエの足取りをさかのぼった。監獄から監獄へ、徒刑場から徒刑場へ、犯罪から犯罪へと。そしてとうとうニューヨークの波止場で、ヨーロッパ行きの船に乗ろうとしていたとき、バルメイエが五年前に同じ波止場から船に乗ったことを突きとめたのだった。そのときバルメイエのポケットにあったのは、ニューオリンズの堅実な商人を殺して奪ったラルサン名義の身分証だった。

スタンガルソン嬢の秘密は、これですべて明らかになったのだろうか？　いや、まだ残っている。スタンガルソン嬢は夫ジャン・ルーセルとのあいだに、男の子をひとりもうけていた。出産は伯母の家で秘密裏に行なわれた。彼女は手を尽くして、この話がどこにも漏れないようにした。生まれた男の子はどうなったのだろう？　それはまた別の話として、いつか語ることにしよう。

こうした出来事があった約二か月後、わたしは裁判所のベンチにむっつりとすわりこんでいるルルタビーユと出会った。

「やあ、何を考えこんでいるんだ？」とわたしは声をかけた。「そんなに浮かない顔をして。友達はみんな元気かい？」

「きみ以外に、本当の友達なんているものか」とルルタビーユは答えた。

「でもダルザックは……」

「まあ、そうだな」

「それにスタンガルソン嬢だって……彼女は元気かい、スタンガルソン嬢は？」

「だいぶよくなった……前よりずっと……」

「だったらもっと元気を出せよ」

「悲しくなるんだよ、黒衣婦人の香りのことを想うと……」

「黒衣婦人の香りか。きみはよくその話をするが、教えてくれないか。どうしてそれが、始終頭から離れないのか」

「ああ、いつか……いつか話すさ」

ルルタビーユはそう言うと、深いため息をついた。

訳者覚書

『黄色い部屋の謎』は言わずと知れた、密室ミステリの古典である。江戸川乱歩は本作をことのほか高く評価し、本格ミステリの黄金時代と呼ばれる両大戦間の作品からベストテンを選んだ際にも二位に挙げているほどだ（ちなみに一位は『赤毛のレドメイン家』）。しかも『黄色い部屋』は例外的に第一次大戦前の作だから、乱歩としてはどうしても入れたかった一作なのだろう。

そうした歴史的名作を新訳するにあたって、留意した点は二つある。同じ作者による『オペラ座の怪人』（光文社古典新訳文庫）を訳したときにも「あとがき」のなかで書いたけれど、まずはこの《古典》をできるだけ読みやすい日本語で現代の読者にお届けすること。発表以来、すでに百年以上を経た作品であり、新聞小説として書かれたという事情もあって、いささか大仰な表現や不自然な設定が見られないわけではないが、それも含めて無理なくいっきに読み切れるよう、テンポのいい訳文を心がけた。

と同時に、原作が持つ文字どおり古典（クラシック）的な味わいは、なるべく生かすようにした。昔懐かしい本格ミステリの雰囲気が、この作品の大きな魅力にもなっているからだ。聖書の言葉をもじって言うならば、《古き酒を新しき革袋に》となろうか、馥郁（ふくいく）たる古酒をモダンなグラスで玩味するように楽しんでいただければと思う。

今回、ジャン・コクトーによる「序」を付したのも、ささやかながら既訳版にはない特徴と言えるだろう。いかにもコクトーらしいレトリックを駆使した一文だが、この作品に対する彼の熱狂ぶりが（詩人本人の表現を使うならば、どれほど「愛した」かが）よくあらわれていて、どこか微笑ましさも感じられる。

主要登場人物のひとりであるスタンガルソン教授の名前の読み方についても、簡単に触れておきたい。原文のつづりはStangerson。これまでこの名はスタンガースン（創元推理文庫、旧訳版）、スタンガーソン（ハヤカワ文庫、新訳版）、スタンジェルソン（集英社文庫）といろいろに表記されてきた。ほかにもいくつか既訳があり、すべてを確かめたわけではないが、おそらくこの三種のどれかだろう。こうした表記の違いは、教授がアメリカ系のフランス人だというところから来ている。教授の父親はもともとアメリカ人だが、フランス人女性と結婚した際にフランスに帰化したと本文中に記されているので（五十三ページ）、英語読みをするか（スタンガースン、またはスタンガーソン）、フランス語読みをするか（スタンジェルソン）で表記が分かれたのだ。

けれども拙訳で、そのどちらでもない《スタンガルソン》という表記を採用したのは、次のような理由からである。教授の父親ウィリアムはフランスに帰化したのちも、自分の名前はもともとの英語読みで発音していただろう。まわりのフランス人も、それに合わせていたはずだ。

しかしフランス人は「ガー」の発音が、フランス語訛りで「ガル」になりやすい。フランス生まれのフランス人である教授も、自ずとそう自分の名前を発音していたのではないか。この推測があながち的外れでないことは、本書を朗読したオーディオブックや二〇〇三年の映画化作品（監督ブリュノ・ポダリデス）でも確かめることができた（より正確には、「スタンガルソヌ」と発音している）。もちろん、どれが正しいという話ではなく、フランス人の読者も頭のなかで各自好き勝手に発音しているのだろうが。

ところで、ルルタビーユが何度か口にする「黒衣婦人の香り」という謎めいた言葉の意味は、最後まで明かされることはない。というのも『黄色い部屋の謎』には後日談とも言うべき続編があって、そちらに話をつなげるためのキーワードになっているからだ。タイトルはずばり『黒衣婦人の香り』。ルルーはこの作品のなかで、ルルタビーユの隠された過去と出生の秘密を明らかにしている。登場人物は前作とほぼ同じ。ルルタビーユの活躍によって一度は退けられた犯人の魔手が、またしてもマティルドのもとに迫る。それを知ったルルタビーユが、彼女を守るべく再び奮闘を始めるという物語である。さいわいこちらもすでに邦訳が出ているので、本作と合わせてぜひお読みください。

なお、できるだけ原文に忠実な翻訳を方針としましたが、日にちの記述など明らかに作者の勘違いと思われる箇所については訳者の責任で訂正したことをお断りしておきます。

二〇二〇年五月

『黄色い部屋の謎』解説（表版）

戸川安宣

「いまから五十年前の『黄色い部屋の謎』は、現代推理小説を読み馴れた読者にとっては、やや古色蒼然たる感じがするかもしれない。だがここに盛られた幾つかの独創的なトリックは、本格推理小説の最高水準を示すもので、世界的な古典傑作として愛好家必読の作品といわねばならない」と、水谷準訳の旧版「解説」で中島河太郎は述べている。一九五九年四月に創刊された創元推理文庫の先陣を切って刊行された時のものだから、たしかに原著刊行から半世紀が経っていたわけである。この創元推理文庫版の初版は、遡ること三年前の一九五六年三月に、世界推理小説全集の一冊として東京創元社から上梓されたものの文庫化であった。創元推理文庫版はその後、一九六五年六月、宮崎嶺雄訳に改められ、さらに今回、二度目の新訳版が刊行される運びとなった。ルルーが本書を発表してから実に一世紀を超す時間が過ぎたことになる。

『黄色い部屋の謎』*Le Mystère de la chambre jaune* は一九〇七年、〈イリュストラシオン〉L'Illustration 紙の文芸付録 le supplément littéraire 九月七日号から十一月三十日号まで、シモン Simont の挿絵を付して毎号十六ページで十二回連載された後、一九〇八年の一月、ピエール・ラフィット社より上梓された。

ここで〈イリュストラシオン〉について記しておくと、一八四三（天保十四）年三月四日に創刊された絵入りの週刊新聞である。一八三三年（天保四）年一月、木版による挿絵を入れた大衆月刊誌〈マガザン・ピトレスク〉Le Magasin Pittoresque（後に隔週刊となる）を発刊したエドアール・シャルトンらが、ブルジョワ層を対象に出したもので、十六ページ建てで七十五サンチームだった。絵入りの定期刊行物としては〈マガザン・ピトレスク〉の前年にイギリスで出された週刊誌〈ペニー・マガジン〉The Penny Magazine や、これも〈イリュストラシオン〉の前年に、ハーバート・イングラムによって創刊された〈イラストレイテド・ロンドンニュース〉The Illustrated London News がある。当時はまだ印刷技術も未熟で、新聞といえば文字だけだった時代に絵がたくさん入った〈イラストレイテド・ロンドンニュース〉のインパクトがどれほどのものだったか、想像に難くない。十六ページ建てで、毎ページ二枚程度の絵が入って六ペンスという価格だった。もちろんまだ写真を掲載する技術はなかったので、お抱えのイラストレイターに写実的な絵を描かせ、それを木版で刷ったのだ。これに触発されてパリで創刊した〈イリュストラシオン〉は、こちらも十

〈イリュストラシオン〉掲載時の、ルルタビーユを描いた挿絵（シモン画）

六ページで、価格は七十五サンチームだった。一九四四年八月十九日号まで、一〇二年にわたって発行され、その間の一八九一年にはフランスで初めて写真を取り入れ、一九〇七年にはそれがカラーになった。まさに『黄色い部屋の謎』が発表された年である。（因みに〈イラストレイテド・ロンドンニュース〉は、柏書房より全巻復刻されている。紙名の表記は柏書房版に依った）

ガストン・ルルー
(1868-1927)

なお原著刊行の年、ロンドンのデイリー・メイルの六ペニー文庫と、そしてニューヨークのブレンターノ社から英訳が刊行され、後にジョン・ディクスン・カーなどがこれを読むことになる。日本で翻訳されたのは一九二一（大正十）年の『黄色の部屋』（愛智博訳　金剛社ルレタビーユ叢書）が最初の邦訳かと思う。こちらは江戸川乱歩などにより、熱烈な歓迎を受けた。

ぼくは創元推理文庫版以前に、東京創元社版『世界少年少女文学全集46　推理小説集』（一九五五年八月刊）に収められた、水谷準が子供ものに訳し直した「黄色の部屋」によって、初めてこの作品に接したのだが、それから何度読んでも読むたびに新しい発見があって、感心させられてきた。今回の平岡訳による新訳版が何度目になるのか、それはともかく中島の言うように、「世界的な古典傑作として愛好家必読の作品」であることを改めて確認した。実際、こんなによくできた物語だったのか、と感嘆しながら読み終えた。もちろん、百年以上前の作品である。古さを感じさせる部分がないわけではない。ルルーが生まれた翌年の一八六九（明治二）年にエミール・ガボリオ Etienne Emile Gaboriau（一八三二―七三）が発表した『ルコック探偵』*Monsieur Lecoq* や、コナン・ドイル Arthur Conan Doyle（一八五九―一九三〇）の『緋色の研究』*A Study in Scarlet*（一八八七）、あるいは『恐怖の谷』*The Valley of Fear*（一九一四）などのように、事件の背景を説明するために、過去に遡って物語が展開する、という形式が持て囃（はや）されていた頃の作品だから、時代を先取りしたようなみごとな構成美を誇るこの本格長編にも、驚くべき大時代的な続編『黒衣婦人の香り』*Le Parfum de la dame en noir*（一九〇九）が用意されている。本来なら、それを第二部としてガボリオのような大長編にするつもりだったのかもしれない、と思えるくらい、『黄色い部屋の謎』には説明されないまま次作に持ち越されてしまう謎が数多（あまた）出てくる。単独作としてみる場合、それは明らかな瑕瑾だ。さらには、現代本格として見るならば、説明や描写なしにいきなり明かされる事実がいくつかあって、伏線を張り巡らし、読者とフェアに渡り合う、という現代謎解きミステリの観点からすると不満に思える箇所も散見される。

しかし、にもかかわらず、である。頻出する不可解な謎、二大探偵による推理合戦を交えて展開される論理の妙、そして不可能状況の解明と犯人の正体を含む意外性、とどれをとっても本書は一級品だ。

特に二大探偵の対決、という構図は、ひとつの謎に対しふたつ以上の説明を用意しなければならない。そして推理（ないし調査、捜査）の手段にも異なった方法論を示す必要がある。推理作家としては、多大な労力を要する設定である。

ルルーは二人を、一方は経験に基づく証拠主体の、他方はあくまで論理主体の探偵法を旗印にした探偵として——別の言い方をすれば足の探偵と頭の探偵という図式に仕立てようと意図したようだ。

ラルサンはルルタビーユを評して、次のように言っている。「きみは若いわりに、たいした男だな」「もう少しきちんとした手順を身につければ」「直観やその頭脳に湧きあがる思いつきに、あまり頼らないようにすればな」「きみは論理に頼りすぎる。観察が導くところに、身をゆだねるんだ」「きみは論理一本で進みすぎるぞ、ルルタビーユ君。論理を盲信してはいかん。さもないとかえって騙されることがあるからな。論理は用心深く、慎重に扱わねばならない場合がいくらでもあるんだ」

これに対し、ルルタビーユはラルサンに向かって反論する。ここでルルタビーユは帰納的論理の危険性をも説いている。「論理を盲信するよりもっと危険なことがあります。えてして警察官には、そんな思考回路の持ち主がいるんですが、彼らは自分たちの思いつきに合わせて、いつのまにか論理を都合よく捻じ曲げてしまうんです。あなたは犯人について、初めからあたりをつけていた。いえ、否定してもだめですよ……しかしあなたが思う犯人は、手に怪我をしていない。だから犯人は手に怪我をしているはずだという前提を、変えねばならなかったんです。さもないと、あなたの予測が成り立たなくなってしまいますからね。そこであなたは別の可能性を模索し、見つけ出した。これはとても危険なやり方です。ええ、とても危険だ。犯人を予想しておいてから、必要な証拠にさかのぼるなんて……そんなやり方をしたら、とんでもないことになりますよ。冤罪に気をつけてください。それは絶えずあなたを狙っているんです……」

『黄色い部屋の謎』は密室を扱った最古典の長編ミステリと言っていいが、密室と言えば、不可能犯罪の巨匠ジョン・ディクスン・カー John Dickson Carr（一九〇六—七七）のことが真っ先に念頭に浮かぶ。当然のように、カーは『黄色い部屋の謎』を絶賛し、一九三五年の長編『三つの棺』*The Hollow Man*（アメリカ版タイトル *The Three Coffins*）の終盤、有名な密室講義の中で、フェル博士の口を借りてこう評している。「この種のプロットのもっとも綿密にして得心のいく解決は、ガストン・ルルーの『黄色い部屋の謎』で示されている——これは史上最高の探偵小説だ」と。

それればかりでない。カーは『黄色い部屋の謎』へのオマージュ、とも思える長編を書いているのだ。一九六一年刊の長編『引き潮の魔女』*The Witch of Low Tide* がそれである。『火よ燃えろ！』『ハイチムニー荘の醜聞』に続き、スコットランドヤードの歴史をミステリで綴ろうとした三部作の最終話だが、時代が一九〇七年のロンドンに設定されている。この一九〇七年というのはルルーの『黄色い部屋の謎』が発表された年で

ルルーのカリカチュア
（ラオール・ゲラン画）

ルルーを描いた漫画
（H・P・ガシャン画）

ある。その中で、登場人物の口を借りて、カーはこう言っている。「殺人ミステリです。この種のものではおそらく最高のものです。離れ（パヴィリオン）で起きた殺人未遂事件が発端で――」と。ただし、カーはこの長編の中で、ルルー作品のネタのひとつを割っているので、これから『引き潮の魔女』を読もうという方は本書をお読みになったあとに、手に取ることをおすすめする。なお、カーが作品の時代を設定した一九〇七年の六月には、『黄色い部屋の謎』はまだ英語版の出版はおろか、〈イリュストラシオン〉の連載すら始まっていない。これはカーのケアレスミスであろう。蛇足ながら、念のため指摘しておく。

閑話休題。ルルーは本書の中でポオ Edgar Allan Poe（一八〇九―四九）の「モルグ街の殺人」The Murders in the Rue Morgue やコナン・ドイルの名を挙げ（作品名は明記していないが、「並外れた物語」というのが、「まだらの紐」The Speckled Band を指しているのは明らかだ）、「不可思議という点では《黄色い部屋》事件がはからずも生み出した謎に匹敵するものはないと断言できる」と見得を切っている。たしかに黄色い部屋の堅牢ぶりは際立っていて、最初期のミステリとしては、「まだらの紐」と同年に発表されたイギリスの作家イズレール・ザングウィル Israel Zangwill（一八六四―一九二六）の長編『ボウ町の怪事件』*The Big*

Bow Mystery（一八九一）と双璧である。

しかも、それに続いて起こる二つの事件も、閉ざされた部屋の中で起こるわけではないが、不可能状況という点では、黄色い部屋で起こる惨劇にいささかも引けをとらない。四人の目撃者の眼前から一瞬にして消え失せた曲者は、どこへ逃げたのか。そして、撃ち殺されたと思われた男が、実は刺し殺されていたのはなぜなのか。ルルーが自信満々、読者に問いかけてくるこれらの難問は、現代の推理小説ファンをも魅了すること請け合いである。

ガストン・ルルー Gaston Leroux は、一八六八（明治元）年五月六日、パリのフォーブール・サン・マルタン六十六番地で、富裕なノルマンディー人の夫妻の間に生まれた。一八八〇年にはセーヌ＝マリティム県のユウ校の寮に入り、若きオルレアン公フィリップの学友となる。因みに、この学校はルルタビーユの母校、ということになっている。一八八六年七月、カーンで大学入学資格を取得し、十月にはパリに移って、法学部に入った。翌八七年には、日刊紙〈ラ・レピュブリック・フランセーズ〉La République française に *Le Petit Marchand de pommes de terre frites* という小説を発表。これはアンデルセンの「マッチ売りの少女」のパスティーシュだった。八九年十月、法学部を卒業。翌年、弁護士資格を取得。九一年、日刊紙〈エコー・ド・パリ〉L'Écho de Paris のロベール・シャルヴェーと知り合い、同紙に記事を書くようになり、シャルヴェーの秘書となった。因みに『黄色い部屋の謎』は、そのロベール・シャルヴェーに捧げられている。一九〇二年三月、〈ル・マタン〉Le Matin 紙の取材のためイタリアに赴き、ジャン・カイヤットと知り合って、同棲を始める。〇三年、〈ル・マタン〉に*La Double vie de Théophraste Longuet*を発表（一九〇四年刊）。〇四年、日露戦争の最前線で取材し、〇五年には、ロシア革命のルポルタージュを書いている。そして〇七年に発表したのが『黄色い部屋の謎』である。この年はアメリカでジャック・フットレル Jacques Futrelle（一八七五―一九一二）が*The Thinking Machine*を刊行し、またフランスで〇五年から〈ジュ・セ・トゥ〉Je sais tout 誌に連載していたモーリス・ルブラン Maurice Leblanc（一八六四―一九四一）の『怪盗紳士アルセーヌ・リュパン』*Arsène Lupin, gentleman-cambrioleur*が一冊になって上梓された年でもあった。〇八年九月から翌年にかけて、ルルーは続編『黒衣婦人の香り』を〈イリュストラシオン〉に連載。〇九年にはルブランが『奇巌城』*L'Aiguille creuse*を出し、一九一〇年にはルルーが『オペラ座の怪人』*Le Fantom de l'Opéra*を上梓している。

一九二七（昭和二）年、四月十五日、ルルーはニースで尿路感染症のため死去した。享年五十八であった。

ルルーが活躍した当時のフランスは、第三共和制の時代で、自身、主人公のルルタビーユ同様ジャーナリストだった彼は、ドレフュス事件などの国内事件ばかりでなく、ロシアをはじめとする海外にも足を延ばし、取材に当たっている。そしてこの時代は、本書の中にも言及のあるキュリー夫人のラジウム発見や、アインシュタインの相対性理論の発表など、科学の世界でもめざましい発展があった。『黄色い部屋の謎』は十九世紀末から二十世紀初頭の時代を反映した内容であることが、こうして歴史の流れと照らしてみるとよくわかる。

ミステリの世界を振り返ってみると、ルルーが登場したころはドイル人気の最盛期であり、ルブランがフランスの国民的ヒーローとなるアルセーヌ・リュパンを創造したのとほぼ同時期に当たる。そして、ルルーの死と入れ替わるように、ミステリ界の次世代を担うことになるジョルジュ・シムノン Georges Simenon（一九〇三―八九）がメグレを初登場させているのも象徴的である。

法廷のルルタビーユ（シモン画）

本編の主人公、ジョゼフ・ルルタビーユ Joseph Rouletabille は本名をジョゼフ・ジョゼファン Joseph Josephin という。ルルタビーユというのは、彼が「ボールみたいに真ん丸」な《ふくよかな顔》をしていたせいで、記者仲間から、「玉転がし（ルルタビーユ）」というあだ名を奉られたのだ。

弁護士で物語の語り手を務めるサンクレールとは、弁護士になったばかりの彼がマザスやサンラザールといったパリの刑務所で収監者と面会する許可を取るために行った時などに、予審判事室の廊下でよく出くわすようになった。そのころルルタビーユはまだ十六歳半で、エポック紙三面記事担当の記者として二百五十フランの月給で雇われていた。

「人あたりがよく、いつもにこやかで、どんな不平家や妬（ねた）み深い人間をも魅了し、胸襟（きょうきん）をひらかせる才能の持ち主」と人気者だった。

なにかネタはないかと検事局や警視庁へ出むく記者たちのたむろする弁護士会のカフェでも、ルルタビーユは切れ者という評判をとっていた。サンクレールとルルタビーユもここで知り合い、意気投合するようになった。「頭がよくて独創性に富んでいて、ほかの人間が思いつかないような発想をする。それでいて、なんとも気のいい男」だった。そして、付き合いが深まるにつれて、「見かけは陽気で気ままそうだが、歳のわりには生真面目（きまじめ）なところがある」とわかってくる。

しかも彼はただの好青年ではなく、徐々にその特異な才能を発揮するようになる。パリのオベルカンフ通りで女のバラバラ死体が見つかった事件において、くずかごの中で発見された死体の破片の中に欠けていた左足を、誰も調べようと思いつかなかったどぶ川から発見した。彼はそれを、「鋭い推理力」によって発見したのだが、その警察顔負けの頭の働きに感嘆したエポック紙の編集長は、さっそくそれを死体公示欄でトップ記事に仕立て上げた。

そんな敏腕青年記者も、自身のプライヴェートなこととなると口をつぐんでしまう。そして「深い悲しみに沈んでいる」ことがままあった。こういうときに、黄色い部屋の事件が起こり、「敏腕（びんわん）記者」としてのみならず、「世界一の名探偵」としても勇名を馳せることとなったのだ。

その黄色い部屋事件は、本書においてワトスン役を務めるサンクレールによると、公表の時点より十五年前の「一八九二年十月」に起こったという。今日まで事情があって発表を差し控えてきたが、その必要がなくなったため公にすることにしたというのである。これはドイルもホームズ譚でしばしば用いているが、物語にリアリティを与えるための手法であろう。

『黄色い部屋の謎』については、もっと踏み込んだ解説を試みたいところだが、そのためには密室のトリックや犯人の正体、ルルーの伏線の張り方など、作品に沿って述べていかなくてはならない。それは推理小説の解説として好ましいことではない。

ところで、本書には前にも述べたように『黒衣婦人の香り』という続編が存在する。この続編は、本来『黄色い部屋の謎』の第二部として一冊の本で出すべき——と思えるほど、完璧な続編である。あくまで本書の続きとして書かれているから、正編の真相がいろいろと明かされている。こんなに読者を限定する本も、そうあるものではない。上下巻、あるいは巻数ものの作品ならともかく、である。そこで、それを逆手にとって『黒衣婦人の香り』の解説ではあくまで『黄色い部屋の謎』を読んだ読者向けの解説を試みた。今までけっこうあれこれとミステリについて書いてきたが、こういう経験は初めてのことだった。そこで、『黄色い部屋の謎』の解説を書かせていただく機会に、正続二作にまたがって、謂わば表裏をなす解説にしてみよう、と思い立った次第である。こちらはあくまで従来どおりの、作品の真相を明かさない範囲での「解説」、そして『黒衣婦人の香り』のほうは、『黄色い部屋の謎』のトリックや真相に踏み込んで解析したもの、という具合に。こちらを「解説（表版）」とした所以である。

本稿を書くにあたり、数多くの文献、著作を参照した。その中の主要な物を列記する。

Gaston Leroux, *Les aventures extraordinaires de Rouletabille reporter*, Tom 1 et 2, Robert Laffont, 1988.
　このルルタビーユ全集に寄せたフランシス・ラカッサンの解説は有益。
Gaston Leroux, *Le Mystère de la chambre jaune*, GF Flammarion, 2003.
　この本に付されたジャン゠フィリップ・マルティの解説は、残念なことにデータの誤りが多い。しかし、ルルーの経歴と歴史的な事項とを列記した年表は、斬新で教えられるところが多かった。
Gaston Leroux, *Le Mystère de la chambre jaune*, Gallimard, 2003.
　巻末に付されたアラン・ジョベールの解説も示唆に富んでいる。
Antoinette Peské, *Les Terribles*, Frédéric Chambriand, 1951.
Jean-Jacques Tourteau, *D'Arsène Lupin à San-Antonio : Le roman policier français de 1900 à 1970,* Maison Mame, 1970.
Jean-Claude Lamy, *Gaston Leroux : Histoires épouvantables*, Nouvelles Editions Baudinyère, 1977.
Peter Haining, *The Gaston Leroux Bedside Companion*, Victor Gollancz Ltd, 1980.
木下賢一「フランスの挿し絵入り新聞『イリュストラシオン』のコレクションについて」明治大学図書館紀要　第12号（二〇〇八年）

なお、文中、本書以外の引用は、すべて拙訳による。また、敬称は略させていただいた。

本稿は二〇〇八年一月に刊行された宮崎嶺雄訳『黄色い部屋の謎』新版に付したものを若干手直ししたものである。

訳者紹介　1955年生まれ。早稲田大学文学部卒業。中央大学大学院修了。現在中央大学講師。主な訳書にネミロフスキー『フランス組曲』(共訳)、ペナック『カービン銃の妖精』、グランジェ『クリムゾン・リバー』、カサック『殺人交叉点』、ジャプリゾ『シンデレラの罠』等多数。

検印
廃止

黄色い部屋の謎

2020年6月30日　初版
2021年4月30日　再版

著　者　ガストン・ルルー

訳　者　平岡(ひらおか)　敦(あつし)

発行所　(株)東京創元社
代表者　渋谷健太郎

162-0814/東京都新宿区新小川町1-5
電　話　03・3268・8231-営業部
　　　　03・3268・8204-編集部
URL　http://www.tsogen.co.jp
暁印刷・本間製本

乱丁・落丁本は、ご面倒ですが小社までご送付ください。送料小社負担にてお取替えいたします。

ISBN978-4-488-10804-5　C0197

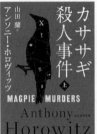

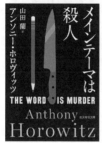